跂予望之

刘跃进 著

凤凰枝文丛 / 孟彦弘 朱玉麒 主编

凤凰出版社

图书在版编目（CIP）数据

跂予望之 / 刘跃进著. -- 南京 : 凤凰出版社, 2020.6
（凤凰枝文丛 / 孟彦弘, 朱玉麒主编）
ISBN 978-7-5506-3184-7

Ⅰ. ①跂… Ⅱ. ①刘… Ⅲ. ①随笔—作品集—中国—当代 Ⅳ. ①I267.1

中国版本图书馆CIP数据核字(2020)第070980号

书　　名	跂予望之
著　　者	刘跃进
责任编辑	林日波
书籍设计	徐　慧
出版发行	凤凰出版社(原江苏古籍出版社) 发行部电话025-83223462
出版社地址	南京市中央路165号,邮编:210009
出版社网址	http://www.fhcbs.com
照　　排	凤凰零距离数字印前中心
印　　刷	苏州市越洋印刷有限公司 苏州市吴中区南官渡路20号　邮编:215104
开　　本	880毫米×1230毫米　1/32
印　　张	10.5
字　　数	193千字
版　　次	2020年6月第1版　2020年6月第1次印刷
标准书号	ISBN 978-7-5506-3184-7
定　　价	68.00元
	(本书凡印装错误可向承印厂调换,电话:0512-68180638)

刘跃进

1958 年 11 月生，吉林省白城市人。现任中国社会科学院文哲学部副主任、学部委员、文学研究所所长、研究员、博士生导师，兼任《文学遗产》杂志主编、中华文学史料学学会会长、中国现代文化学会副会长、《中国大百科全书》第三版中国文学卷副主编及先秦卷、秦汉卷主编、国家社会科学基金学科规划评审组成员、全国古籍整理出版规划领导小组成员等。主要从事中国古典文学、古典文献学研究工作。专著有《秦汉文学地理与文人分布》《秦汉文学编年史》《门阀士族与文学总集》《中古文学文献学》等。论文集有《古典文学文献学丛稿》《秦汉文学论丛》《走向通融——世纪之交的中国古典文学研究》《回归中的超越——文学史研究的多种可能性》等。

弁 言

“凤凰台上凤凰游”，是李白《登金陵凤凰台》之诗句，昔年我江苏古籍出版社立足南京、弘扬文史，而更名所由也。

“碧梧栖老凤凰枝”，是杜甫《秋兴八首》所吟咏，今日我凤凰出版社为学林添设新枝，而命名所自也。

30多年来，凤凰出版社围绕中华传统优秀文化，彰显传承文明、传播文化、服务大众、贡献学术的出版理念，坚持以整理出版中国文、史、哲古籍及其研究著作为主的专业化方向，蒙学界旧雨新知之厚爱、扶持，渐已长成“碧梧”，招引了学界“凤凰”翩然来栖。箫韶九成，凤翥凰翔！嘤其鸣矣，求其友声！

“凤凰枝文丛”是本社与学界同人共同打造之文史园地，除学术研究论文外，举凡学人往事、经典品评、学术札记之文化随笔，旧学新知，无所不包。是作者出诸性情而诗意栖息之地，读者信手撷取而涵泳徜徉之处。

“凤凰鸣矣，于彼高冈。梧桐生矣，于彼朝阳。”

愿“凤凰枝文丛”成为我们共同的文化家园。

2019.5.22

小引

本书所收文字，撰写于不同时期，报刊发表时多有删节，此次结集基本呈现原貌。三十八篇小文风格不尽相同，文体也不一致，但多与读书治学有关。

恢复高考，我从北京密云山区考入天津南开大学中文系。同学们多来自农村、兵营、厂矿，有着比较丰富的人生阅历，多怀有作家梦想。即便想从事文学研究，也会更多地倾向于现、当代文学。听叶嘉莹先生、王双启先生，还有郝世峰等先生讲陶渊明、杜甫、李商隐……书生道义，感发意志，改变了我的学习方向。罗宗强老师指导我做学年论文，在狭小的书房里给我讲授《文心雕龙》，又讲到唐诗，仰望盛唐天空，一种悠远的历史感油然而生。大学最后一门选修课是“唐宋古文运动”，结课后，我们就要走出南开，走向社会。临别之际，孙昌武老师语重心长地对我们说，人生的际遇与成败，往往就在一念之间。把我引进清华大学工作的赵立生老师曾对我说，在他一生中最落魄的时候，是陶渊明的《形·影·神》给他活下来的力量："纵浪大化中，不喜亦不惧。应尽便须尽，无复独多虑。"我所景仰的这些老师，大都历经磨难，饱尝辛酸。他们的讲授，他们的文章，无时不在提示着我，文学就是人生，古典连接现实。

在杭州大学，姜亮夫先生讲治学体会，讲清华往事，沈文倬先生讲校勘学，刘操南先生讲《诗经》与天文历算，雪克先生讲《汉书·艺文志》与目录学，郭在贻先生讲《说文解字》与训诂学，张金泉先生讲《广韵》与音韵学，平慧善先生负责协调安排……在人情浮竞中，我感受到一种超脱的宁静与学术的坚守。庄子说"养志者忘形，养形者忘利，致道者忘心"，大约就是这种境界。进入社科院，随曹道衡先生、沈玉成先生求学，又别有一番感悟。曹老师的文字，思路清晰，明白如话，不加修饰，读之愈久，味之愈深。沈老师的文字，犹如江南水乡一般秀气，俏皮中透露着机智。他们的学术合作，珠联璧合，也是神话般的独特存在。我在文学研究所供职三十年，有机会接触到更多的老师和不同的学术领域，借用沈玉成老师的比喻，就像挂炉烤鸭，得到了比较全面的熏陶和感染。

四十年来家国，三千里地山河。在辗转求学过程中，我一直仰望着这些老师，揣摩他们的问学途径，学习他们的写作风格。我在不同时期写下的这些文字，萍踪浪迹，雪泥鸿爪，多少还留有一些模仿的痕迹，也可以看出自己的些微进步。

“跂予望之”出自《诗经·卫风·河广》。以此为书名，可以形象地表达我对弘扬中华优秀文化的切盼之心，对传承学术心存敬畏的企慕之情，祈读者体察。

庚子年闰四月写于京城爱吾庐

目录

第二辑　谈古论今

第三辑　悠悠我心

第一辑　且行且思

“我在这战斗的一年里”

这是四十年前的一个作文题目。凡是在北京地区参加高考的人，大都不会忘记这一天：1977 年 12 月 10 日，也不会忘记这个题目。

那是恢复高考后的首次入学考试，一共考四门：第一天上午考政治，下午文科考史地。第二天上午考数学，下午考语文。我清晰地记得，那两天的密云山区，晴空万里，但寒冷异常。我们前焦家坞大队参加高考的有五十多人，大家结伴步行，雄赳赳，气昂昂，走在清冷的大路上。来回有二三十里路，谁也没有感觉到疲倦。中午自然是没有地方休息的，大家就蹲在墙根下，啃着凉馒头，享受着寒冬的阳光，感觉到幸福。平时，都要出工下地，回来就啃窝头，哪能享受这样的闲暇！下乡前，我看了很多描写农村生活的小说，挺向往。真正做了农民才知道，那是作家笔下的虚构。

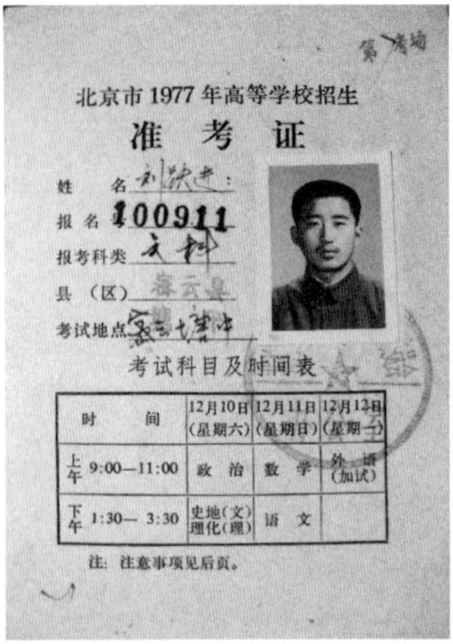

北京市1977年高等学校招生

准 考 证

姓　　名

报　　名 100911

报考科类 文科

县（区） 密云县

考试地点

考试科目及时间表

时　　间	12月10日（星期六）	12月11日（星期日）	12月12日（星期一）
上午 9:00—11:00	政　治	数　学	外　语（加试）
下午 1:30— 3:30	史地（文）理化（理）	语　文	

注：注意事项见后页。

作者高考准考证

我也曾渴望当作家，更渴望上大学。像我们这样喝着“封资修”墨水长大的城里孩子，当作家、上大学，在当时几乎是遥不可及的梦。我们是踩着庆贺粉碎“四人帮”的锣点走向“广阔天地”的。当时，我积极主动要求下乡，原因很简单，一是没有别的选择，还有一个私心，就是想通过自己的优秀表现，能够写点东西，充当笔杆子，然后被推荐上大学。那一年我的表现还不错，下乡不久就被推举为大队团总支副书记。后来，又作为知青代表多次参加公社、县级知青先进代表大会。日夜的忙碌，写作的机会是没有了，但是由于表现较好，我似乎已经看到了像张铁生那样，凭着一手老茧闯进大学的希望。

就在那年夏秋之际，在田间地头，大家盛传很可能要恢复高考，这叫我兴奋不已。不久又听说，应届生和下乡不足两年的人不能参加考试，我的心一下凉了半截。二十多年后，我整理资料，看到罗建华采访刘西尧同志后撰写的《刘西尧：小平同志重启“高考之门”——教育部老部长刘西尧回忆恢复高考》（《长江日报·长江周末》1998

年 2 月 6 日），知道实际情况和当时的传言差不太多。实际情况是这样的：1977 年 8 月 4 日召开科教界座谈会，有代表正式提出恢复高考的建议。13 日，教育部在北京召开第二次全国招生会议，正式决定恢复高考。同年 10 月 12 日国务院批转《教育部关于一九七七年高等学校招生工作的意见》，决定从高中毕业生中直接招考大学生，不再由群众推荐。当然，所有这些，我也是后来才知道的。我是那年秋天才明确自己可以同等身份报名考试。屈指算来，距离考试已不足两个月的时间。为了寻找复习材料，我悄悄地第一次从农村回到家中待了几天。还抽空拜见了来北京改稿的复旦大学王继权、潘旭澜两位老师，略微知道一点高考的知识。二十多年以后，我曾多次去复旦大学看望潘、王两位老师，那时，他们已经退休多年。他们当年的年龄就和我现在差不多。而今，潘老师、王老师已经离世多年。抚今忆昔，叫人感念不已。

回到农村，白天参加繁重的体力劳动，晚上还要到各生产小队参加揭批"四人帮"第三战役的活动。从十一月中旬到十二月上旬，是我最为繁忙的时期。每天晚上几乎要到十点以后才开始复习，困了就和衣而睡。将近一个月的时间，每天的睡眠不足三小时，硬是拼了下来。所以，当我打开语文试卷，一看到题目是"我在这战斗的一年里"，百感交集，文思泉涌。作文是如何构思，我已经一点也记不得了，但是这个题目却牢牢地刻印在心版，永远无法抹去。对我来讲，那真是战斗的一年啊！二十多年以后，北京师范大学为郭预衡教授祝贺八十大寿，我们前去祝寿时才知道，这个作文题目是郭先生拟定的。当时，我就像找到活水源头一样的激动。

考试结束，转眼就到了 1978 年。

那年春节，我是在忐忑不安而又异常忙碌的状态下度过的。一过元旦，很多知青早早地回到北京城里准备过年。而我不知考试结果，今后是否还要在农村奋斗，这几天就应该揭晓了，所以不敢有任何疏忽。我私下想，如果考不上大学，至少可以通过自己的表现，争取获得回城工作的机会，于是我决定春节和农民一起度过。那年春节是二月七日，大年三十那天一大早，大队党支部书记刘栋突然找到我，提出要到北京城里做知青家访，责我陪同，就在大年三十我们到了北京城。除夕之夜，刘栋住在我家。突然来了一个可以决定儿子命运的领导，父母不知该怎么款待才好；而我又在忐忑不安地等待着考试结果。总之，好像过得很不自然。正月初一、初二、初三这三天，就是挨家挨户地访问。各家的招待大体一样，都是三两瓜子、半斤花生，然后就是一点点水果糖。生活好一点的，还备点水果。印象比较深的是到一个姓张的同学家，他父母格外殷勤。那年参加高考，这位同学起得晚了一点，步行已经来不及，就想搭车，在路上截了一辆手扶拖拉机，强行上车。为此，他与司机发生口角，动手打了司机。结果耽误考试，还受了处分。这在当时，就意味着他很可能要比别人在农村多待上若干年，甚至终身务农。父母见到大队书记，如同见到救星，几乎是哭着向刘栋反复赔礼道歉，恳求他原谅自己的儿子。那场面给我印象实在太深了。可怜天下父母心啊！时隔三十年，我又回到当年插队的地方，才知道刘栋早已离开人世，已无法知道他当时是怎样想的。

那年初四，我们回到农村。2 月 27 日，我终于盼来了录取通知书。五十多人报考，第一批被录取的只有两人：我被南开大学录取；另一位女同学被同济大学录取。我们几乎是在第一时间办理完相关手续，并在两天之后一起乘火车离开“广阔天地”，告别了“战斗的一年”。

那一年，我刚刚步入二十岁。

原载《中国社会科学院院报》2008 年 12 月 23 日

读书的苦与乐

孔子说："学而时习之，不亦乐乎？"在老夫子看来，读书学习是一件很快乐的事。陶渊明说："泛览周王传，流观山海图。俯仰终宇宙，不乐复何如？"也把博览群书视为快乐的事。通常来说，这样的理解和认识，多数人都会赞同的。还有人出来发挥，魏晋时期的张辽，还有清代的段玉裁都说过，读书就要读经书，因为经书就像日月，给人光明和希望。言下之意，不读书，就永远处在黑暗中。人类寻求光明，自然好读，所以快乐。也有人对此表示异议。嵇康《难张辽〈自然好学论〉》就指出，如果不读书就有饭吃，谁还会读书呢？他的意思是说，读书都是有目的的，因为有目的，读书就不可能快乐。这话对不对呢？

中国古代社会向来把读书视为人生的第一要义。孔老夫子的教学读书，强调有教无类，任何人都有读书的权力。只是当时，知识还掌握在少数人手中。家庭与私塾教育是传授知识的重要途径，所以才会有所谓家法与师法的称谓。两汉时期设立五经博士，建立太学，学优则仕，读书成了谋取功名的重要手段。随着纸张的发明，魏晋以后，读书的功用不仅仅局限在功名利禄方面，也成为大众文化的一个重要组成部分。左思《三都赋》完成之后，洛阳传诵，一时为之纸贵。这说明，消遣性读书已经成为一时风气。此后，官学、私学并盛，尤其是各地书院，为当时的士子提供了广泛的读书机会。宋代以后，随着雕版印刷的普及，读书更为便利，以致朱熹很担心书多了以后，很多人反而不再专心读书。这就有点像现在网络的普及，很多书可以在网上查阅，获取材料极为便利，但是读原典的人反而少了。

以上所说，主要还是有目的的读书。不能否认，这是中国古代读书的主流。读书是为了出仕，当然，也是为了寻道求知。这种功利性很强的读书，就像头悬梁、锥刺股之类的读书，还真有点苦涩的味道。针对这种情况，宋代的陆九渊又提出另外一个问题：古代圣贤，尤其是三代以前的圣贤，无书可读，但无妨他们成为圣贤，因此，不必过于强调读书的作用。抛开这些争论，我们注意到，在古人看来，读书是一种手段，而不是目的。就像庄子所说，得鱼忘筌而已。

当然，还有另外一种读书，纯粹是兴之所至，没有目的，我们称之曰无目的的读书，就像孩子读小人书，成人读小说，完全出于娱乐，出于兴趣。很多出入经史的人，也从当初的功利性读书，转向无目的的读书，王国维说：“大抵学问常不悬目的，而自生目的。有大志者，未必成功；而慢慢努力者，反有意外之创获。”他最初喜欢创作，后来觉得文学可爱而不可信，于是转向哲学，醉心康德、叔本华，并撰写了著名的《红楼梦评论》《屈子之精神》等比较文学的经典之作。久而久之，他又觉得哲学可信而不可爱，再转向文学研究和史学研究，撰写了著名的《宋元戏曲考》《人间词话》等。他在《最近二三十年中中国新发见之学问》中自豪地宣称，二十世纪初叶是一个“发现的时代”，最重要的就是殷墟甲骨的出土。为此，他撰写了《殷卜辞中所见先公先王考》，被时人称作“预流”之作，为近代经史第一篇大文字。此外还有汉晋木简、敦煌写经、内阁档案、外族文字，他都随兴致所之，广泛涉猎，成为“近代新史学的开山”。在谈到研究经验时，王国维说：“研究一样东西，等到感觉沉闷的时候，就应该暂时搁开，作别样的工作，等到过一些时，再拿起来去作，那时就可以得到一种新见解，新发明。否则单调的往一条路上走去，就会钻进牛角尖里去，永远钻不出来的。”鲁迅《读书杂谈》也说：“嗜好的读书，该如爱打牌的一样，天天打，夜夜打，连续的去打，有时被公局捉去了，放出来之后还是打。诸君要知道真打牌的人的目的并不在赢钱，而在有趣。牌有怎样的有趣呢，我是外行，不大明白。但听得爱赌的人说，它妙在一张一张的摸起来，永远变化无穷。我想，凡嗜好的读书，能够手不释卷的原因也就是这样，他在每一叶每一叶里，都得着深厚的趣味。自然，也可以扩大精神，增加智识的，但这些倒都不计及，一计及，便等于意在赢钱的博徒了，这在博徒之中，也算是下品。……嗜好的读书……就如游公园似的，随随便便去，因为随随便便，所以不吃力，因为不吃力，所以会觉得有趣。如果一本书拿到手，就满心想道，'我在读书了！''我在用功了！'那就容易疲劳，因而减掉兴味，或者变成苦事了。"法国哲学家拉·梅里特《人是机器·献词》里说："征服全世界也抵不上一个哲学家在他的书房里所尝到的那种快乐。"这些哲人把读书的快乐表述得淋漓尽致。我们在日常读书生活中，都曾有过类似的体验，自不必多说。

总之，读书就是一个从无目的到有目的，再到无目的的过程，就是一个修身养性的过程，一个求知寻道的过程。读书会让我们超脱，读书能使我们宁静，读书更叫我们满足。这是读书给我们的最大快乐。

原载《中国社会科学院院报》2010年4月27日

清华园的读书生活

我前后在清华园生活了十年，良好的读书环境给我留下极其深刻的印象。我的几个学位和职称虽然都在外单位获得，但是只有我自己最清楚，清华园的读书生活给了我最重要的源泉和动力。

1982 年 1 月 23 日，天气有些寒冷，却晴空万里。那天早晨，我骑着自行车，驮着简单的行李从东郊赶到清华报到。我的工作单位是宣传部文史教研组。当时的领导是在《新清华》担任主编的张正权同志。他领着我熟悉工作环境，叫我大失所望。工字厅固然十分漂亮，却与我们无关。整个教研组没有自己的地盘，与《新清华》编辑部同用一个办公室，几乎没有一部专业书。想到自己今后的一生要在这样的环境中度过，心不禁凉了半截。后来，经过张正权老师的努力，我们在工字厅东侧的厕所旁找到了一间小屋，虽然黑暗阴冷，却总算有了自己的办公室。从那以后，我们开始了艰苦的创业生活。没有参考书，负责图书工作的阎秀芝老师就经常领着教研组里仅有的两个年轻人——我和现在任教于历史系的宿志丕同志到城里买书，每次自然都是满载而归。很快，藏书就已初具规模。清华园的夜晚，静谧温馨，充满着希望。在教研室里，我夜夜苦读，坐拥书城，心里真有种说不出的兴奋。这是我到清华后第一次系统的读书。我平生发表的第一篇文字《跟上时代步伐——王国维纪念碑前断想》就是毕业大半年后见诸报端的。现在看来这篇文字当然十分稚嫩，可我仍然看重，它毕竟是我清华读书生活的最初成果。

后来教研组搬到工会大院，与校史编辑部毗邻。感谢黄延复、孙敦恒等先生慷慨无私的帮助，使我有机会接触到清华校史方面的资料，对于清华国学研究院的建设和导师的情况有了更多的了解。在阅读校史资料过程中，二十年代清华图书馆主任洪有丰先生撰写的《购买杭州杨氏藏书报告》引起了我特别的注意。《报告》是这样写的：

> 浙杭藏书家首推丁丙氏八千卷楼，次之即为杨文莹氏。杨氏之藏与丁氏同时，今已历两代。虽宋元之刊不能与丁氏媲美，然特藏亦可称雄。如浙江省各府厅州县志书，非但名目可称无遗，而版本咸备。金石之书亦复如是。至诗文集部，尤以浙江先哲著述为多，而清代专集亦复不少。非积数十年穷搜极访，何克臻此？

兹因无意收藏，愿全部出让。罗校长（指罗家伦，作者注）南行时得此消息，即电知评议会。经评会议决，派有丰前往察看。有丰于五月九日抵杭晤杨氏，主人当检交书目六本：（一）现藏书籍目录四本；（二）一部分业已押出书籍目录一本；（三）浙江省志书目录一本。略加检阅，有宋元明清刊本、日本刊本、精钞本、稿本、名人批校本，又《四库全书》五册，阁名待考定。总计册数共四万二千六百五十三册……批校本中有何义门亲笔批本，均系难得之物，至于其他各书，以初印之本为多，并极干净，亦见收藏家之苦心也。

据统计，其中经部 797 种共 5992 册，史部 775 种共 8409 册，子部 1200 种共 9013 册，集部 2378 种共 18913 册，丛书 78 种共 1893 册。还有特藏：浙江省志书 230 种共 2402 册，金石 262 种共 924 册。在这四万多册藏书中，宋刊 7 册，元刊 24 册，明刊 4859 册，其他刊本 40495 册，钞本 2161 册。这些以“丰华堂”命名的藏书构成了现在清华大学图书馆古籍馆藏的基础。这次阅读对我的影响实在太大了。从那以后，我就成了图书馆古籍部的常客。张正权同志见我对图书馆情有独钟，就派我作为联络员，与图书馆加强联系。这就为我的读书生活提供了极为便利的条件。想起这段往事，我心中总是充满对已故的张正权同志的怀念之情。

清华园的这段读书生活改变了我以后的学习方向。

在南开大学中文系读书时，受到王达津、罗宗强两位教授的影响，我对于中国古代文论异常喜爱，背诵了许多名篇佳作。但是，由于基本功缺乏，我的研究工作几乎难以为继。刚到清华那阵儿，独学无友，孤陋寡闻。夜深人静之际，我时常面壁独坐，苦思冥想，不知今后的学习道路该如何走。自从发现了清华图书馆的宝藏之后，我真有如灵魂开窍，视野顿时开阔起来。一时间，古典文献学成了我着迷的学科。恰好这时，杭州大学古籍研究所姜亮夫教授招收古典文献学硕士研究生，我没有任何犹豫，就投考到姜老的门下。姜老是清华国学研究院的研究生，王国维先生的学生，是一个百科全书式的大学者。他对于我这个来自清华的晚辈，似乎格外关心，几次约我去谈有关清华的话题。我向他介绍新清华的情况，而姜老则兴致勃勃地向我讲述二三十年代清华园的旧闻趣事。他曾动情地对我说："我的学问根基是清华给的。我真想再一次到清华大礼堂前的台阶上坐一坐呵。"那一年姜老已是八十五岁的高龄。当时我受清华大学图书馆的委托，请姜老为《清华大学图书馆馆藏善本书目》题签。姜老欣然同意，并且还向清华赠送一册《杭州大学图书馆善本书目》，又亲自在扉页题写道：

辞别母校已五十八年，中间曾三上北京，必亲履旧迹。顷闻文学院将重建，图书馆亦有善本之辑，于是而静斋、同坊部、大礼堂、图书馆、工字厅、科学馆及王、梁、陈、赵诸师寓斋、水木清华无不一一瞻顾，徘徊不忍去，而海宁先生纪念碑如雕塑之刻心，往往伫立以泣，是为余生最大寄其情怀之所。

杭大图书馆亦有善本书目，以玉海楼、嘉业堂旧藏为主。余见有若干种收入，盖抗战中失之于上海、苏州、南京、杭州者，更不胜其悲痛，故遂举此册以奉于母校。

民国十六年研究院毕业生姜寅清字亮夫敬呈。时年八十有五。

清华大学图书馆惠存

姜老的学问博大精深，作为晚辈，我只能高山仰止。但是姜老对于清华的拳拳深情，却在我心中产生了强烈的共鸣。因为，我的仅有的一点点知识储备确实也是清华给我的。到杭州前，我曾跟随清华大学图书馆兼职馆员、去年故去的魏隐儒先生研习版本学，耳濡目染，对于目录、版本、校勘产生了浓厚的兴趣。当时，我曾把《清华大学图书馆馆藏善本书目》稿本全部抄录一遍，并且按图索骥，仔细阅读了许多稀见古籍（包括大量的稿本和钞本），同时细心揣摩清华前辈学者的治学方法，做了大量的读书笔记，初步摸索到一点问学的门径，在古籍整理与研究方面也打下了一些基础。只是当时我还没有想到把这些读书笔记整理成文发表。姜老知道这些情况后，就鼓励我把它们写成文章。于是有了《通行本〈曲品〉校补》《关于〈水经注校〉的评价与整理问题》《新发现的一批严羽评李白诗资料摭谈》《一场早该结束的争论——蔡邕书石经是三种字体吗?》《朱骏声著目述略》《极摹世态炎凉　曲尽人情变态——从〈忧庵集〉窥探戴名世晚年心态》等有关古典文献方面的考订文章的发表。我的硕士论文就是在这些论文基础上加工而成的。

以后，无论我做博士论文，还是从事其他课题的研究，首先都是从基础资料做起，摸清版本、考察作者年代，进而全面掌握当时的历史文化背景。这些基本研究方法，大多是在清华图书馆的古籍堆中慢慢摸索出来的。我的工作虽时有变动，藏书丰富的图书馆也见过不少，但是最让我怀念的还是在清华园的读书生活。时至今日，想起清华大学图书馆，想起清华园的那段读书生活，我心中仍不时泛起朝圣般的感情。

原载《邺架巍巍——忆清华大学图书馆》，清华大学出版社 2011 年版

从补课谈起

现在，学术界比较时髦的话语是创新，新派迭起，唯新是骛，趋之唯恐不及，而我却想到了补课。这种想法可能幼稚，也许有些不可思议，但确实是我最真实、最迫切的感受。

这念头由来已久。就我个人而言，“文革”前夕上小学，十年噩梦，混混沌沌到底学了什么东西，天知地知，你知我知。转瞬之间，粉碎“四人帮”的喧天锣鼓把我们稀里糊涂地送到了“广阔天地”接受贫下中农再教育。又得到了什么，这也用不着多说。我们这一代人真正意义上的学习生活，实际上是从 1977 年考入大学以后才开始的。弱冠之年才开始问学，这真是一个悲剧。面对现实，我们实在没有必要讳言自身固有的先天不足的明显缺憾。唯其如此，补课的紧迫感就无时无刻不鞭策着我，让我不敢有丝毫的怠懈。在南开大学读书时，受到老师的影响，酷爱中国古代文论，但是我痛苦地发现，基本功的缺乏，竟使我难以为继。别无选择，只有补课。而后，便是饥不择食地从各类谈治学的文章中揣摩问学的途径。很自然地，中国古典文献学成了我一时着迷的学科。这是我大学毕业后第一次系统的补课。目录、版本、校勘、文字、音韵、训诂，虽然只是浅尝辄止，却给我展示了广阔的学术前景。

这道理前人不知说了多少遍，在别人看来，也许不言自明，而我却摸索了好几年似乎才有点醒悟。说起来真有些惭愧，所以就此打住。这里，我想到的还有另外一种补课，相对于中国古典文献学而言，它也许可以叫新文献学，即国外文献学。

对于从事自然科学研究的学者而言，这本不成问题。而对于研究中国传统学问的学者来说，也许就是一个新的课题了。我们常说，学问没有国界。我们要走向世界，就要努力使自己的学问能与国外学术界接轨，起码应当使自己设法与国外同行站在同一起跑线上展开平等的竞争。但是实际上，我们在很多方面与国外学术界存在着严重的脱轨现象。近四十年来，我们对于国外同行的研究相当隔膜。客观条件的限制固然是主要因素，而主观的成见确实也阻碍了视野的开阔。在相当长的一段时间里，自以为拥有“国粹”，加之有“先进”的思想作指导，得天独厚，国外的研究情况似乎无需过多关注。然而国门洞开以后，发现事实并非尽然。近来时常听到国外同行批评我们不关注他们的研究成果，甚至毫不客气地指出我们的许多漏洞。乍听起来颇感刺耳，仔细一想又不无道理。我们的研究，他们随时关注，而他们的成果，我们却难以借鉴。由于政治、经济的冲击，由于自我封闭，结果使我们失去许多与国外同行站在同一起跑线上展开竞争的机会，难免会有落伍之讥。

汲取经验教训，这又需要补课。就我极有限的闻见所知，在大学中文系，开设古典文献学的课程似乎已经引起了普遍的重视。而国外文献学，却还不曾列入议事日程。作为研究者，如果要想使自己的研究真正作为一门学问，而不仅仅是作为稻粱谋的工具，我们就应当有意识地加强科学的训练，即使一时难以看到国外研究原著，至少应当借助国外工具书跟踪国际汉学界，乃至相关学科的最新研究动态，更新知识结构，拓宽研究领域，拿出高水准的学术力著走向世界。

退一步，进两步，为使我们的学术研究充满后劲，这课不能不补。

原载《文学遗产》1994 年第 4 期

文学史研究更需要一种通识

二十年前撰写《中古文学文献学》，我阅读了大量的史料，尤其对近一个世纪以来的研究成果多所披览，深深地感到，在中古文学的史料清理与研究方面，近几十年来确实取得了很大的成就。这些，我已在《关于魏晋南北朝文学研究的若干问题》一文中作了扼要的论述。我相信，将来的文学史学史的研究对此将会给予充分的肯定，这是没有疑问的。与此同时，我还有一种强烈的感受，我们的学术界在学术风气方面、在研究方法方面，变化之神速，令人目不暇接。其成就自不待言，问题也随之而来。二十世纪五六十年代，言必称马列，庸俗机械的社会学研究方法在相当长的时间里占据了主导地位。到了八十年代中后期，几乎人人又都成了西方哲学的行家里手，时时都要把古希腊哲学，乃至现代西方学术思潮挂在嘴边，方法论的探讨成为“显学”。不卖弄新名词，不作大块文章，似乎就有被时代抛弃的危险。有许多文章，懂行的不看，不懂行的看不懂。一时间，弄得中国学术界晕头转向，不知所措。时间没过去几年，水过地皮湿，到底留下多少有价值的东西，确实使人生疑。

近些年，许多学者对于过去那种坐地日行十万里的空疏学风表示不满，又把精力转到文史考证上来，甚至扬言要回到乾嘉学派那里去。朴学的传统受到重视，从一定意义上说，这有其积极意义。但是，就怕矫枉过正。有些研究者常常为一个字、一句话、一条史料，拆来卸去，穿凿附会，已经到了令人感到不可思议的地步。比如津津乐道地考证某作者死于何病，某诗人的自杀方式，等等，我不理解这样考来考去有什么意义。当然，我们并不一概地反对为考证而考证，倘若确能考出一些问题，也许还有它的价值。就怕那些貌似朴学的考证，明明有些问题限于材料不能得出结论，却偏偏发誓要搞个水落石出。没有材料，就刻意穿凿，别立新说。有时，使人觉得就像破解案情一样。我在《有关〈文选〉"苏李诗"若干问题的考察》（见《文学遗产》1996 年第 2 期）中专门就此类问题谈了自己的看法。还有的文章，仅仅根据一二条材料，一头钻进牛角尖里，对于所论的问题非要得出某种斩钉截铁的结论来，非此即彼，必见分晓。不这样，似乎不足以显示其考证的功夫。这几年，中国古典文学界够热闹的，这里声称挖掘出一个久为人所忽略的作家作品，那里又断然否认嵇康曾任“中散大夫”；这里忽然宣布发现某某佚诗佚文，那里又根据学界并不生疏的材料推翻前人的定论；这里强烈地要求对焦仲卿、刘兰芝和唐玄宗、杨贵妃作重新评价，那里又执着地为中国第一大诗人姬旦庄严“正名”，为亡国君主隋炀帝、李后主郑重“平反”。如此等等，都是攻其一点，不及其余。至于他们所根据的材料是否可信，所提出的问题是否有意义，他们似乎从不关心。

再以《文心雕龙》的成书年代问题为例，清人刘毓崧根据《时序篇》“暨皇齐驭宝，运集休明，太祖以圣武膺箓，世祖以睿文纂业，文帝以贰离含章，高宗以上哲兴运，并文明自天，缉遐景祚。今圣历方兴，文思光被”一段，推断“此书之成则不在梁时而在南齐之末也”。这个论断，几乎为所有的《文心雕龙》研究者所认可。当然，对于传统的成说可以表示异议，而且学术探索的真谛，就是要时时提出新见，否则学术就不可能有发展。但是，这种新见必须建立在充分的学术论证的基础上。就中国文学史研究而言，这种充分的论证还有一重特殊的含义，那就是，仅仅占有充分的文献材料还不够，更需要一种通识，一种学养。近年读到好几篇翻案文章，根据史籍的记载，刘勰的思想和当时的社会环境以及著书条件，根据对于“皇齐驭宝”的别一种理解和对于“衍”字的避讳等情况，论证《文心雕龙》必成书于梁代。这些讨论的具体材料，我在《〈文心雕龙〉成书年代问题的回顾与展望》中作了详细的介绍（见《文史知识》1994 年 5 期），文章结尾是这样说的："对《文心雕龙》成书年代的考定，不仅直接关系到对刘勰及其《文心雕龙》的评价问题，而且，由此引发，还可以进一步对齐梁文风的演变以及当时文坛一些重要史实作重新探讨，相信会有新的突破。"但是到底如何评价这种"突破"，限于篇幅，没有评说。因此，那篇文章实际只有"回顾"而没有"展望"。其实，我还想表达这样一层意思，我们的研究似乎还可以再通达一点，不要摆出一副决斗的架势，就像在战场上那样两军对垒，非要一决雌雄。我个人在研究过程中，有时也难以避免这个毛病，看到一条材料，与我观点相合，就越看越有意义；与我观点相左，就怎么看都不顺眼。这就是缺乏通识的表现。《文心雕龙》成于齐末说，当然可以质疑，事实上，一些研究者确实发掘了许多有价值、有分量的材料，也提出了值得我们进一步思考的问题。但是，说它一定成于梁代，有许多材料和推论就显得牵强。举例来说，第一，有些研究者根据《隋书・经籍志》著录《文心雕龙》的作者为"梁东宫通事舍人"，认为这是作于梁代的直接证据。实际上，《隋书・经籍志》追记作者官衔的例证极多。从目录学的角度来看，这也算是一种通例。第二，又有学者征引《离骚》"朕皇考曰伯庸"来论证"皇齐驭宝"的"皇"字运用范围广泛，不一定指萧齐。还有学者引用沈约《郊居赋》说明沈约入梁后仍称齐高帝为"龙颜"，说明刘勰也是在入梁后这样用"皇齐"的。其实这些理解过于迂曲，因为"龙颜"是用《汉书·高帝纪》词语，概指开国君主，这与"皇齐"的用法本无关系；第三，"今圣历方兴"，有学者认为是改朝换代之意，其实也未必如此。《论语》有"天之历数在尔躬"，就不是改历；第四，作于梁代诸说中，最有力的证据是《文心雕龙》中凡是遇"衍"字皆改用其他字来代替，明显是避萧衍之讳。其实这也不能视为铁证，因为古籍中有不少追改之例。陈垣先生《史讳举例》有详细的论证。再说，文人的作品，不仅为当朝皇帝避讳，有时也要为大臣避讳。《世说新语·文学》载，庾阐作《扬都赋》，曾因庾亮要看，故在文中改去"亮"字。《文心雕龙》作于齐末，萧衍已经执掌大权，避萧衍讳亦极有可能。我补充列举这些材料，并非有意否定《文心雕龙》成书于梁代的新说，旨在强调说明，研究中国文学史，既不能过于拘泥成说，固步自封，又不能孤立地偏信某些材料而忽视对文学史实的全面考察；既不能脱离对某一时期具体作品的细致辨析，又不能脱离对某一时期文化背景的深刻认识。这就需要一种通识，需要一种深厚的学养。通识来自深厚的学养，而有学养却未必即具通识。

基于这样的认识来评价乾嘉学派，否定也好，肯定也好，客观地说，第一流的学者都具有这种通识，否则也不可能取得第一流的成就。二十世纪二三十年代许多杰出的学者，实际上真正继承了乾嘉学派的优秀传统而又能在新的历史条件下给予不断的发展和创新。陈寅恪先生的学养有口皆碑，而他的通识更是影响了几代人。我们看《金明馆丛稿》中的论文，多是从具体问题入手，题目不大，但是所得结论，多富有启发意义。如《书〈世说新语·文学〉类钟会撰〈四本论〉始毕条后》，乍看起来，这仅仅是一篇读书札记，仅仅论述了魏晋清谈时期一个哲学命题，但是陈先生目光如炬，能在所谓“才性同，才性异，才性合，才性离”这个抽象的哲学命题中极精辟地洞察到魏晋时代两大政治阵营的对立与转化：以曹氏为代表的寒族以为才性相异相离，而以司马氏为代表的望族则认为才性相同相合。对这个命题的理解，两派针锋相对，联系到汉魏以来政治派别的纷争，文章提醒读者注意，这不仅仅是一个哲学问题，它所反映的，实际是一场惊心动魄的政治斗争。通观陈寅恪先生的研究，既有细微的考证，又有雄厚的文化背景作支撑，探微知著，通观万象，表现出博赡的通识和深厚的学养。

陈寅恪先生的学问境界，可以用“通识”二字来概括。尽管这种境界很难达到，却无妨作为我们的治学典范而心向往之。

原载《许昌师专学报》2000 年第 3 期

充分理解文学史研究的复杂性

“早期文本的生成与传播”是一个有意思的话题。2014年，周秦汉唐读书会第一次会议在中国社会科学院文学研究所召开，与会者就提出了这个话题，引起大家兴趣，后来也引发不同思考，形成了新的话语，推出了新的成果。近日，周秦汉唐读书会第七次会议继续在文学研究所举办，参会的青年学者，都怀有共同的学术梦想，来自不同的学科，有年轻的研究生，也有支持我们工作的资深学者。大家齐聚一堂，以实物、图像、文本为核心话题进行研讨。据我所知，海外一些汉学中心、国内一些重点高校，也曾围绕着这些话题开展多次不同形式的研讨会。

目前，读书会已经形成了两个成果，一是孙少华、徐建委合著的《从文献到文本——先唐经典文本的抄撰与流变》，已由上海古籍出版社2016年出版；二是刘跃进、程苏东主编的读书会第一、二次会议的论文集《早期文本的生成与传播（周秦汉唐读书会文汇　第一辑）》，已由中华书局 2017 年出版。后者得到北京大学国学研究院袁行霈教授的支持，心存感念。

四年来，周秦汉唐读书会共举办过七次研讨会，提出了一些有趣的话题，也形成了若干共识。如何把理论形态的认识与具体的研究实践有效地结合起来，是我们共同思考的问题，也是焦虑所在。一个好的观点，一些好的主张，我们很容易接受，但是要把这些观点和主张落实到实际的研究工作中，这个过程很难。我们这些从事文学史研究的学者，往往执着两端，要么规划一个很好却较虚的理论框架，要么就做的很实。2018 年的读书会涉及一些基本概念，应当拿出来讨论。例如，什么叫“早期文本”？“早期”的上限和下限，是先秦两汉和隋唐，还是其他时代？延伸到我们讨论的诸如上古、中古概念，还有日本学术界常用的“近世”概念，看似无关紧要，其实非常重要。这些概念，不同的国度，不同的行当，理解肯定不同。考古界、历史学界、文学研究界对这些概念的划分标准是不同的，其背后是观念的差异，是标准的不同。观念是什么？标准是什么？这样的问题并不是想当然地就可以得到大家认同的。

与此相关的一个问题是，我们既要走出文学，但最终还是要回归文学。如何走出，怎么回来，都还是问题。2017 年，中国社会科学院文学研究所与日本佛教大学联合举办了一次学术研讨会，一位日本学者从一幅敦煌壁画说起，分析画面的构图，主人公和身边人的形象，发现画面所描绘的，与武则天时代有关。于是作者层层剥笋，论及武则天时代佛教文化的盛行，以及这幅壁画的意义，由点到面，由浅入深，变成了一种综合性研究。由此想到，今天，我们确实不应再恪守传统意义上的观念去理解文学、研究文学。我们都知道，文学是社会生活的反映。要想深入理解文学的意义，就必须深入理解社会生活的复杂性，理解文学以及文学研究的复杂性。过去，我们过多地强调文学的特殊属性，或多或少忽略了文学的社会性，文学的复杂性。其实，文学与文学研究的外延是非常广泛的。

既然如此，文学研究还有边界吗？我曾在不同场合说过，跨学科研究很有诱惑力，很美好，但同时也存在着巨大的风险。有的人，精力旺盛，视野开阔，遇到什么就研究什么，可是做了一辈子的研究，乍看起来很博学，却是“四不像”，文学不像，历史不像，宗教也不像。各个行当都不认可他的成果。在今天，如何进行跨学科的综合研究，如何处理博学与专门之学的关系，也是一个挑战。具体到实物、图像和文字载体的关系，这个话题很有趣。现在可以看到很多壁画和造像，如何将这些画面与传世文献结合起来，而不是像猜谜语那样随意处理，也值得思考。最近看到一位日本学者研究孝子图问题，将画像与传世文献结合起来，在他的笔下，一幅一幅没有生机的画面，顿时充满生动感和历史感。这种研究，检验着我们的知识、智慧、耐心和研究能力。

当前还有一个更值得关注的话题，即如何认识口述历史和文字载体的关系，这是早期文本研究绕不过的问题。任何历史，都曾经历过从口述到载记的过程。五千年前的历史如此，三千年前的历史，也是如此。甚至，近代以来的历史又何尝不是这样呢？当前，神话学研究，口述史理论，事实上已经成为理论突破的一个重要关口。过去，我们对此类研究关注不多，以为跟传统的研究方法有很大的距离。而今，我们彼此越走越近。因为我们意识到，广义的文学研究，涉及宗教学、神话学、人类学、历史学等各个方面，不同的问题意识与研究方法应该互相借鉴学习，我们以后在这些方面要有更多的讨论与实践。

说到最后，又要回到讨论几千年也没有结论的话题，即研究历史的目的和途径问题。目的决定途径，有什么样的目的，就会寻找什么样的途径。站在当下看历史，可以发现历史上有很多我们熟悉的场景，于是，我们很自然地就会去寻找历史上的相似性，透过纷繁的历史现象，探索历史发展的规律，试图解释当前社会的困惑，探讨未来发展的方向。还有一种研究，似乎没有目的，只是注重历史发展的另外一种可能。他们往往会从若干碎片中发现一些曾经被遮蔽的东西。前者从大处着眼，后者从细微处入手。无论哪种研究方法，都各有优长，同时也存在着某种不足，对历史发展的丰富性有所忽略。只强调规律，就无法看到历史的复杂性；只关注细节，又可能会消解历史的整体性。细节和整体，史实和规律，如何处理好这些关系，值得深思。文学反映出来的社会生活很复杂，不能简单化地处理我们的研究对象。从事文学研究，尤其是从事文学史研究，我们有一个天然的优势，即我们的研究触角深入到历史的方方面面，我们理应看到历史的复杂性和多样性。

因此，是否可以这样说，今天的历史研究，要求我们必须走进历史深处，努力领略历史的魅力。各种新学说，从某种意义上说，其实是在寻找进入历史的种种途径。如前所述，这些概念看似无关紧要，却直接关涉到进入历史的途径，关涉到解释历史的方法，绝非可有可无。既然如此，这些思考与讨论就很有意义。

原载《人民政协报》2018 年 5 月 21 日第 9 版

通才教育不能是拼盘摆设

现代社会，随着科学技术的迅猛发展，专业分工越来越细，这是社会进步的重要标志之一。以往那种百科全书式的学者，现代越来越少，这也是一种必然的历史现象。

就传统的文史教学与研究领域而言，历来强调文史一家。但是二十世纪五十年代之后，学习苏联教育模式，文史哲各自独立出来，从此，几乎是井水不犯河水，老死不相往来。语言文学研究独立开来以后，在教学领域独立为中文系，在研究领域成为专门研究所。好在大学中文系，还把语言保留下来，成为学科中的半壁江山；而在文学研究单位，语言就被淘汰出去，文学成了孤立的研究对象，上不着天，下不着地，似乎是石头缝里跳出来的孩子。

再就文学研究的学科内部而言，无论是大学，还是研究机构，文学的教学与研究又被细分为古代、现代、当代三大块；古代又分先秦、两汉、唐宋、元、明、清各代。

人守一段，各有专攻。

这种情形，在哲学与历史的教学和研究领域，也大致如此，只是划分方法略有不同而已。这样划分，好处是易于教学，学生们也易于掌握某一时段或某一方面的知识。唯其如此，沿袭半个多世纪而未改变。由于教学与研究规模的限制，很多问题被长期遮蔽起来。近三十年来，随着从业人数的急速扩张，大家一窝蜂似地拥挤在这个相对狭隘的领域，问题便日益凸现出来。首先，我们的教学工作者和研究工作者痛苦地发现，按照现有模式从事研究工作，文学历史变得越来越干瘪，研究工作变得越来越无趣。成倍增长的学生们更是抱怨没有题目可做。总之，路是越走越窄。

于是，我们都在反思：五十年来，我们为什么没有培养出类似于陈寅恪、王国维那样的一代宗师？中国文化博大精深，我们每一个投身其中的人，就是倾其毕生精力，也不过是窥探到冰山的一角，怎么会无题目可做呢？反思的结果，一致归罪于过细的专业划分。确实，历史是一个活生生的整体，而我们的研究，分工有余，合作不足。孤立地看，深入细微，却了无生机。因为我们面对着的，几乎就是一具木乃伊，而不是生命的整体。

于是，大家奋臂高呼：再也不能这样走下去了，要倡导通才教育，走通才之路。一些勇立潮头者，开风气之先，尝试着走出狭隘的专业领域，纵横驰骋，从先秦到当代，一路拼杀下来。问题是，十几年下来，众多的论著，不过是在同一个水平上克隆自己。说得过分一点，一堆著作，可能不敌一篇真正有价值的论文。一些教学单位，也尝试着突破既有的专业体制，纷纷成立各种实验班，文史哲混合教学。他们认为，这是传统国学应有的内容。所有这些做法，都体现了现代学术的焦虑，即渴望突破自己并渴望获得成功。大家都寄希望于未来数年，通过这种教育体制培养出属于自己时代的“大师”。

这可能吗？至少我是持怀疑态度的。在我看来，这种教育理念，充其量是“拼盘教育”而已，并无新意；甚至是画饼充饥，解决不了问题。常识告诉我们，拼盘好看，且随意摆设。但是，最好的菜肴，色香味俱全，而不是拼盘。拼盘教育，就是好看不中用，与过去的教育方法，并无本质区别，还是换汤不换药。所不同的，只是把各门学科的概论一股脑儿地灌输给学生。这样的灌输，如何叫我们的学生“通”起来？

我们追求通融的境界，这是历史的需要。从近代学术发展来看，那些引领时代风气的宗师，都强调一个“通”字。他们酷爱学问，对于自己所从事的研究工作始终抱有一种敬畏的态度，把学术作为毕生的事业来追求，甚至视学术为生命。另外，他们研究学问，又都跳出固有的藩篱，将目光投向更宽广的领域。也许他们所研究的对象是一个很小的题目，但是在这课题的背后，你却感受到坚实厚重的学术支撑。在他们看来，研究学问，只有对象的不同，而没有学科疆域的泾渭之分。随着研究工作的深入展开，需要什么知识，就要掌握什么知识。

总结历史的经验，我认为所谓“通”字，至少有两层含义，一是知识层面的“通”，二是精神层面的“通”。进入知识层面的“通”，我在多种场合说过，文献学是必由之路。宋代词人晏殊有这样一句词：“昨夜西风凋碧树，独上高楼，望尽天涯路。”王国维称之为人生第一境界。其实，移之于读书治学，同样是绕不过去的一种境界。任何一个用功用心的读书人，博览群书，积以时日，当然可以获得很多知识。但是，如果没有科学的方法，依然不过是两脚书橱，两眼茫然。从事传统文化研究的人，要经过传统文献学的训练，才能了解中国文化的博大精深，才有可能“望尽天涯路”。进入精神层面的“通”，仅靠用功用心远远不够。东汉的王充在其《论衡·超奇》中将当时文人分为五种，即俗人、儒生、通人、文人、鸿儒。他认为鸿儒是最高的典范。如何评判这些文人等级，并不是以读书多少为标准，而是看他是否有通融的思想境界和深邃的人文修养。汉代皓首穷经的儒生目光短浅，光知道从外在的“文”上下功夫，那还远远不够，更应从内在的“实”方面作努力，这里强调了内外表里的一致。徐幹《中论》更加简明扼要地将文人分为通儒和鄙儒两类。鄙儒也博学，但是“鄙儒之博学也，务于物名，详于器械，矜于诂训，摘其章句，而不能统其大义之所极，以获先王之心”。他们实际上都强调了“通”字的学术视野意义。近代著名学者杨守敬曾说：“天下有博而不精者，未有不博而精者也。”俞平伯在《唐宋词选释》中也说过：“从来论诗，有大家名家之别。所谓‘大家’者，广而且深；所谓‘名家’者，深而欠广。”或许可以引申到学问领域，博大而精深是大师的境界，而杰出的学者只是精深而已。博大是前提，精深是目标。博大精深，这才是“通才”的真谛。近代以来那些成功的学者，与时俱进，敏锐而果敢地抓住了他们所处时代提供的前所未有的历史机遇，从而为20世纪的学术研究事业开创了全新的局面。通才教育的意义，更多地应当体现在这里。

原载《中国教育报》2008年4月7日第2版

文学研究既要志存高远又须心平气和

当前，文学研究乃至整个人文学术研究正面临着重要转变，或者说正处在历史的变局中。

最近三十年，学术发展狂飙猛进。首先是研究队伍日益扩大。据说，仅仅古代文学研究从业者就多达三万余人。其次是研究成果异常丰富。仅过去一年全国出版物就多达四十余万种，其中就有文学研究工作者的巨大贡献。但也不可否认，随着科学技术的发展，信息获得的便捷，写书的人越来越多，贪多求快，急功近利，跑马圈地，造成学术生态的恶化。这样一种状态必须改变。这是我们面临的第一个历史变局。

上溯一百年，1915 年 9 月，《青年杂志》（第二卷更名《新青年》）创刊，倡导建设新文化、摧毁旧传统的宗旨，由此揭开新文化运动的序幕。在政治文化领域，“打倒孔家店”成为最响亮的口号。在文学领域，“选学妖孽、桐城谬种”被打翻在地，成为新文化运动口诛笔伐的对象。一百多年来，中国的学术文化发生了翻天覆地的变化。现代学科体制的建立和学术观念的变化，是其中显而易见的变化。文学、历史、哲学从此分开，中文系又分为语言、文学两大块。文学研究分为古代、现代、当代等。各种方法纷至沓来，不绝如缕。二十世纪前半叶，有进化论的观念；五十年代以后，有唯物辩证法的观念；到了八九十年代，又有所谓的新方法论，老三论、新三论、现代派、后现代派等。问题是，由于学科壁垒的制约，学术研究越来越匠气化、越来越技术化、越来越八股化。现在，项目体、学位体造就的一代学者，没有耐心读书，只是翻书，为写论文而写论文，多平面克隆自己，越做越琐碎，背离了人文学术研究本质。这是我们面临的第二个历史变局。

历史还可以上溯到东汉前期，那时佛教刚刚以比较柔和的方式进入中土。从那以后到公元七世纪鉴真和尚六次东渡扶桑传法。前后七百余年，佛教文化融入中国社会，改造中国文化，其影响远播东亚。相比较而言，另外一种中西交融就不那么温柔了。十九世纪下半叶，西方列强以血与火的方式强势进入中国，西方文化正在深刻地改变着中国文化，不管你如何看待，这种历史进程刚刚开始。一些历史学家认为，这是中国三千年来未有之变局。

上述种种变局，尽管诱因各有不同，但是学术界表现出来的情绪相当接近，那就是充满焦虑。这种焦虑与美国著名学者哈罗德·布鲁姆《影响的焦虑》所描述的那种面对前辈大师感到无奈的焦虑不同，而是渴望超越前辈、渴望超越自己、渴望迅速成功。哈罗德·布鲁姆倡导重读经典来化解焦虑（参见其所著《西方正典》，江宁康译，译林出版社 2004 年版），这当然是一种有效的途径。但我以为，对中国学术界而言，化解焦虑，更应倡导平和沉潜的心态，彻底改变过去那种粗狂式的学术发展模式，努力创造自己的学术品牌。回顾过去中西文化的交融，我们有充分的理由来积极面对外来文化的介入，更有足够的耐心包容各种新思想、新文化，进而改造我们固有的传统文化。这就需要我们在学术文化研究中保持一种平常心态。

曾经有一段时间，西化之风甚盛，洋腔洋调，甚至提出要废黜汉字，走拉丁化道路。还有一段时间，复古思潮泛起。现在看来，哪一种极端都行不通。我们必须把心态放平，既不能食古不化，也不能食洋不化，不仰视，不俯视，心态平和、文风平和，走自己的路，回归传统，回归正统。在学术方法上，坚持“海纳百川，有容乃大”的包容心态，容得下各种各样的方法。无论是中国传统的治学方法，还是西方不同学科中的研究经验，都可以拿来为我所用。

保持学术心态的平和，还需要对中国古代学术的发展道路有一个清醒的认识和理解，尤其是对“五四”以来中国文学研究的得失，有客观而深入的了解。正所谓“明鉴所以照形，往古所以知今”，了解过去，把握中国传统学术中的“道往而明来”之学，对于文学研究的创新意义重大。这些年来，我们通过各种学术方式对百年来的学术史进行过深入的思考，但是依然感觉到意犹未尽，还缺少对“五四”时期学术研究中各种思想冲突、碰撞、融汇、发展的多元化状态进行有说服力的研究。客观地说，“五四”时期的学术研究，有“反传统”的一面，更注重对“优秀传统”的继承与发扬。甚至可以说，“五四”时期的文学研究，之所以能够达到前所未有的高度，西方多元的研究方法只是外因；说到底，中国古代学术的优秀传统，才是促成“五四”时期文学研究繁荣发展的根本动力。中国文学研究，不可能也不应该“照搬西方”、“全盘西化”。离开了中国本土优秀的文化元素，中国文学研究就会迷失自我。

那么，中国本土文化最核心的元素是什么呢？顾炎武《日知录》所倡导的，文章必须“有益于天下，有益于将来”可以视之为结论。两个“有益于”，首先要有益于学术，其次要有益于社会。有益于学术，就要有一种献身学术的精神。现在，很多人只是抱着一种实用主义的态度从事学术研究，写论文、报项目、评职称，很少从一个更高的学术层面上思考问题。有益于社会，就要求我们的人文研究工作者，要把所学的知识反馈给哺育我们的人民大众，更要为我们的民族认同感做出自己的贡献。最近，商务印书馆出版一套古代诗词读本，我在总序中就提出这样一种观点：学术研究要走出象牙塔，这既是学术发展的必然要求，也是学术研究的本质体现。

原载《中国社会科学报》2015 年 9 月 7 日第 5 版

雏凤清于老凤声

——宋云彬古籍整理奖专家寄语

感谢宋云彬古籍整理奖的主办方给我这样一个难得的机会，得与在座前辈、师长，还有年轻同道一起分享这份收获与快乐。主办方在青年奖颁奖之后，安排我发言，我想，其中一个原因，是考虑到我所代表的这代中年学人，正处在一个承前启后时期，既要继承前辈优良学风，又要薪火相传，把古籍整理出版事业传承下去。这个任务很光荣，这份信任很厚重。

以宋云彬先生为代表的老一代学者，为祖国的古籍整理出版事业贡献毕生精力。从《宋云彬文集》不难看出他们所取得的成绩，特别是对二十四史等基本典籍的整理，高山流水，泽被广大，在当代中国学术发展史上占据无可或替的地位。今天，他的后人秉承先辈遗志，将先生所藏艺术品捐拍后设立基金，鼓励和表彰古籍整理出版领域的优秀成果和杰出编辑，这种书香家风、人文情怀，更彰显出宋云彬先生对祖国文化事业的独特贡献。对此，我们表示钦佩。

宋云彬古籍整理奖中，特设青年奖，充分体现出这个奖项组织者的良苦用心。当今社会，物欲横流，人情浮竞，鲜能自坚。在这样一种背景下，我们欣喜地看到，宋云彬古籍整理青年奖中的两项大奖，一是编辑奖，二是图书奖，入围者多为青年才俊和厚重成果。他们甘于寂寞，热心于古籍整理出版事业，获得了同行的高度尊重。经过严格评审，编辑奖授予林日波先生，图书奖授予王培军先生，可谓众望所归，具有示范意义。我相信，这个奖项，无论对于他们个人，还是对于古籍整理出版事业，都意义非凡。可以设想，宋奖第二届、第三届以至若干年后，“雏凤清于老凤声”是完全可以期待的。古籍整理出版事业也正是在这种传承中发扬光大，不断地叙写着中华文明的历史，并照亮未来。

作者在首届宋云彬古籍整理奖颁奖仪式上发言

现在，很多濒临失传的传统绝活，凭

借着申报“非遗”等手段给予保护，得到传承。古籍整理出版事业也是一种非物质文化遗产，也需要加以保护，更需要传承。我们知道，古籍整理工作，没有捷径可走，没有高调可唱，更没有世俗的鲜花和掌声。这项工作，看似卑之无甚高论，但要做好，首先要有广博的知识，又要耐得住寂寞，博观而约取，厚积而薄发，往往要付出一生的努力，才能有所成就。老一代学者树立了崇高的典范。

我们这一代人，扛过枪，下过乡，在无数次的“运动”中耗费了青春年华。幸运的是，我们赶上了改革开放的最初岁月。恢复高考后，我们成为第一批幸运儿。四十年间，青灯黄卷，夜以继日，努力确保当代中国的学术链条不致发生太大断裂。相比较而言，比我们更年轻的一代读书人，自幼接受良好教育，专心从事古籍整理工作，必将取得更大的成就。宋奖专设青年编辑奖和图书奖，就是对他们的工作，表达一种敬意，一份肯定，一种激励。

在我们前面，有老一辈学者带路，后面，又有年轻一代推动。中国古籍整理出版事业，就这样江山代出，不绝如缕。朱熹说：“旧学商量加邃密，新知培养转深沉。”如何把旧学与新知结合起来，唯一的途径，就是潜心读书，踏实工作。正如王阳明所说：“人人自有定盘针，万化根源总在心。”我愿以此与青年同道共勉。

原载《光明日报》2017 年 6 月 17 日第 5 版（发表时有删节）

深度整理史料　彰显当代价值

我们的史料整理、史料研究工作正处在一个前所未有的最好的历史时期。近年，各层级的科研项目、评奖项目，文献整理成果相对容易入围，也容易获得青睐。这是因为，文献整理工作可以形成规模，可以看出深浅。所以，很多人，无论有无资质，有无基础，都对文献整理趋之若鹜，形成热点。尤其是国家社科基金的重大招标项目，中标者多为系统的文献整理项目。

纵观中国的学术发展史，文献整理主要有三种形式，第一种是相对单纯的注释、疏通。譬如东汉后期的郑玄遍注群经，唐代前期的孔颖达主持的《五经正义》，清代对几乎所有经书的重新整理，多采用这种形式。这是古籍整理校订的最基本、最重要的形式。第二种是比较系统的资料汇总，多以集注方式呈现出来。譬如《昭明文选》六臣注、清人校订十三经，大多如此，带有集成特点。第三种是独特的疏解古籍大意，具有思想史价值的整理方式。譬如魏晋时期的郭象《庄子注》、王弼《周易注》，也包括清代戴震的《孟子字义疏证》等著述，就与上述两种恪守文字校勘原则的传统注释学很不相同。它实际上是一种义理的推衍，思想的阐发。

上述三种古籍注释形式都很重要，并无高低厚薄之分，也没有孰轻孰重之别。若没有单纯的字词训释，没有典章制度、历史地理、历代职官等方面的解说，对于多数读者来讲，很多古籍根本无法读懂。而所谓的集注，所谓的义理阐发也就无从说起。所以，单纯的注释，依然是今天最值得重视的古籍整理形式，这是可以理解的。当然，这只是古籍整理的基础工作，还远远不够。古籍整理的目的，首先是为了读懂古籍，其次还要引导读者思考古书中所说的内容。这就要对古籍进行深度整理。随着电子化时代的来临，国家经济实力的增强，大规模地收集、影印乃至深度整理海内外古籍，不在少数。很多过去所谓稀见资料，现在已经进入寻常百姓家。我们应该庆幸生逢这样一个前所未有的好时代，读书已不是问题，问题是如何读书，如何写书。

一个时代有一个时代的学术。将来的学术史在回顾我们这个时代的学术业绩时，该怎样概括？我想最鲜明的特色，就是大规模的古籍影印整理。国家相关部门正在积极组织专家对中国现存古籍进行系统普查，对流失海外的古籍文献进行系统的回购或者影印出版。在此基础上历代文献的系统整理多已立项，如全唐诗、全唐文已经重新整理，全宋文、全宋诗、全元诗、全元文、全明诗、全明文等等，业已完成或接近完成。这就为我们进一步开发古籍资源提供了基本条件。

在这样的背景下，我们提出深度整理文献，彰显时代特色的问题。总结前辈学术大家的治学经验，我特别关注四个方面的问题：

第一，仔细阅读典籍，精致处理材料。现在的问题是，多数情况下，我们是粗犷式地整理材料。各省市、各地市，乃至各县市，不管是否有条件，现在都在一窝蜂地以地域冠名，编纂大型丛书。这些书，系统影印出来确实壮观。乾隆时期编纂《四库全书》，已经很了不起了，现在的文献整理，已经远远超出《四库全书》的规模。至于所谓精细地处理材料，远未实现。

第二，我们从事史料研究的人，容易把史料视为一堆“死”材料，没有生命。其实，我们必须强调文献整理的综合性，彰显古典文献的生命活力。这就涉及文献整理研究的目的问题。我认为，文献整理的目的不在文献，而在文献中体现出来的生命价值和思想张力。为此，我们应当特别关注政治制度史和社会思潮史。研究文学、研究历史、研究哲学，都离不开政治制度史与社会思潮史的研究。政治制度属于上层建筑，社会思潮则反映民众心声。我们研究历史，要关注上层和下层的关系，关注知识阶层在这两个结构中的地位、作用。我们注意到，20 世纪以来的一流学者，如陈寅恪、王国维等，都很关注政治制度史、社会思潮史。我的一些年轻同事，也开始注意这个问题，提出了“社会思潮视野下的中国现代文学”，将 20 世纪中国革命与中国文学联系起来，重新走进红色经典产生的历史现场。近年，他们从事赵树理、孙犁、柳青、周立波、丁玲等作家研究，抛开先入为主的观念，细读作品，重新深入到这些作家生活的历史场景中，体验生活，获得新的感受。

第三，就像商业要有品牌，学术也要有品牌。我们写了十本书、二十本书，甚至著作等身，如果只是简单的资料堆积，这样的学术虽然也有用，但远远不够，深度不够，品牌不亮。我们回想所有成功的学者，人们说起他们的名字，首先联想到他的作品，还有他提出的重要命题。如陈垣先生的《励耘书屋丛刻》，严耕望的《唐代交通图考》等。说到陈寅恪先生，就会想到他提出的关陇集团命题，说到田余庆先生，就会想到他提出的东晋门阀士族等命题。

第四，发现与发明并重。王国维、史语所同仁的工作旨趣，都主张发现新资料，解决新问题。陈寅恪《陈垣〈敦煌劫余录〉序》说：“一时代之学术，必有其新材料与新问题。取用此材料，以研求问题，则为此时代学术之新潮流。治学之士，得预于此潮流者，谓之预流。其未得预者，谓之未入流。”王国维在 1925 年清华大学做讲座时，谈到“最近二三十年来中国学问之大发现”，提出一切新学问皆由于新材料、新发现的论断。与此同时，黄侃则主张熟读经典，贵在发明。黄侃在他的日记里，对王国维的主张颇有微词。当王国维、黄侃已经成为历史时，我们应该明白“发现”与“发明”，缺一不可。没有新材料，新学问很难出现，但是如果只关注新材料，对旧材料没有系统的研究也是行不通的。黄侃不可替代的地方就在他对汉唐时期的著述非常熟悉，他认为，学问不是比谁掌握了新材料，而是在寻常材料当中能看出一些新问题，所以他主张熟读十三经。从《黄侃日记》中我们可以读到，黄侃经常做的工作就是“温经”，就是不断温习十三经。黄侃主张发明，王国维主张发现。作为后来的学者，我们既要强调发明，也必须重视发现。

阮元在杭州诂经精舍组织一批学者如段玉裁、顾千里等校订十三经；同时他还提出一种设想，通过胪列众说的方式，把清朝学术成果具体而微地保存下来，即在《尚书》《诗经》等经典的每一句话下罗列出清朝人的注释。清朝经学著作，阮元编有《皇清经解》，王先谦又有《续皇清经解》，都具有丛书性质。但是，还没有像阮元设想的那种大规模集成性质的著作。可惜，这项工作难度较大，尽管他官职高，学术资源丰富，还是没有完成。这种编书、读书方法，游国恩先生有所尝试。他是《楚辞》研究的大家，采用了这种看似最笨但其实是最有效的读书方法，编纂了《离骚纂义》《天问纂义》等，就是在每句下罗列历代注释、考订成果，然后加上自己的按语，很多按语都是“引而不发”，给后人留下了无限的想象空间。今天来看这样的学问，实际上体现了当代人对历代研究成果的一种清晰的把握。只有建立在上述认识基础上，我们才有可能说到文献整理的深度开发问题。

原载《古籍整理出版情况简报》2018 年第 12 期

史料的价值永不过时

“中国近现代稀见史料丛刊”的策划与编纂，我自认为还是比较了解的。它首先由我的两位年轻同事张剑与张晖（我常常称他们为文学所很有学术潜力的“二张”）发凡起例，并列入中华文学史料学学会重大规划项目。我们的老朋友凤凰出版社总编辑姜小青先生给予支持，得以按期出版。今天，我首先是以读者身份参加这个会议，同时又代表中华文学史料学学会和《文学遗产》编辑部发言。为什么还要强调我的后两者身份呢？因为我的下列想法，已不仅仅属于个人，也属于我们这个学术群体。这批史料重点在近现代，其价值主要体现在下列几个方面：

第一是近现代的意义。近现代连接着古代与当代，连接着中国与外国；近现代又具有浓郁的政治色彩，很多内容曾被遮蔽，后来被挖掘并反复讨论。近现代史与我们当今的生活密切相连。想要深入了解现代中国的一切，就必须了解近代历史的发展。文学研究所不仅恢复了近代文学室的建制，其他研究室，包括现代文学研究室、台港澳文学与文化研究室、当代文学研究室、古代文学研究室的学者，都有学者专门研究近现代文学。《文学评论》《文学遗产》在很多年前就将近现代文学研究作为组稿的重点。中华文学史料学学会还与中国现代文化学会多有交叉重合，就是想把近现代文化研究推向深入，结出硕果。“中国近现代稀见史料丛刊”就是其中的成果之一。

第二是对所谓“稀见”的理解。过去的研究，关注大家名家、关注重要作品，这当然很重要。毕竟，文化的主流，都是通过这些大家名著体现出来的。但是，如果没有细节去支撑，这种主流文化终究会显得干枯乏味，缺乏历史感。从这套丛书看，所谓“稀见”，是编者更加注重日记和杂著。这些作品，个人化、私人化色彩比较浓重，是时代的浪花，隐含着很多不为人知的信息。

第三是对“史料”的评价。我们知道，就史料谈史料没有多少意义，但是学术研究如果没有史料支撑，就不能称为学术研究，很多所谓的研究成果，只能说是学术创作，它的基本特征就是脱离史料去探究史实。这里，我想重复傅斯年在《历史语言研究所工作之旨趣》中说过的话。他说：“近代的历史学只是史料学，利用自然科学供给我们的一切工具，整理一切可逢着的史料。”他从三个方面论述了史料的价值：“（一）凡能直接研究材料，便进步，凡间接的研究前人所研究或前人所创造之系统，而不繁丰细密的参照所包含的事实，便退步。”“（二）凡一种学问能扩张他所研究的材料便进步，不能的便退步。”“（三）凡一种学问能扩充他作研究时应用的工具的，则进步，不能的，退步。”“总而言之，我们不是读书的人，我们只是上穷碧落下黄泉，动手动脚找东西！”这些话也可能有些过犹不及，但是在学术研究上强调史料的价值，永远不会过时。我甚至说过一句不中听的话：“谁绕开史料，学术界将来一定会绕开他。”

当然，史料不能解决一切问题，这里牵涉到一个史料与史识的问题，胡厚宣先生对此有过很好的比喻。他说，如果说史料是建筑材料的话，史识就是建筑构图。没有材料，再好的图纸也盖不成房子。当然，没有图纸，再好的材料也只是材料。我的已故同事张晖曾编过一本介绍黄侃学术的《量守庐学记续编》。他在《编后记》里提出了一个很有学术意趣的话题：学术研究是贵在发明，还是贵在发现？黄侃主张贵在发明。他对十三经的注和疏都非常熟悉，常常会在寻常材料中发现不寻常的内容，提出独到的见解。在他眼中，王国维似乎更重在发现。今天，我们硬要区分发明、发现的孰是孰非，也许没有什么意义了，因为学术既要贵在发明，更要贵在发现。王国维说“古来新学问起，大都由于新发见”，但是这种发现绝不是凭空而来的，它是建立在大量的史料基础上得出来的。这一点，

“中国近现代稀见史料丛刊”第一辑（全10种12册）书影

已经被学术史反复证明，几乎没有疑义。

从这个意义上说，“中国近现代稀见史料丛刊”的出版，不仅仅是对近现代史研究具有重要的参考价值，更重要的是，这套书出版，对于扭转当代浮华不实的学术风气，也具有重大的推动意义。

原载《光明日报》2014年5月26日第15版（发表时有删节）

走近经典的途径

一、回归经典的意义

五十岁以后，我常常反思过去三十年的读书经历，发现以前读书往往贪多求全，虽努力扩大视野，增加知识储量，但对于历代经典，尤其是文学经典，还缺乏深入细密的理解。《朱子语类》特别强调熟读经典的意义，给我很深刻的启发。朱熹说：

泛观博取，不若熟读而精思。

大凡看文字，少看熟读，一也；不要钻研立说，但要反复体验，二也；埋头理会，不要求效，三也。三者，学者当守此。

读书之法，读一遍了，又思量一遍，思量一遍，又读一遍。读诵者，所以助其思量，常教此心在上面流转。若只是口里读，心里不思量，看如何也记不子（仔）细。

为此，他特别强调先从四部经典读起，即《大学》《中庸》《论语》《孟子》，特作《四书集注》。而《朱子语类》就是朱子平时讲解经典的课堂笔记，不仅继续对这四部经典加以论述，还对其他几部经书的精微之处给予要言不烦的辨析。他不仅强调熟读，还主张"诵"书，即大声念出来。朱子如此反反复复强调熟读经典，实在是有所感而发。

纸张发明之前，文字传播主要靠在甲骨和竹简上刻写，文字自然不会繁富。1959 年武威出土汉简《仪礼》，甲本每枚简宽 0.75 厘米，长 55.5—56 厘米，可以书写 60 字左右。一部《史记》五十余万字，得用约一万枚竹简才能容纳下来。汉人说学富五车，其实也没有多少书。东汉之后，纸张的发明，改变了这种状况。首先，大城市有了书店，王充就是在书肆中开始读书生涯的。有了书肆，便于交流，有助于文化的普及。左思《三都赋》问世之后，可以使洛阳纸贵。

雕版印刷发明之后，书籍成倍增长，取阅容易。尤其是北宋庆历年间毕昇发明了活字印刷术，同时代的沈括《梦溪笔谈》及时记录下来，说这种印刷如果仅仅印三两份文字，未必占有优势；如果印上千份，就非常神速了。

一般用两块版，一块印刷时，在另外一块上排字，一版印完，另一版已经排好字，就这样轮番进行，真是革命性的发明。书多了，人们反而不再愿意精读，或者说没有心思精读。读书方式发生变化，作学问的方式也随之发生变化。就像纸张发明之后，过去为少数人垄断的学术文化迅速为大众所熟知，信口雌黄、大讲天人合一的今文经学由此凋落。雕版印刷术，尤其是活字印刷术的发明，也具有这种颠覆性的能量。朱熹说："汉时诸儒以经相授者，只是暗诵，所以记得牢。"但随着书籍的普及，过去那些靠卖弄学问而发迹的人逐渐失去读者，也就失去了影响力。"文字印本多，人不着心读"，而且也不再迷信权威，更多地强调自己的感受和理解。宋人逐渐崇尚心解，强调性理之学，这种学风的变化固然有着深刻的思想文化背景，同时也与这种文字载体的变化密切相关。今天看来，朱熹的忧虑，不无启迪意义。

我们也曾有过从无书可读到群书泛滥、无所适从的阅读经历。粉碎"四人帮"之初，出版社为应对读书难的窘境，重印经典名著，王府井新华书店曾出现过昼夜排队抢购图书的场面，叫人记忆深刻。此后，图书市场逐渐活跃，读书难的状况有所改观。二十世纪八十年代，全民读书，如饥似渴，留下时代的烙印。我们这一代人，自从1977年恢复高考考进大学、进入专业领域以后，更是积极努力地拓展研究空间，在恶补古今中外文学知识的同时，又几乎都不约而同地走出文学，分别从哲学的、宗教的、社会学的、人类学的方面研究文学，目标很清晰：走自己的学术道路。我自认为缺乏思辨能力，便想在古典文献学方面有所突破，于是热衷于目录、版本、校勘、文字、音韵、训诂等所谓小学知识，热切关注历代职官、历史地理等领域的研究成果，坚信“工夫在诗外”的道理。此后，也曾认真地关注过国外汉学研究，别求新声于异邦。世纪之交，随着互联网的普及，电子书异军突起，迅速占领市场。而今，读书已非难事。在知识爆炸的时代，我们的大脑成为各类知识竞相涌入的跑马场，很少有消化吸收的机会。我们的古代文学研究界，论文呈几何态势增长，令人目不暇接，但总感觉非常浮泛，很多是项目体或者学位体，都是先有题目，后再论证，与传统的以论带史没有质的区别。如何纠正这种偏失，于是我想到重读经典的问题。

美国学者哈罗德·布鲁姆《西方正典》1994 年在美国出版，译林出版社 2005 年出版了江宁康译本。作者用五百多页的篇幅深入介绍了从但丁、乔叟、塞万提斯到乔伊斯、卡夫卡、博尔赫斯、贝克特等二十六位西方文学大师的经典著作。布鲁姆还有另外一部名著，即《影响的焦虑》。江宁康在《西方正典·译者前言》中指出：“布鲁姆认为，任何作家都会受到前辈文学名家和经典名作的影响，这种影响正如弗洛伊德所说的是那种‘熟悉的、在脑子里早就有的东西’，但是这种影响也会使后人产生受到约束的焦虑。这种惟恐不及前辈的焦虑常常会使后来者忽略了文学自身的审美特征和原创性，并让自己陷入前人文本的窠臼而不得出，这就是布鲁姆所谓的‘面对前代大师的焦虑’。能否摆脱前代大师们的创作模式而建立起自己的创作特色并形成新的经典，这就是天才和庸才的根本区别。”布鲁姆在《西方正典·序言与开篇》中说：“影响的焦虑使庸才沮丧却使经典天才振奋。”

三年来，我重新阅读了《鲁迅全集》（人民文学出版社 1981 年版）、《马克思恩格斯选集》（人民出版社 1972 年版）等，这些都是我过去比较熟悉的经典。这里我特别标注了出版年代，因为这些书都是出版之初，我就购存起来的。我从开始读书的时候，主要接触的就是这些著作。当然，那个时候往往是被动的读书，虽然也背诵了不少段落，但是并没有带着问题学，因此，也未能体会出这些经典的深刻意义。

2011 年 8 月 28 日，在“中荷文化交流：文学、美学与历史”论坛的闭幕式上，荷兰著名学者 Mieke Bal 大声呼吁：文化研究要重视经济因素。这是有道理的。物质生活对于作家精神生活的决定性影响，马克思、恩格斯早有论证，已是基本常识。恩格斯《在马克思墓前的讲话》有这样一段名言：“正像达尔文发现有机界的发展规律一样，马克思发现了人类历史的发展规律，即历来为繁茂芜杂的意识形态所掩盖着的一个简单事实：人们首先必须吃、喝、住、穿，然后才能从事政治、科学、艺术、宗教等等；所以，直接的物质的生活资料的生产，因而一个民族或一个时代的一定的经济发展阶段，便构成为基础，人们的国家制度、法的观点、艺术以至宗教观念，就是从这个基础上发展起来的，因而，也必须由这个基础来解释，而不是像过去那样做得相反。”（《马克思恩格斯选集》第三卷第574页）这个问题大家在过去研究中都是关注的，我们常说经济基础决定上层建筑，也就是说一切出发点都是由经济决定的。但是落实到具体作品研究时，我们又往往忽略这一点。文学史中讲了那么多文学家，讲了那么多文学作品，给我们留下什么印象呢？就是这些作家仿佛不食人间烟火，他们的作品似乎是在一个真空的状态中产生出来的，缺乏对具体的物质文化氛围的阐释[①]。这显然不符合实际。一个作家的生存环境直接影响到他对整个社会的基本判断；一个时代的经济基础又直接影响到那时代的上层建筑。当年的杜甫怀抱着“致君尧舜上，再使风俗淳”的崇高志向进入长安，没有想到一待就是十年，理想被现实

① 罗素《西方哲学史 · 英国版序言》：“在大多数哲学史中，每一个哲学家都是仿佛出现于真空中一样；除了顶多和早先的哲学家思想有些联系外，他们的见解总是被描述得好像和其他方面没有关系似的。……这就需要插入一些纯粹社会史性质的篇章。”看来这种弊端并非中国特有。

一次次击碎。最后竟寄食友朋，卖药为生，穷朋友的接济，叫他感激涕零，希望“但使残年饱吃饭”，这是沦落帝都底层的一个漂泊者的求生呼号。正是经历了那种困顿生活，杜甫才有可能写出《自京赴奉先县咏怀五百字》这样震撼人心的作品。如果我们继续追问，当年老杜是依靠什么生存？后来所任拾遗官俸禄是多少？这个官职有什么特别意义？这些收入在当时能够维持怎样一种生活状况？所有这些，我们往往不作深究，认为这些是经济史研究的课题，或者是历史学的研究对象。就这样，我们的研究，大多很虚浮，远离历史。2005 年，《文学评论》杂志社与上海财经大学共同举办了“中国传统经济生活与文学”研讨会；2006 年，《文学遗产》编辑部又与该校联合举办“文学遗产与古代经济生活”研讨会，这种脱离物质生活实际的文学研究弊端开始得到初步的改观。

又譬如，我们知道，文学不是避风港，文学也不是空中楼阁，她一定是发生在特定的时间和空间当中的；一个作家的精神生活也离不开他的物质环境。我们只有把作家和作品置于特定的时间和空间中加以考察，才能确定其特有的价值，才不会流于空泛。诚如恩格斯《反杜林论》所说：“一切存在的基本形式是时间和空间，时间以外的存在和空间以外的存在，同样是非常荒诞的事情。”过去，我们常常大而化之，脱离具体的历史环境。而今我们比较注意将历史事件、历史人物放到特定的时间与空间中加以还原，走近了真实的历史，所得结论也就比较切实。

恩格斯《路德维希·费尔巴哈和德国古典哲学的终结》这样写道："旧的研究方法和思维方法，黑格尔称之为'形而上学'的方法，主要是把事物当做一成不变的东西去研究。"近年，国际强权政治集团推出了很多貌似神圣的概念，表面包装得异常华丽，但实际上就是把这些所谓神圣的概念当作一成不变的东西去炫耀。问题是，这些概念的炮制者，并不是从学术的层面来理解，更深层的用意是借此推销其价值观念和政治意图。如果挖掘其谬误的根源，就是脱离了具体的时间和空间，将事物放在一个抽象的层面来理解。

马克思《〈黑格尔法哲学批判〉导言》这样写道："批判的武器当然不能代替武器的批判，物质力量只能用物质力量来摧毁；但是理论一经掌握群众，也会变成物质力量。理论只要说服人，就能掌握群众；而理论只要彻底，就能说服人。所谓彻底，就是抓住事物的根本。但人的根本就是人本身。"这里谈到了精神理念在某种条件下会转化为物质力量。什么样的精神理念能够有这种转化呢？那就是要彻底、深刻且具有颠覆性力量。历史上，有所谓"清谈误国"之说，其实，这种说法并不符合中国的实际。即以《世说新语》所载钟会撰《四本论》而论，就有着深刻的政治背景和文化内涵。所谓"四本"论，即才性异同或才性离合。一派主张才与性是分离的，有才未必有德，即才性相异相离；另一派认为才与性是紧密结合的，有德必有才，即才性相同相合。陈寅恪先生在著名的文章《书〈世说新语·文学类〉钟会撰〈四本论〉始毕条后》中敏锐地指出，由这清谈的命题，可以鲜明地区分出两大政治势力范围：主张才性分离的一定属曹党，而主张才性相同的一定是门阀士族的代言人。

回想三十多前那场真理标准讨论的历程，最初只是哲学的命题，最后转换成为推动改革开放的物质力量。这一看得见、摸得着的伟大实践，充分展现了理论的巨大意义。当然，并不是所有的理论都具有这种强大的逻辑力量和物质潜能。只有那种能够说服人的理论才具有这样的力量。如果想要说服人，这种理论就必须彻底；所谓彻底，就是抓住事务的根本。前面引用到的恩格斯《在马克思墓前的讲话》，说马克思的重要发现就是用经济基础解释了人类历史发展的一般规律。

由此看来，精神的力量是无穷的。文化就是人的精神的外化。八十年代，文化只是经济发展的配角，经济搭台，文化唱戏。因此，长期以来，文化处在一种比较尴尬的境地：第一，文化的身份不明，只是经济的附庸。十七届六中全会以文化体制与机制改革作为主题，从战略的高度，将文化提升到与政治、经济、军事同等重要的地位，硬实力与软实力并重。文化不仅是产业，更是事业。第二，文化脱离国情，只是吸取外来观念，而未接地气。马克思说：“理论一经掌握群众，也会变成物质力量。”从历史上看，秦汉转化，外王内霸，文化作为一种精神力量，在一定条件下是可以转化为物质力量的。

二、研读经典的方法

首先，什么是经典？就其根本上说，中国学问源于《诗》《书》《礼》《乐》《易》《春秋》等所谓“六经”，汉代称为“六艺”。《乐经》不传，古文经学家以为《乐经》实有，因秦火而亡，今文经学家认为没有《乐经》，“乐”包括在《诗》和《礼》之中，只有五经。东汉时，除了五经以外，增加了《孝经》和《论语》，合为七经。唐代，先是把《孝经》《论语》排除，而把《礼经》分为三：《周礼》《仪礼》《礼记》；再把《春秋》分为《左传》《公羊传》《穀梁传》，增加到九经。后来到了唐文宗时期，又把《论语》《孝经》《尔雅》加进去成为十二经。宋代为了抬高《孟子》的地位，朱熹作《孟子集注》，进入经的行列，于是儒家的经典成为十三经。这是儒家基本经典，也是中国文化的最基本的典籍。当然也有人在此基础上另推崇一些典籍，如段玉裁《十经斋记》（《经韵楼集》卷九）就在此基础上益之以《大戴礼记》《国语》《史记》《汉书》《资治通鉴》《说文解字》《九章算经》《周髀算经》，以为二十一经。但无论如何划分，都以五经为基始。

八十年代初期我在杭州大学读书时，姜亮夫先生指导我们阅读十二部经典，首先是五部经书:《诗》《书》《礼》《易》《春秋》，以及由此而来的是“三礼”(《周礼》《仪礼》《礼记》)、“三传”(《左传》《公羊传》《穀梁传》)，再加上《论语》《孟子》及《老子》《庄子》和《楚辞》。

中国文学史上的经典，不胜枚举。就历史上说，可以称之为“学”的，无外乎“选学”与“红学”。“红学”是很专门的学问，博学大家、草根学者比比皆是。我是外行，没有发言权。在我们身边，俞平伯先生当然是这一领域的博学大家，我们刚刚举办了他的纪念会，人们不会忘记他。我正在从事《文选》的学习与研究工作，有了一些体会。

从我的读书阅历说，我比较欣赏下列四种读书的方法:

一是开卷有得式的研究，钱锺书为代表。他也是从基本典籍读起，《管锥编》论及了《周易正义》《毛诗正义》《左传正义》《史记会注考证》《老子王弼注》《列子张湛注》《焦氏易林》《楚辞补注》《太平广记》《全上古三代秦汉三国六朝文》等十部书，都由具体问题生发开去。钱先生胸中有那么多的问题，而现在学者的问题是往往没有“问题”(意识)。读俞曲园先生《茶香室丛钞》《右台仙馆笔记》《九九销夏录》等，他说自己“老怀索寞，宿痾时作，精力益衰，不能复事著述。而块然独处，又不能不以书籍自娱”，于是抄录了这些著作。看来，从事研究，不仅仅需要知识的积累，也需要某种内在的强大动力。过去，我们总以为从事文史研究，姜是老的辣，其实未必如此。年轻的时候，往往气盛，往往多所创造。但是无论年轻还是年老，这种读书笔记还是应当做的。《书品》载文纪念顾颉刚先生，说他每天坚持写五千字，那怕是抄录五千字也行。《顾颉刚读书笔记》全十七册（包括一册索引），令人赞叹。钱先生也具有这种烂笔头子的工夫。商务印书馆出版了《钱锺书手稿集·中文笔记》二十册，多是读书笔记。这也是中国最传统的读书方法，随心所欲，泛览博观。当然，古代也有一些重要的笔记，显然是经过精心整理，如王应麟《困学纪闻》、顾炎武《日知录》、赵翼《廿二史札记》、钱大昕《廿二史考异》、王鸣盛《十七史商榷》等，洵为一代名著。

二是探源求本式的研究，陈垣为代表。他的研究，首先强调对资料进行竭泽而渔式的搜集。他的《元西域人华化考》，引用资料就有二百多种。其次是研究方法，从目录学入手，特别关注年代学（《二十史朔闰表》《中西回史日历》）、避讳学（《史讳举例》）、校勘学（《元典章校补释例》）等，元元本本，一丝不苟。陈垣曾以上述几部重要的笔记为例，强调要进行史源学的研究，并总结了若干原则："一、读书不统观首尾，不可妄下批评。二、读史不知人论世，不能妄相比较。三、读书不点句分段，则上下文易混。四、读书不细心寻绎，则甲乙事易淆。五、引书不论朝代，则因果每倒置。六、引书不注卷数，则证据嫌浮泛。”1942 年，他利用《册府元龟》及《通典》，发现《魏书》一版缺叶，凡 316 字，引起学术界的广泛关注。他的儿子陈乐素考证《玉台新咏》寒山赵氏本所附跋文作者陈玉父，就是《直斋书录解题》的作者陈振孙，非常详尽，但是有几处小小地方，有所推测，他在给儿子的书信中提出异议，认为这种考证太迂曲。他主张一是一，二是二，拿证据说话。“考证为史学方法之一，欲实事求是，非考证不可。”他的主要成果收录在《励耘书屋丛刻》中，是考证学的典范。

三是含而不露式的研究，陈寅恪为代表。问题多很具体，所得结论却有很大的辐射性，给人启发。《隋唐制度渊源略论稿》《唐代政治史述论稿》篇幅不长，结论可能多可补充甚至订正，但是他的研究方法，他的学术视野，开阔而富有感召力。他的研究，有的时候带有一定的臆测性，也就是他为冯友兰中国哲学史所写的审查报告所说，对于古人应抱有“了解之同情”。

四是集腋成裘式的研究，严耕望为代表。严耕望先生的学问是有迹可循的，他也有先入为主的框架，但他不是先做论文，而是先做资料长编。他的名著《唐代交通图考》整整做了四十年。有这样的功夫，后人就这个课题而言，想超越他不容易，最多拾遗补阙。他做《魏晋南北朝佛教地理稿》，把所有能找到的佛教庙宇、高僧等，逐一编排。他做《两汉太守刺史表》，排比资料，考订异同。我发现，很多有成就的学者，在从事某项课题研究之前，总是先做好资料长编。关键是如何编。每个课题不一样，长编的体例自然也各不相同。严耕望先生的治学体会与经验，都浓缩在《读史三书》中，值得阅读。

从学术研究的角度看，我个人比较欣赏严耕望的读书方法，希望把资料收集与研究工作紧密结合起来，资料编完，自己也真正进入这个领域。同时，这些资料整理出版，又能为学界提供一部经过系统整理的参考著作。这样的著作，于公于私，均有裨益。

我在从事《文选》文献研究时，常生发感慨，感叹我们正处在最好的读书时代，到了想要什么材料就有什么材料的地步，读书不难，但是把书读好就特别难了。资料都明摆在那里，汇总起来也不难，难的是如何按照新的思路整理资料，思索问题。这就有点像打牌，洗出一把牌，就可以别开生面。学会整理资料，就像重新洗牌一样，把资料整理好了，学问就成功一半。当然，文献整理只是基础性工作，重要的是对文献的重新阐释和理解。

原载《人民政协报》2012 年 2 月 20 日第 11 版

在文化传承中彰显家国情怀

在中国人的心中，每个人的生命体验都与家庭、民族、国家紧密相连。从家出发，个人、家庭、群体、民族、国家，一脉相承，共同支撑着我们的天下理想。这就是中国人的家国情怀，已经成为中华民族世代传承的文化基因。

首先，中国人的家国情怀可以溯源至远古祖先对天的敬畏。天是最高的境界，既抽象又具体。从自然层面来说，日月运行，不为尧存，不为桀亡，自有其亘古不变的运行规律。从社会层面来说，敬天、崇德、保民，三位一体。《左传》说“民之所欲，天必从之”，“国将兴，听于民；将亡，听于神”。中国古代思想家早就指出，谁能获得百姓的信任，谁就会赢得最终的胜利。反之，谁损害老百姓的利益，谁就必然招致灭亡。《尚书》多次强调知人安民的重要性。《荀子》把君民关系比作舟与水的关系，水可以载舟，也可以覆舟。《管子》说：“政之所兴，在顺民心；政之所废，在逆民心。”民心向背决定着政治的兴衰。

民，是由无数生命个体组成的，同样受到德、法、礼的规范。《大学》说：“古之欲明明德于天下者，先治其国。欲治其国者，先齐其家。欲齐其家者，先修其身。欲修其身者，先正其心。欲正其心者，先诚其意。欲诚其意者，先致其知，致知在格物。”这种家国理论，以明德修身为起点，以经世济民为旨归，诚如陆游所说“位卑未敢忘忧国”，境界是很高远的。

修身致用的基础是正心诚意和致知格物。心正，才能意诚。心正是关键，所以《周易》把君子进德修业放在首位，然后才是修辞立诚。所谓致知格物，就是用知识探究事物的原理。明代大儒王守仁推而广之，主张在实际活动中获得良知，将道德认识与道德实践统一起来，赋予“格物”以实践品格。他在《答顾东桥书》中指出：“知之真切笃实处即是行，行之明觉精察处即是知。知行工夫，本不可离。”知行合一，就是认识论与实践论的统一。人不能做思想的巨人，行动的矮子，更不能言行不一。欧阳修《朋党论》论及道义、忠信、名节，都与诚信和良知有关。守道以诚，才能做到“富贵不能淫，贫贱不能移，威武不能屈”。报国以诚，就能同心共济，坚守“人生自古谁无死，留取丹心照汗青”的信念，就能做到“鞠躬尽瘁，死而后已”。习近平同志指出：“从某种角度看，格物致知、诚意正心、修身是个人层面的要求，齐家是社会层面的要求，治国平天下是国家层面的要求。”这是家国情怀的根本主张。

其次，中国人的家国情怀还体现出对国家统一的强烈认同。《礼记》以天下大同为理想社会，将远古历史分为“天下为公”与“天下为家”两种形态。天下为公，是说天下乃天下人共有之天下，是谓大同。当历史进入到私有制社会以后，以血缘为纽带，天下为家，公天下变成了家天下，这是国家的雏形。国家是一定范围内的人群所构成的共同体形式，有共同或相近的理想信念，有相对规范的道德法律体系。两千多年来，维系中华民族多元一体的基本理念，就是大一统观。董仲舒《举贤良对策》说，“大一统者，天地之常经，古今之通谊也”。周秦汉唐实现了国家的统一，奠定了中华大一统的基础。康乾盛世，尊奉中华始祖，在北京修建历代帝王庙，强调“夫天下者，天下人之天下也，非南北中外所得私”。在乾隆眼中，“中华统绪，不绝如线”。这是中华民族源远流长的根本所系。

家是最小的国，国是千万家。家与国，是生命的共同体，血浓于水，生死相依。《战国策》有“苟利社稷，生死以之”这样的名句，清初思想家顾炎武也说：“天下兴亡，匹夫有责。”历史上，每当中华民族危亡之日，正是家国情怀激荡之时。无数仁人志士舍小家顾大家，舍小爱成大爱，救亡图存，慷慨赴难。我们不会忘记天安门广场中央人民英雄纪念碑的碑文：“三年以来，在人民解放战争和人民革命中牺牲的人民英雄们永垂不朽！三十年以来，在人民解放战争和人民革命中牺牲的人民英雄们永垂不朽！由此上溯到一千八百四十年，从那时起，为了反对内外敌人，争取民族独立和人民自由幸福，在历次斗争中牺牲的人民英雄们永垂不朽！”中华民族抵御外侮，坚持统一，同心同德，反对分裂。这是家国情怀的历史表达。

第三，中国人的家国情怀还体现出对民族强盛的热切期盼。每一个中华儿女，无论生在何时，身在何处，都是中华民族大家庭中的一员，都会默默地愿意为中华民族的发展贡献一份力量。鲁迅说：“我们从古以来，就有埋头苦干的人，有拼命硬干的人，有为民请命的人，有舍身求法的人。”他们也许没有豪言壮语，没有高头讲章，而他们的实干，却在生动地诠释着一个古老民族的自信精神和不屈品格。这是家国情怀的社会基础。

中国人的家国情怀不是一句空洞的口号，而是深深地植根于每个中国人内心世界的无疆大爱，是中华民族立于不败之地的文化密码。习近平同志在国家博物馆参观《复兴之路》陈列时说：“历史告诉我们，每个人的前途命运都与国家和民族的前途命运紧密相连。国家好，民族好，大家才会好。实现中华民族伟大复兴是一项光荣而艰巨的事业，需要一代又一代中国人共同为之努力。”家，虽然只有一个字，却联系着一个人的一生，联系着他的祖国。传承中华文化，最终目的是弘扬中华民族精神，彰显这种家国情怀，为实现中华民族伟大复兴的中国梦提供内生动力。

原载《中国文化报》2017 年 9 月 20 日第 3 版

以文化天下的启示

中华优秀传统文化不仅滋育了华夏儿女，也对周边国家乃至欧美产生了重要影响，成为世界文明宝库中最具特色的重要组成部分。这是一个最基本的事实。《周易·彖辞》曰："刚柔交错，天文也；文明以止，人文也。观乎天文，以察时变；观乎人文，以化成天下。"中华文化的要义，充分体现在"观乎人文，以化成天下"这九字箴言上。它积极倡导通过不同文明的交流，创造并延续人类的文明。我们应当广泛宣传中国文化对周边国家和地区的浸润、抚育，对世界文明的贡献。

一

中华优秀传统文化对海外的积极影响，主要是通过经典传播这一途径实现的。

中国典籍记载，早在公元前十三世纪周武王灭商时，箕子就已率五千殷人东迁朝鲜半岛立国，史称箕氏朝鲜。《史记》记载："武王乃封箕子于朝鲜而不臣也。"《汉书》记载："殷道衰，箕子去之朝鲜，教其民以礼义，田蚕耕作。"朝鲜典籍《三国史话》《三国遗事》[①]中亦有类似的记载。1485年朝鲜编《东国通鉴》载，西周时的箕子率"五千人入朝鲜"，中国的典籍则称"皆从而往焉"。《朝鲜史略》载："周武王克商，箕子率中国人五千入朝鲜。"早在两千年前，孔子的著述及儒家经典如《诗经》《尚书》《春秋》等，就已传入朝鲜半岛。公元三世纪以来，高句丽与百济太学的贵族子弟，在太学中接受儒家经典教育。《旧唐书·东夷·高丽传》曰："俗爱书籍，至于衡门厮养之家，各于街衢造大屋，谓之扃堂，子弟未婚之前，昼夜于此读书习射。其书有《五经》及《史记》、《汉书》、范晔《后汉书》、《三国志》、孙盛《晋春秋》、《玉篇》、《字统》、《字林》；又有《文选》，尤爱重之。"[②]初唐武德七年（624），刑部尚书沈叔安前往朝鲜半岛册封建武为上柱国，并讲授《老子》，"其王及道俗等观听者数千人"。公元七世纪，新罗王朝在中国唐王朝扶持下完成统一大业，中国

①朝鲜的三国指高句丽（前37—668）、百济（前18—660）、新罗（前57—935）。

②《旧唐书·东夷·高丽传》，中华书局1975年版，第5320页。

文化对于朝鲜半岛的影响更是达到前所未有的程度。八世纪末，新罗开始实行科举制度，科考内容也以儒家经典为主。通过实行一系列教育举措及科考制度，儒家的“德智”、“仁政”等政治理念以及忠孝节义等道德伦理思想对新罗社会产生极大影响。自唐贞观中期至五代中期的三百多年里，新罗先后派遣过两千多名留学生，系统学习中国的政治制度、文化思想、典章礼仪、文学艺术、天文历法。从《奎章阁图书中国本综合目录》（韩国首尔大学编）等韩国现代书目中，可以看到中华典籍在朝鲜半岛留存的踪影。

中国文化通过朝鲜半岛，再传到日本。据日本史书《古事记》记载，应神天皇十六年（285），百济博士王仁带《论语》十卷、《千字文》一卷赴日本，传播儒家文化，很多学者认为这是《论语》在东亚历史上的隆重登场。①所以，神田喜一郎《中国书籍记事》说：“距今一千数百年前，从朝鲜传来的《论语》和《千字文》，是中国典籍传入日本的源头，到了公元8世纪，我们的祖先开始从中国大量输入各类典籍。”②日本曾多次派遣唐使前来中国，“请儒士授经”。很多人在回国时，“尽市文籍，泛海而

①《千字文》为梁代周兴嗣所著，在中国的西晋时期（265—316）尚未成书。这里可能是笼统而言。

②《日本学人中国访书记》，（日）内藤湖南、长泽规矩也等著，钱婉约、宋炎辑译，中华书局2006年版，第181页。

还”[①]，从中国带走了大量汉文典籍。《日本国见在书目》（《古逸丛书》本）等日本古代目录学专书，也保留了丰富的历史印记。近代日本学者森立之等《经籍访古志》收录日本六十多家藏书机构的汉籍，有善本六百五十四种。岛田翰的《古文旧书考》考察了日本所藏中、日、韩刊刻的汉籍版本源流，分别考证旧抄本、宋椠本、旧刊本、元明清及韩刊本，厘为四卷[②]。严绍璗《日本藏汉籍珍本追踪纪实——严绍璗海外访书志》及《日藏汉籍善本书录》记载，目前所知，日本所藏汉籍多达七千余种[③]。

从现代考古资料看，中国与西方的交流应当早于汉武帝时的张骞。二十世纪八十年代，广西合浦西汉墓中出土了大量珍贵的琉璃、琥珀、玛瑙、水晶、绿松石装饰品，还有印度、希腊风格的黄金饰品，足与意大利庞贝古城出土者相比美。庞贝古城毁于公元 79 年，正值东汉章帝建初四年。那年，一代文豪马融出生，东汉思想文化正在发生重要变化，但是物质文化并没有本质改变，我们看到的多数出土文物还是泥碗土灶。而庞贝古城的日常用品以及

①《旧唐书·东夷·日本传》，中华书局 1975 年版，第 5341 页。
②《古文旧书考》，北京图书馆出版社 2003 年影印出版时更名《汉籍善本考》。
③《日本藏汉籍珍本追踪纪实——严绍璗海外访书志》，上海古籍出版社 2005 年版。《日藏汉籍善本书录》，中华书局 2007 年版。

金银首饰，与现代几无差别。类似的饰物，在中国只能从王侯乃至皇帝陵寝中发现，平民墓葬中很少见。而合浦汉墓的出土文物不但不逊色于庞贝古城出土者，而且很多首饰品极为精致，其品相甚至远远超过庞贝古城的。据考证，墓中随葬的成批滑石器，主要产自广西北部和湖南省内。还有相当一部分出土文物产于欧洲的罗马帝国（古代中国称其大秦国），譬如琥珀，就是东西方通商史上最重要的物品；再如玛瑙，种类繁多，制作精美。这些绝非合浦本地所产，应是海外传播进来的。魏文帝《马瑙勒赋》就称其“出自西域”。另外，望牛岭一号西汉墓出土“大”、“阮”等铭文金饼两枚，汉代称之为上币，应是与海外交易的大额货币。大量滑石器以及精美首饰等器物的发现，反映了合浦港外通欧洲、内走水路与内陆腹地的交通顺畅的状况。

正是通过海上、陆地丝绸之路，中华优秀传统文化经典早就传到欧洲。法国安田朴著《中国文化西传欧洲史》告诉我们，十七世纪以来，英、法、德、意等国的图书馆也收藏了大量中华典籍。在这个时期，很多中华典籍中的一些典故、甚至一些著作也开始引起西方学者的关注。譬如以道德教育为主旨的蒙书《明心宝鉴》就较早地被翻译成西文。

二

根据历史的经验，中国古籍在世界的传播，有的是主动输出，譬如 1869 年，美国向清政府赠送西文图书，想交换中国最新人口资料。清王朝回赠了大约一千册中国图书，这是美国国会图书馆最早也是最有价值的特藏。有的则是被动的，甚至是被掠夺而去。近代四大藏书楼之一的浙江吴兴陆心源的皕宋楼藏书在光绪三十三年（1907）被日本人全部购走，现藏于日本东京静嘉堂文库，一直是国人心头的伤痛[①]。尤其是日本军国主义侵略中国期间，无恶不作，疯狂掠夺。据专家统计，劫往日本的中国文献典籍有 23675 种，合为 2742108 册；中国历代字画有 15166 幅，中国历代古物有 28891 件，中国历代碑帖有 9378 件，中国历代地图有 56128 幅[②]。这更是一段血腥的历史记忆。郑振铎先生《劫中得书记》《续记》等文章中，对于日寇焚毁、掠夺中华典籍的斑斑劣迹，做了具体而微的记载，把我们带到了那个战火纷飞的年代：1932 年 1 月 28 日，日寇轰炸上海，商务印书馆东方图书馆被毁。张元济日记、

① 参见徐桢基著《藏书家陆心源》一书所附资料，陕西人民教育出版社 2007 年版。

② 严绍璗《日本军国主义者在中国掠夺的文化资材》，见《日藏汉籍善本书录》附录三，中华书局 2007 年版，第 2115 页。

古籍书目序跋及其与友朋信札等文献对此有详尽记载[1]。在这场灾难中，郑振铎在上海的寓所被日军扫荡，失书十余箱，全部的弹词、鼓词、宝卷及小唱本均丧失无遗。1937年8月13日，日寇攻入上海，他寄存在虹口开明书店里的古书被焚。中国图书史上有所谓“五厄”、“十厄”之说，而近代以来，对于华夏民族文献的焚毁、吞噬，莫过于日寇。譬如1940年日寇轰炸北碚，清华图书馆很多珍贵古籍也被焚毁。日寇这种鲁莽灭裂华夏民族文化的野蛮暴行，又何止这些？看到自己民族文献被焚毁在家园、被盗运到国外，西谛先生痛心疾首，发愤要存亡继绝，“收异书于兵荒马乱之世，守文献于秦火鲁壁之际”。《劫中得书记》就生动地记述了这段“大类愚公移山，且将举鼎绝膑”的悲壮历程。对这段悲壮的抢救民族文献的经历，西谛先生曾借用龚自珍的诗句“狂攎文献耗中年”加以概括，称自己“性疏狂而好事。初搜集词曲、小说、弹词、宝卷，继集版画，皆举世所不为者也。抗战中为国家得宋元善本、明清精椠一万五千余种”[2]。正是从这个意义上，李一氓先生说：“对于郑先生，我以为他是中国文化界最值得尊敬

①《张元济书札》，商务印书馆1991年版。《张元济傅增湘论书尺牍》，商务印书馆1983年版。《张元济古籍书目序跋汇编》，商务印书馆2003年版。

②国家文物局编《郑振铎文博文集》插页，文物出版社1998年版。

的人。”①

中华典籍在世界范围内的传播，并不都是和风细雨，也遭遇过悲惨的经历。但是，不论是主动输出，还是被人宰割，作为中华文明重要载体的古代典籍，迄今依然灵光独存，始终是华夏儿女心中最可宝贵的一份历史遗产，须臾不能忘记。近代以来，域外汉籍逐渐引起国人重视，黄遵宪、黎庶昌、杨守敬、罗振玉、张元济、傅增湘等人追踪蹑迹，比类成编，大量记录、回购流传到海外的中华典籍。其中，杨守敬所编《日本访书志》，商务印书馆所编《古逸丛书》等就是这些记录或回购的初步成果。改革开放三十年来，随着研究工作的深入开展，域外汉籍的回购、研究、出版，业已成为学术界一个不大不小的热点，很多流失海外的中华典

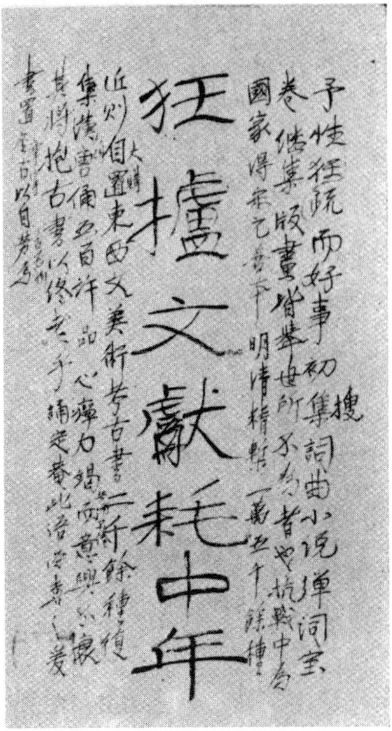

郑振铎遗墨

① 参见拙文《西谛书话的启迪》，《文学评论》2008 年第 3 期。

籍得到影印，中华书局还出版了专门刊物《域外汉籍研究集刊》，这都表明学术界对于中华古籍在海外流传给予高度关注。

三

中华文化经典虽然历经磨难，迄今依然生生不息，发挥着传承文明、资政育人等不可或替的重要作用。这是一笔宝贵的文化遗产，更是构建社会主义核心价值观的宝贵资源。1981 年，根据陈云同志的批示，中共中央下发了《关于整理我国古籍的指示》，成立了国务院古籍整理出版规划小组，教育部也适时成立了高校古籍整理委员会，开展了卓有成效的古籍保护工作，一大批古籍得到整理出版。近年来，这项工作又通过实施中华再造善本工程等文化项目，加强了对古籍再生性的保护、开发和利用。2007 年初，文化部又根据中央领导同志的批示，召开了全国古籍保护会议，正式成立全国古籍保护中心及全国古籍保护工作专家委员会，确定了第一批全国古籍重点保护试点单位，决定编纂《国家珍贵古籍名录》，并在此基础上编纂《中华古籍联合目录》。

这些年来，从事中华传统文化研究的工作者，潜心研究，通力合作，推出了很多高质量的研究成果。我们希望能在此基础上，继续整合各方面力量，在人才队伍建设、研究课题规划等方面，通盘考虑，系统规划，在未来三十年拿出更多的成果，培养更多的人才。

同时，我们还要扩大视野，将中华各个民族的文化经典也加以整理传播。最近有机会到民族院校讲课，我发现民族院校文学系同学除阅读各民族文学经典外，通常还要开设汉民族文学经典阅读课。《诗》、《骚》、李、杜、元、白、韩、柳，都有详尽的介绍。反观一些综合性大学中文系，似乎没有几所院校开设民族文学经典课程。中文系，是中国文学系的简称。中华各民族文学经典，如产生在公元十一世纪前后的维吾尔族古典名著《福乐智慧》，产生于十三世纪前后的《蒙古秘史》以及著名的中国少数民族三大史诗《格萨尔王传》《江格尔》《玛纳斯》等，当然是中国文学的重要组成部分。

整理保护，是为了更好地利用。如何做好这项工作，我们就必须把眼光转向民众，转向海外。

转向民众，就是要做好文化经典的普及工作。对此，我在《学术研究同样有一个“为了谁”的问题——纪念〈在延安文艺座谈会上的讲话〉全文正式发表70周年》（《光明日报》2013年10月18日“光明专论”）中做过系统阐述。2013年8月19日，习近平在全国宣传思想工作会议上的讲话说得最为全面。他说，我们的思想宣传工作，就是要“宣传阐释中国特色，要讲清楚每个国家和民族的历史传统、文化积淀、基本国情不同，其发展道路必然有着自己的特色；讲清楚中华文化积淀着中华民族最深沉的精神追求，是中华民族生生不息、发展壮大的丰厚滋养；讲清楚中华优秀传统文化是中华民族的突出优势，是我们最深厚的文化软实力；讲清楚中国特色社会主义植根于中华文化沃土、反映中国人民意愿、适应中国和时代发展进步要求，有着深厚历史渊源和广泛现实基础”。如何“讲清楚”，当然要有专业积累，更要深入基层，落到实处。

转向海外，就是要积极宣传中华文化的精髓。2007年制定实施的《国家“十一五”时期文化发展规划纲要》中特别强调了“走出去”重大战略目标。这是一项意义深远的举措。随着中国综合国力的提升，我们希望中国文化在世界范围有更大的影响，而古籍的传播就是最好的途径之一。我们决不能允许像陆心源藏书流失海外那样的悲剧再度发生，而是要以更积极主动的姿态广泛输出中国古籍文化，让更多的人深入了解中国传统文化的精髓所在，让更多的人深入理解现代中国核心价值观的意义所在，真正在世界范围确立文化大国的形象。

其实，文化经典的传播，还不仅仅是树立形象，更重要的意义还在于，在东西方文化交流过程中，很多有识之士发现，东方文化可以将国家精神意志、民族文化理念内化成为个体的自觉，有助于消除人与人、人与社会、人与自然的隔阂和对立，弥合国与国、族与族、家与家的分歧，具有化解矛盾危机、整合社会力量的重要作用。这也是我们今天为什么大力倡导中华文化经典对外传播的现实意义。

原载《中华经典海外传播首届国际学术研讨会论文集》，光明日报出版社 2016 年版

第二辑 谈古论今

司马相如与民族精神家园

“司马相如与民族精神家园”是一个很大的话题。什么是民族精神？司马相如的创作怎样体现了民族精神？这是值得我们反复讨论的。这里，我想结合司马相如的创作谈三点感想：

第一，司马相如的政治理想

司马相如的政治理想是什么？他在《难蜀父老》《封禅文》中都谈到了《春秋》，《春秋》的核心问题是“春秋大义”，即大一统。汉武帝用武力平定天下后，开始着力文化建设的时候，司马相如应运而生，积极介入社会，迎合了这个时代的需要。由此看出，一位优秀的学者、一介睿智的文人，需要有政治眼光，司马相如的眼界显然高于一般文人学者。

举一个例子，严助是汉武帝时期另外一位大文学家，会稽人。武帝即位之初，为吸引优秀人才，特设文学贤良。来自蛮夷之地的严助，第一个进入政治高层，得到关注。后来，闽越的军队攻打东瓯，东瓯来求情。有人主张放弃，认为那是闽越与东瓯的问题，与中央朝廷无关。而严助别具眼光，认为一定要支持东瓯，解决边地的安稳问题。一个从边远地区跑到政治中心的人，能够如此效忠朝廷，值得称道。职此之故，武帝对严助非常器重，叫他领兵去救东瓯。结果，他还没到，闽越就撤军了。武帝对他委以重任，让他担任会稽太守，他从此不问政事，游山玩水。后来，武帝非常生气，下诏责备他，他十分害怕，赶紧求饶。可见，严助的政治抱负也就是这些。

在当时，司马相如与严助都算是边鄙之人，严助半途而止，而司马相如到死也没有放弃自己的理想。史书记载，司马相如死后，夫人说他曾有《封禅文》，武帝派人去取，知道这篇《封禅文》是一篇大文章，提出封泰山的建议。十三年后，此事得到落实，极大地提高了中央的权威。这正是司马相如叫人敬佩的地方。他并不苟求功名利禄，没有出来做大官，但是他的文章，能够把自己的思想与国家联系起来。多年前，我曾撰写《〈子虚赋〉〈上林赋〉的分篇、创作时间及其意义》一文，通过梳理文献，发现《上林赋》应该定稿于元光元年。在这篇赋中，司马相如比较了诸侯与天子的异同，最终归结到天子，归结到一统。我认为，这就是司马相如所信奉的“春秋大义”，一统天下。不管是边地，还是中原，中华一统，这就是司马相如的政治理想。

第二，司马相如的文学典范

司马相如在前人基础上确立了大赋的基本品格。他通过自己天才的创造，对大赋进行了全方位的改造，不仅仅是文字的藻饰，也不仅仅是构思时的东南西北方位，而是将大赋变为一种国家文体。历代的文学总集、文学选本，乃至个人文集，通常要把赋排在第一位。其实，赋并不好读，为什么还得到那么多文人的青睐？原来，在中国古代文人心中，赋不仅仅是案头文学，不仅仅是娱宾遣兴的文字，它体现出一种国家意志，人文情怀。这是汉赋和一般文学作品不一样的地方。司马相如的文学，不仅仅因为他创作了《子虚赋》《上林赋》等大赋，而且还创造了一种文学典范。

第三，司马相如的启示

司马相如的政治理想，司马相如的文学典范，给中国文人留下良好传统，即一个优秀的文学家，必须把自己的创作与国家、社会的需求结合起来。

好的文学要接地气，要与国家相关联。司马相如的作品，包括他的《难蜀父老》等好多作品，为什么会被中国第一部综合文章总集《昭明文选》收录？因为《昭明文选》不仅仅是一部文学选本，它还是一部政治教科书。司马相如垂范后世，核心要义就是文学要与社会相关联。任何一个时代，当文学脱离了社会，脱离了民众，文学就没有了生机，这是被反复证明的一个基本事实。三国之后，西晋文学为什么走向衰落？就是因为它仅仅变成了所谓的精英文学。为什么建安文学那么感人？为什么盛唐文学那么感人？就是因为它传达出百姓的心声，描绘出国家未来发展的蓝图，而这一点恰好是中国文人的传统。抗日战争时期，多少文人志士，在烽火连天的岁月，放弃了个人的理想，投身到国家的伟大事业中。当然，也有一些文人，躲进象牙塔、亭子间，写他们的小文学，但是我们的文学史自然不会念及他们。中国人写的文学史，彰显的是为国家奋斗的文人。

司马相如具有高远的政治理想，创造出光辉的文学典范，也给中国传统文人留下优秀的文学传统。从这个角度来看，我们讲司马相如与民族精神家园，就是家国情怀，就是一个民族的精神脊梁，这是司马相如带给我们的最重要的启示。

原载《南充文学》2017 年第 4 期

魏晋风度与酒

魏晋风度有三个重要标志：吃药、饮酒、清谈。

一、吃药：增加生命长度

在自然界，人最无奈。《庄子》说："大块载我以形，劳我以生，佚我以老，息我以死。"生死是一个最大的问题。陶渊明《形影神》三首之《形赠影》："天地长不没，山川无改时。草木得常理，霜露荣悴之。谓人最灵智，独复不如兹。"《归园田居》："人生似幻化，终当归空无。"吃药，也许是延长生命的最佳方式。《论衡·自纪》："适辅服药引导，庶冀性命可延。"秦汉以来，很多犯上作乱者，或宗教传播者，多以符水治病为由，获取民众信任。如汉末黄巾军，如五斗米教，皆如此。最近四十多年，在秦汉三国墓穴考古发掘中发现很多药方，说明当时医药非常发达。魏晋的药又有不同，很多达官显贵多吃一种五石散。如嵇康与高士王烈交往，甚敬异之，“共入山，（王）烈尝得石髓，如饴，即自服半，余半与康，皆凝而为石”。所谓“石髓”，即尚未凝固的钟乳，与赤石脂、石英一起，是构成古代名药“五石散”的主要成分。曹操的养子、后来又成为女婿的何晏亦以服药出名。《世说新语·言语》载何晏的话：“服五石散，非唯治病，亦觉神明开朗。”吃药之风，东晋亦然。《世说新语·文学》载：“王孝伯（王恭）在京，行散至其弟王睹户前，问：‘古诗中何句为最？’睹思未答。孝伯咏：‘所遇无故物，焉得不速老。’此句为佳。”行散，就是服药之后，要不断地通过走路将药性散发出来。鲍照有《行药至城东桥》诗，杜甫诗“行药病涔涔”，皆如此意。这种药，带有养生壮阳作用，吃过会使面色红润，皮肤娇嫩。所以，当时人都愿意效仿。像潘岳貌美，人们都喜欢，而左思貌丑，便不被待见。这些吃药的人，衣服不能常洗，所以宽大成为风尚。《颜氏家训》：“梁世士大夫皆尚褒衣博带，大冠高履。”因为不常换衣服，故多虱子，扪虱而谈，也是风度。嵇康《与山巨源绝交书》：“危坐一时，痹不得摇，性复多虱，把搔无已。”故后来有《扪虱录》这样的书名，书中多记录奇闻异事。

二、饮酒：增补生命密度

吃药有门槛，饮酒更为常见。《史记·殷本纪》就有商纣王“设酒池肉林”的记载，可见酒在中国有着久远的历史。那时，甚至还有专门掌管酒的官吏，叫大酋。《礼记·月令》说：仲冬之月，“乃命大酋，秫稻必齐，曲蘖必时，湛炽必洁，水泉必香，陶器必良，火齐必得，兼用六物。大酋监之，毋有差贷”。《汉旧仪》载，汉代酒官叫太官、汤官，“奴婢各三千人”，可见皇室酿酒业规模非常庞大。私家酿酒就不计其数了。张衡《南都赋》说：“酒则九酝甘醴，十旬兼清。醪敷径寸，浮蚁若蓱。”曹操《上九酝酒法奏》就提到南阳郭芝家的九酝酿酒法：“三日一酿，满九斛米止。”《汉官》载，皇家每年正月要设宴款待群臣，称为“嘉会之好”，常有万人之多。民间饮酒就更不用说了，非常普遍，所以，在汉代的文学作品乃至考古发掘的画像砖、帛画、漆画、壁画中，常有宴饮题材。河北满城刘胜夫妇墓的耳室中陈列着 33 个大陶缸，发掘之初还能看到酒液蒸发后的痕迹。近来考古还发现了尚未蒸发的酒液。

古人喝酒极有讲究。先说酒器，《周礼·考工记·梓人》引《韩诗》：一升曰爵，二升曰觚，三升曰觯，四升曰角，五升曰散。喝酒的程序也有讲究。《礼记·玉藻》：“君子之饮酒也，受一爵而色洒如也，二爵而言言斯，礼已三爵而油油以退。退则坐取屦，隐辟而后屦，坐左纳右，坐右纳左。”曹丕《典论·酒诲》的记载，荆州刘表好酒，“为三爵，大曰伯雅，次曰中雅，小曰季雅”。伯雅七升，中雅六升，季雅五升。刘表为汉末八俊之一，为当时名士所趋附。曹植《箜篌引》说：“乐饮过三爵，缓带倾庶羞。主称千金寿，宾奉万年酬。”就描写的这种情形，谓酒过三巡之后，开始换上便服，自由地品尝各种美味嘉肴。当然，私人宴饮就没有那么多讲究了。《汉书》东方朔曰：“臣闻消忧者，莫若酒也。”曹操也说：“何以解忧，唯有杜康。”所以，很多文人为酒唱赞歌，如扬雄有《酒箴》，曹植有《酒赋》。扬雄《酒箴》借酒器的不同命运讽喻官场的险恶和混浊：“子犹瓶矣。观瓶之居，居井之眉，处高临深，动常近危。酒醪不入口，臧水满怀，不得左右，牵于纆徽。一旦叀碍，为甍所轠，身提黄泉，骨肉为泥。自用如此，不如鸱夷。鸱夷滑稽，腹如大壶，尽日盛酒，人复借酤。常为国器，托于属车，出入两宫，经营公家。由是言之，酒何过乎？”

当然，制酒需要很多粮食，且酒如果不及时喝掉就会变酸。《法言》卷三有“日暑不饮酒，酒必酸”的说法。在饥荒的年代，粮食紧缺，制酒就会受到限制。《汉书·食货志》载：“一酿用粗米二斛，曲一斛，得成酒六斛六斗。”酒精度数，与稻米好坏相关。好酒就得用好的稻米。《汉书·平当传》如淳注：“稻米一斗得酒一斗为上尊，稷米一斗得酒一斗为中尊，粟米一斗得酒一斗为下尊。”汉代文景以来，统治者多次下禁酒令，原因在此。曹操征兵打仗，考虑到这个问题，就曾下禁酒令。孔融好酒，《后汉书·孔融传》说：“宾客日盈其门，常叹曰：‘坐上客常满，尊中酒不空，吾无忧矣。’”他当然反对这个命令。《后汉书·孔融传》所载孔融《难曹公表制酒禁书》，文曰：

酒之为德久矣。古先哲王，类帝禋宗，和神定人，以济万国，非酒莫以也。故天垂酒星之耀，地列酒泉之郡，人著旨酒之德。尧不千钟，无以建太平。孔非百觚，无以堪上圣。樊哙解厄鸿门，非豕肩钟酒，无以奋其怒。赵之厮养，东迎其王，非引卮酒，无以激其气。高祖非醉斩白蛇，无以畅其灵。景帝非醉幸唐姬，无以开中兴。袁盎非醇醪之力，无以脱其命。定国非酣饮一斛，无以决其法。故郦生以高阳酒徒，著功于汉；屈原不餔糟歠醨，取困于楚。由是观之，酒何负于治者哉！

这段话，旁征博引，雄辩滔滔。其中“天垂酒星之耀，地列酒泉之郡，人著旨酒之德”等语，引发了李白的联想。他在《月下独酌》中说“天若不爱酒，酒星不在天。地若不爱酒，地应无酒泉”，就是从扬雄、孔融的语意生出。扬雄说：“由是言之，酒何过乎？”孔融也说：“由是观之，酒何负于治者哉！”所不同者，扬雄反说，孔融正说而已。

孔融上书后，曹操还真有书回答，讲了一番禁酒的道理。孔融不服，又一次上书，说："昨承训答，陈二代之祸，及众人之败，以酒亡者，实如来诲。虽然，徐偃王行仁义而亡，今令不绝仁义；燕哙以让失社稷，今令不禁谦退；鲁因儒而损，今令不弃文学；夏商亦以妇人失天下，今令不断婚姻。而将酒独急者，疑但惜谷耳，非以亡王为戒也。"这种批驳还真有道理，古人有的行仁义而亡，有的因谦让而亡，有的因儒学而损，有的因沉溺声色而亡，那为什么不禁止仁义、谦让、学术和婚姻呢？最后孔融点出禁酒的真实目的，就是节省粮食。既然如此，就直接挑明不是更好？这叫曹操非常为难。后来，他借理由杀掉了孔融。

其实，曹操父子也是好酒的。曹操就说："对酒当歌，人生几何。譬如朝露，去日苦多。慨当以慷，忧思难忘。何以解忧，唯为杜康。"曹植也"任性而行，不自雕励，饮酒不节"。竹林七贤中，山涛"饮酒至八斗方醉"；阮籍放浪形骸，有人劝他要注意礼法，阮籍说"礼岂为我辈设也"，也表示不屑一顾。阮籍本不愿意出仕做官，但是听说步兵校尉府厨中有酒数百斛，便求之。他常常纵饮数十日，高唱"服食求神仙，多为药所误。不如饮美酒，被服纨与素"（《古诗十九首》）。他的侄子阮咸与人喝酒，不用杯子，用瓮盛酒。有群猪来饮，他也不在意，直接上去共饮之。《晋书·刘伶传》记载："常乘鹿车，携一壶酒，使人荷锸而随之，谓曰：‘死便埋我。’其遗形骸如此。”《世说新语·任诞》载，刘伶放浪形骸，饮酒不节，常脱衣裸形于房内，纵饮不节。人劝止，他还说：“我以天地为栋宇，屋室为裈衣，诸君何为入我裈中？”“刘伶病酒，渴甚，从妇求酒。妇捐酒毁器，涕泣谏曰：‘君饮太过，非摄生之道，必宜断之。’伶曰：‘甚善，我不能自禁，唯当祝鬼神自誓断之耳。便可具酒肉。’妇曰：‘敬闻命。’供酒肉于神前，请伶祝誓。伶跪而祝曰：‘天生刘伶，以酒为名。一饮一斛，五斗解酲。妇人之言，慎不可听。’便引酒进肉，隗然已醉矣。”他还作《酒德颂》为自己寻找理论根据：

有大人先生，以天地为一朝，万期为须臾，日月为扃牖，八荒为庭衢。行无辙迹，居无室庐，幕天席地，纵意所如。止则操卮执觚，动则挈榼提壶，唯酒是务，焉知其余。有贵介公子、搢绅处士，闻吾风声，议其所以。乃奋袂攘襟，怒目切齿，陈说礼法，是非锋起。先生于是方捧罂承槽，衔杯漱醪。奋髯踑踞，枕曲藉糟。无思无虑，其乐陶陶。兀然而醉，豁尔而醒。静听不闻雷霆之声，熟视不睹泰山之形。不觉寒暑之切肌，利欲之感情。俯观万物，扰扰焉如江汉之载浮萍。二豪侍侧焉，如蜾蠃之与螟蛉。

《酒德颂》最早收录在刘义庆《世说新语·文学》，

文字与《文选》大体相同。唐人修《晋书·刘伶传》及《初学记》卷二十六亦载录此文，文字基本相同。“先生于是方捧罂承槽，衔杯漱醪。奋髯踑踞，枕曲藉糟。无思无虑，其乐陶陶。”两手捧着酒器，慢慢饮酒，胡子拉碴，箕踞而坐，怡然自得之情溢于言表。糟，当是酒糟。又作槽，则为酒器。李贺《将进酒》诗“小槽酒滴真珠红”，便指酒器。醪，浊酒。杜甫《醉时歌》“不须闻此意惨怆，生前相遇且衔杯”即源于“衔杯漱醪”四字。所以杜甫特别感慨，说“得钱即相觅，沽酒不复疑。忘形到尔汝，痛饮真吾师”。

萧统《陶渊明集序》：“有疑陶渊明诗，篇篇有酒，吾观其意不在酒，亦寄酒为迹者也。”齐梁时期的文人已经看出魏晋名士嗜酒，有不得已者，有许多难言之隐。《晋书·阮籍传》说他“属魏晋之际，天下多故，名士少有全者，籍由是不与世事，遂酣饮为常”。当时司马氏想找阮籍麻烦，他常常大醉不问世事。嵇康作《家诫》，十分世故地告诫自己的儿子处事要谨小慎微。阮籍之子阮浑长成，“风气韵度似父，亦欲作达。步兵曰：仲容已预之，卿不得复尔”。仲容指阮咸，竹林七贤之一。可见他们放浪形骸，饮酒不节，实在是不得已而为之的。

魏晋人饮酒还有一个原因，就是追求形神相亲。当时名士常说：“三日不饮酒，觉形神不复相亲。”按照老庄的说法，形神相亲则神全，物我两忘。饮酒是达到这种境界的最好阶梯。《世说新语》记载王孝伯的话说："名士不必须奇才，但使常得无事，痛饮酒，熟读《离骚》，便可称名士。"陶渊明诗篇篇有酒，追求的就是形神兼备的境界。陶渊明常蓄无弦琴，每当喝酒高兴，便抚弄以寄意。寄什么意呢？就是自然与和谐的境界。显然，陶渊明饮酒不是避难，首先是追求一种诗意的生活。《饮酒》二十首序称"既醉之后，辄题数句自娱"。在酒的境界中，他"采菊东篱下，悠然见南山"。其次便是追求一种物我两忘的境界。《饮酒》第七首："一觞虽独进，杯尽壶自倾。日入群动息，归鸟趋林鸣。啸傲东轩下，聊复得此生。"第十四首："不觉知有我，安知物为贵。又有迷所留，酒中有深味。"《形影神》论神的境界："纵浪大化中，不喜亦不惧。应尽便须尽，无复独多虑。"

三、清谈：增强政治话语

王羲之认为"虚谈废务，浮文妨要，恐非当今所宜"。他对清谈的评价，非常之低。如果回到那个历史场景中，我们发现，魏晋清谈，并非无的放矢。嵇康《赠秀才入军》描写一种优游容与的生活情趣。

息徒兰圃，秣马华山。流磻平皋，垂纶长川。目送归鸿，手挥五弦。俯仰自得，游心太玄。嘉彼钓叟，得鱼忘筌。郢人逝矣，谁与尽言。

“目送归鸿，手挥五弦”为全诗的警句。顾恺之曾说，画“手挥五弦”为易，画“目送归鸿”为难，因为前者只要勾勒出形貌就行，后者却要传神写照，表现出人的精神状态，说明当时的艺术界已经比较注意人的精神风貌的重要性了。蒋济著有《眸子论》，顾恺之为裴楷画像，特别突出他面颊上的三根毫毛以显示他的特征。“目送归鸿”，丹青所难以表现的正是内在的精神。“俯仰自得，游心太玄”一句，实际是当时士大夫纵情玄学的真实写照。当时有所谓“三玄”之说，即士大夫都喜欢读《周易》《老子》《庄子》。他们在理论上提出许多的命题，比如才性四本、言意之辨、声无哀乐、三教异同、圣人无情等，都与这三书有关，还为此展开激烈的辩论。这叫清谈。这些理论命题绝不是无的放矢，而是有着强烈的政治内涵。清谈时，还伴有道具，即所谓麈尾。孙盛与殷浩谈论不休，“彼我奋掷麈尾”，乃至毛落饭碗。

问题是，为什么魏晋时期，特别看重吃药、饮酒、清淡这三件事呢？这要从东汉末年说起。苏轼《潮州韩文公庙碑》：“自东汉以来，道丧文弊，异端并起。”所谓“异端并起”，言下之意是指传统儒学式微，道教兴起，佛教传入。三种思潮的兴衰更替，促成了三种文化的冲突与融合：第一是外来文化（如佛教）与中原文化的冲突与融合；

第二是传统文化与新兴文化（如道教）的冲突与融合；第三是官方文化与民间文化的冲突与融合。因此，东汉后期，处士横议，臧否人物，成为一时风气。正是在这样一种混乱的历史条件下，以曹操为代表的寒门乘势而起。

公元200年的官渡之战，曹氏胜，袁氏败。这不是一家一户的成败问题，而是寒门与高门较量的缩影。袁氏的失败，表明以儒家思想为正宗的豪门世袭政治暂时受到挫折。此后，北方完全为寒门出身的曹操所控制。

建安元年（196），曹操逐渐壮大，并在建安五年官渡之战中胜袁绍，建安十三年赤壁之战中，虽然未能获得胜利，但是稳定了北方。此后，至建安二十五年，曹操牢牢地控制着北方，控制着东汉最后一个皇帝汉献帝，挟天子以令诸侯。

建安二十五年元月，曹操死。那些隐忍屈辱的豪门看中了司马懿父子，支持他们向曹氏夺权。

司马懿小曹操二十四岁，后死三十一年。曹操对他既爱又恨。爱他有才，恨他阴毒，深知自己的后代不是他的对手。曹操听说他有“狼顾相”，“召使前行，令反顾，面正向后而身不动”。司马懿善于伪装，“勤于吏职，夜以忘寝，至于刍牧之间，悉皆临履”，赢得了曹氏家族的信任。魏明帝在位十三年，临终之际下遗诏，由司马懿与曹爽辅佐八岁少帝曹芳。司马懿起初几乎不问政事，装了十年糊涂，摆出一副超然物外的样子。但是，就在正始十年（249），当志得意满的曹爽陪着曹芳皇帝祭扫明帝高平陵之际，他在京城突然发动政变，凡曹爽“支党皆夷及三族，男女无少长，姑姊妹女子之适人者，皆杀之”，史称“高平陵之变”。司马懿之所以敢这样狠毒，就在于他得到了豪族强民的支持，同时，寒族出身的一些官吏（如贾充之流）也站在了司马氏一边。与司马氏形成鲜明对照的是以嵇康为代表的竹林七贤。此外，何晏、王弼等在其中也扮演了极特殊的角色。

竹林七贤这个名称最早见于东晋孙盛《魏氏春秋》：“（嵇）康寓居河内之山阳县，与之游者，未尝见其喜愠之色。与陈留阮籍、河内山涛、河南向秀、籍兄子咸、琅邪王戎、沛人刘伶相与友善，游于竹林，号为七贤。”1960年春夏之交，南京市西善桥附近出土了一座南朝古墓，墓中有“竹林七贤与荣启期”砖刻壁画，现今存放于南京博物院。画面中有八人，除七贤外，还有一个荣启期，各自席地而坐，七贤每人中间均有植物间隔开来，但不是竹子，而是银杏、垂柳、松树、槐树，在向秀与荣启期之间则有一株阔叶竹。这说明竹林七贤曾有过密切交往之说并非虚构。这在史书中可以找到很多例证。

嵇康为谯郡亳县人，与曹氏同乡，又是曹魏的姻亲，娶曹丕、曹植的异母兄弟曹林之女（或说孙女）为妻，从此获中散大夫之职。然而，他生活在司马氏掌握大权的时代，这本身就已使他面临着严重的威胁，而偏偏他的思想性格又过于执着，不肯随波逐流，结果常常使自己处于整个社会的对立面的位置，成为众矢之的。作为豪门势力代表的司马氏，为了获得整个士族的支持，首要的工作是以儒学相标榜，倡导儒术。而嵇康在言行上却处处显现出与儒术格格不入的态度。《养生论》讽刺孔子“神驰于利害之端，心骛于荣辱之途”。儒家认为八音与政通，也就是《毛诗序》所说：“治世之音安以乐，其政和；乱世之音怨以怒，其政乖；亡国之音哀以思，其民困。”而嵇康却主张“声无哀乐”。孔子说：“学而时习之，不亦乐乎。”嵇康又来发难，作《难自然好学论》，认为如果不用学习就能有吃有喝，人们是不会自找苦吃地去学习的。他的朋友山涛推荐他出来做官，他又作《与山巨源绝交书》说自己有“七不堪”和“两不可”。他有七种习惯：喜欢晚起、喜欢游动、身上多虱、讨厌写文书、厌倦吊丧、讨厌俗人、厌烦杂事，而他所反感的这七件事又是官场必不可少的，所以他说自己不堪忍受。如果说这“七不堪”多还属于个人习性方面的问题，不至于引起统治者太多的反感，那么，他的“两不可”却无论如何也不能再让统治者等闲视之了。这“两不可”一是“非汤武而薄周孔”，二是“刚肠疾恶、轻肆直言”。司马氏篡夺天下，首先是以儒术相倡导，以儒家正统自居，而嵇康却大不以为然，当然会使那些权贵坐卧不安，必欲致之死地而后快。许多司马氏的党羽想尽各种办法在嵇康身上打主意，设法陷害他。比如有一次嵇康正在打铁，钟会来看他，嵇康向来不愿意理他，于是装作视而不见的样子，继续做自己的事。钟会讨个没趣，灰溜溜地往回走。没想到嵇康冷冷地问他："何所闻而来？何所见而去？"钟会的答话软中藏刀："闻所闻而来，见所见而去。"这样一种过于切直的性格，加之又对司马氏所倡导的名教采取了一种近乎本能的厌倦与对立的态度，这就使嵇康的人格、诗品充满悲剧的色彩。对此，嵇康也深有感触，并且在诗文中一再提及当时环境的险恶："鸟尽良弓藏，谋极身心危。吉凶虽在己，世路多崄巇。"对官场的憎恶、对仕途的反感，使他越发对山林隐逸的生活充满向往。他把庄子的归返自然的精神境界视为自己的人生理想，与阮籍、向秀、山涛、阮咸、刘伶、王戎等共为竹林之游。魏晋名士，首先以他们为代表。他们在一定程度上，也代表了寒门的主张。

三国纷争，从某种意义上说，就是人才的竞争。曹操要想统一中国，人才的网罗，对他来讲尤为重要。在豪门把持选官用人的汉代，像曹操这样出身卑微的人，在一般情况下，是难有出头之日的。他原本是宦官养子的后代，其祖父曹腾是东汉著名的宦官，收养了曹嵩，生曹操。陈琳在为袁绍撰写讨伐曹操的檄文中就骂曹操"赘奄遗丑，本无令德"，从中可以看出曹操在大家世族心目中的位置了。曹操曾有一首诗说到自己卑微的身世："自惜身薄祜，夙贱罹孤苦。既无三徙教，不闻过庭语。其穷如抽裂，自以思所怙。虽怀一介志，是时其能与。守穷者贫贱，惋叹泪如雨。”在宗法制度盘根错节的古代中国，卑微的出身，历来被视为是一件耻辱的事。李斯就说过：“诟莫大于卑贱，而悲莫甚于穷困。”曹操在《让县自明本志令》这篇著名的文章中回顾自己的早年生活时曾说到这一点。他说自己年轻时最大的愿望只是想当一郡太守，后来志向升为典军校尉。在平定汉末变乱中，曹操借机扩充实力，他的理想又升为封侯，死后在墓碑上写着“汉故征西将军曹侯之墓”，斯为足矣。在两汉门阀制度下，曹操有这样的理想，已经近于天方夜谭了。不过，时势造英雄。公元 184 年黄巾起义爆发，曹操参与了镇压起义军的活动。中平六年（189）灵帝死，外戚何进谋诛宦官，反被诛杀，朝中大乱。西凉军阀董卓带兵入据洛阳，废少帝刘辩，立献帝刘协；杀太后。曹操逃出洛阳，东归陈留。其时袁绍、袁术等实力人物起兵于东方。曹操募得五千兵参加混战，这是他建立军事大权的开始。当时他已经三十五岁了。建安元年（196），曹操将处于困境的汉献帝迎至许昌，自己充当了保护人的角色，“挟天子以令诸侯”，动辄打出“奉辞伐罪”的旗号，使对手处于道义上的不利境地。几十年来的身世际遇，使他深深感到，要想使自己立于不败之地，要想取得自己当政的合法性，就必须首先打破过去的用人制度和精神壁垒，广开渠道，延揽人才。于是他首先从传统的儒家学说开刀。儒家讲究孝道，而曹操则唯才是举，只要有才，哪怕背负着不忠不孝的恶名，也可以委以重任。他曾一次又一次地发布求贤令，一次比一次把问题提得更尖锐、更深刻，其核心是唯才是举。门阀士族服膺儒术，讲求孝悌之道，以为有才者必有德；而曹操则以为有德者未必有才。竹林七贤多是赞赏曹操的主张，倡导真实，反对虚伪。这种用人观念的根本分歧在当时哲学思想界也有强烈反响。当时有“才性四本”之争，即才性异同或才性离合。一派主张才与性是分离的，有才未必有德，即才性相异相离；另一派认为才与性是紧密结合的，有德必有才，即才性相同相合。陈寅恪先生在著名的文章《书〈世说新语·文学类〉钟会撰〈四本论〉始毕条后》敏锐地指出，由这清谈的命题，可以鲜明地区分出两大政治势力阵营：主张才性分离的一定属曹党，而主张才性相同的一定是门阀士族的代言人。可见，清谈有着很深刻的政治内涵，值得我们仔细辨析。

原载《西南半壁》2018年第1期

杜甫精神的启迪

1982年初我在清华大学给本科生上选修课，其中一个重要内容就是杜诗导读。连续讲了十年，每次都会被杜甫感动。我曾经写过一篇关于杜甫的文章，题目是《〈箧中集〉与杜甫》，就是结合教学形成的一些思考。那个时期，我对杜甫相关文献涉猎不多，对杜诗内容的理解也非常肤浅。此后，一直在补课，一个重要的途径，就是细读杜诗。譬如，以《资治通鉴》为线索，比对《钱注杜诗》和《杜诗详注》，希望在阅读中能有新的发现和收获。我相信，与我有相近想法的人，应该不在少数。事实上，从事中国古代文学研究的人，是不可能绕开杜甫的。杜甫精神，已经内化为中国知识分子灵魂的一个重要部分；杜诗艺术，业已成为中国古典诗歌的最高典范和标准。

创刊于1981年的《杜甫研究学刊》(当初名为《草堂》)，为杜甫研究提供了一个非常好的平台，经过

作者在杜甫诞生窑前留影

三十五年的努力，已经成为专业领域内公认的权威期刊。可以这样说，改革开放以来，几乎所有杜甫研究的名家都曾在《杜甫研究学刊》上发表过文章。办好一份刊物，编者、作者、读者，相互支持，三者并重，各在其中扮演着至关重要的角色，会聚成一股合力，把刊物推到历史前沿，发挥应有作用。因此刊物的成长过程，实际上也是学人的成长过程。我作为办刊人，同时也是一名学人，时常会有这样的体会与感受。我想，诸位杜甫研究专家朋友们或许会有与我相同的感受吧。

就在纪念《杜甫研究学刊》创办三十五周年之际，一些热爱杜甫、研究杜诗的青年朋友，受此感召，自发地组织起杜甫读书会，读万卷书，行万里路，从杜甫的出生地河南巩县开始他们的读书研讨活动，脚踏实地，以文会友，成为当时比较引人瞩目的文化现象。

一、杜甫研究中的是是非非

2015年值得纪念的重大历史事件比较多，除《杜甫研究学刊》创刊三十五周年以外，还有《新青年》杂志创刊一百周年。更重要的是，又是反法西斯暨抗日战争胜利七十周年。在风起云涌的新文化运动中，杜甫被反复论及，甚至被赋予“情圣”的新称号。纪念反法西斯暨抗日战争胜利，表面上看似乎与杜甫无关，殊不知，在那些烽火连天的岁月里，正是杜甫的爱国情怀，激励着无数的仁人志士义无反顾，勇往直前。在古代，杜甫被塑造成“每饭不忘君”的忠君爱国典范，无论在官方还是在民间，都享有至高无上的地位和荣誉，这种尊享和隆誉是其他诗人无法比拟的。在近现代，杜甫也曾一度被视为地主阶级和法家代表。在市场经济条件下，杜甫又成为文化品牌和市场卖点，一时间热闹非凡，甚至还成了网络红人。在千年岁月的历史长河中，杜甫研究可谓起起落落，其中的是非坎坷，颇耐人寻味。确实，有的时候，杜甫很忙，忙就忙在被人肆意打扮与利用。如果让人们，尤其是年轻人，在李白、杜甫、苏轼中来选择他们最喜欢的诗人，我猜想选择杜甫的人肯定不会是最多的。就是说，杜甫虽忙，但他却是寂寞的。平心而论，历代读书人，包括现代知识分子，有多少是他的隔代知己，他的千年知音？又有多少人对他有深入的理解，或者说同情？如果秉持实用主义的观点看杜甫，是很难理解他的，也很难让他在当代社会发挥应有的作用。由此引申，对待杜甫研究，对待我们的传统文化，如果缺少一种求真务实的态度，缺少起码的文化自信，都是对中华优秀传统文化的亵渎。十八大报告曾经谈到我们要有制度自信、道路自信、理论自信。最近，习近平总书记又多次谈到文化自信问题。传承杜甫文化，弘扬杜甫精神，就是文化自信的表现。“国破山河在，城春草木深”，无论前程如何，他始终对自己的祖国、对自己的同胞充满深厚的情感。

这种情感，未必能为所有的人理解，不可否认，也可能有部分人不愿意去理解，乃至别解。我最近读到两本书，又生发出一些感慨，一本书是 1880 年俄罗斯汉学家王西里的《中国文学史纲要》，一本书是 2013 年翻译出版的《剑桥中国文学史》。两书对杜甫似乎都没有给予足够的重视:《中国文学史纲要》几乎没有给杜甫留什么位置;《剑桥中国文学史》不仅没有专章，没有专节，甚至连个独立的标题都没有。王西里的《中国文学史纲要》写于 130 多年前，重点叙述的是先唐文学史的发展，唐代以后的文学介绍非常简单，一笔带过。这可能是体例所限，也可能是有意为之，这里姑且不论。最不可理解的是新近出版的《剑桥中国文学史》，洋洋洒洒百万字，诗圣杜甫、诗仙李白却只有两三面的篇幅。很多前代诗人和作家，如建安时期的“三曹”、“七子”，如西晋的“三张、二陆、两潘、一左”，多设有专节、专章。宋代以后乃至晚清一些并不很重要的诗人，也多有专题介绍。难道真的是“李杜诗篇万口传，至今已觉不新鲜”了吗？恐怕并不是这样。若干年前，“重写文学史”的话题非常时髦，无外乎是想用新的理念颠覆以往的架构，重新论列文学家，重新评价文学作品。还有一种理论认为，唐代以及唐代以前的作品多为抄本流传，很可能有后人增删的成分，与原貌相去甚远，因此，以往的研究模式应该被突破。基于这样的认识，不仅李、杜的地位有所下降，屈原和《楚辞》，也受到空前质疑，甚至被认为是秦汉以下的作品。当然，这样的论点早已不新鲜，但是现在重提，就值得寻味。屈原、李白、杜甫作为中国知识分子的代表，是中华优秀传统文化的核心和灵魂，如果像他们这样伟大的作家和作品都受到质疑和忽略，中国文化的自信又从何谈起，中华民族的精神力量又源自何处？二十世纪以来有关杜甫研究的重大问题，已有专文介绍，这里就不必赘述。我只想说明，任何研究，表面看起来只是学术问题，但又不仅仅是学术问题，也牵涉到很多民族感情问题。所以，我们倡导回归传统经典，回归主流文化形态，就更具有特别的现实意义和积极作用。

二、杜甫的平凡世界

一百多年来，我们研究杜甫，或把他捧得很高，或把他贬得很低，归根到底都是受到了实用主义的影响。其实我们的杜甫，就是身边的平常人。说他伟大，也是平凡的伟大。从辛亥革命到现在一百余年，我们经历了各种运动和风暴，我们更应当以平常之心来对待杜甫，既不仰视，也不俯视，而是抱以同情的理解，去认识一个真实的、全面的杜甫，而不再是一个符号的杜甫。他的忧国忧民，他的忠君忘我，他的苦难悲痛，他的狂傲不逊，还有他的小情小趣，我们都应该有一个客观清醒的认识和判断，不能偏执一端。另外，我们的研究，在方法上亦应多种多样，百花齐放、百家争鸣。改革开放三十多年来，我们的学术界通常是跑马圈地，拼命拓展，不遗余力，在一定程度上造成了学术生态的失衡。与此同时，我们却又有意无意地忽略经典，对于《诗》、《骚》、李、杜、元、白、韩、柳、苏、黄等大作家、重要作品和经典的研究，反而没有更多的进展。相反，倒是那些边缘的东西，大有步入学术中心的态势。如果说前三十年是学术研究的原始积累期，未来三十年，就应当改弦易辙，步入学术新常态，创造自己的学术品牌。如何创造品牌？我想在文学经典上下功夫，肯定是一条康庄大道，譬如杜诗研究。

三、杜甫的伟大精神

杜甫是平凡的，同时又是伟大的。他的伟大寓于平凡之中。

首先，杜甫敬畏传统，追求高远。他说："作者皆殊列，名声岂浪垂。"因此，他潜心创作，"上薄风、骚，下该沈、宋，言夺苏、李，气吞曹、刘。掩颜、谢之孤高，杂徐、庾之流丽，尽得古今之体势，而兼人人之所独专"。他的气度，他的成就，一时无出其右者，所以常有"百年歌自苦，未见有知音"的悲慨。现在的我们，是不是他的知音，这还真是个问题。其次，杜甫最叫人感动的地方，就是他对现实社会的关照。他是一介书生，却梦想着"致君尧舜上，再使风俗淳"。我们今天的文学创作、学术研究，是不是也应该有这样的现实关怀？我曾在不同的场合谈到，社会科学研究不关心社会，人文科学研究不关注人生，文学艺术创作不关注民众，作者只是"躲进小楼成一统"，这样的研究，这样的创作，到底有没有意义，我想是不言自明的。杜甫地位虽卑，却具有如此感天动地的大爱情怀，他的爱国思想，他的道义文章，确实值得我们认真反思。为纪念反法西斯暨抗日战争胜利七十周年，《文学遗产》编辑部组织文章，纪念古代文学研究工作者在抗日战争的烽火岁月中，通过他们特有的方式投身于保家卫国运动中，特别令人感动。譬如我的老师姜亮夫先生，"九一八"事变令他非常悲痛，他在深刻反思我们民族传统后，提出"龙的图腾"这一命题。后来，经过闻一多等人的宣传阐释，尤其是二十世纪八十年代初，一曲《龙的传人》唱遍中国后，这个命题很快就成为中国文化的一个象征。从杜甫到近现代的知识分子，他们的经历给我们深刻的启示，集中到一点，就是文学创作、学术研究，都应密切联系社会现实，深深扎根于民众土壤，才有可能创造出无愧于时代的作品。在我任职的文学研究所，早期有十几位专家从延安“鲁艺”走出来，为新中国的文化建设贡献出自己毕生的精力和才华。为此，我曾在《光明日报》“光明论坛”上发文，集中讨论学术研究的意义和价值问题。在我看来，如果把学术研究仅仅当作稻粱谋的工具，当作自己获取蜗角功名的手段，这样的学术研究就无法体现其本身的价值和意义，研究者的态度和动机也值得怀疑。

杜甫之所以感人，最重要的原因，就是他无论怎样潦倒与落魄，都自始至终关注社会现实，关怀民族命运，关心黎民百姓。他能推己及人，大爱天下，在床头屋漏、雨脚如麻的凄冷寒夜中，发出“安得广厦千万间，大庇天下寒士俱欢颜，风雨不动安如山！呜呼！何时眼前突兀见此屋，吾庐独破受冻死亦足”的呐喊。这振聋发聩的呐喊穿越时空，成为永恒。我想，这就是杜甫留给我们最重要的精神启迪。

原载《杜甫研究学刊》2015 年第 3 期

关于袁宏道的佚文

袁宏道一生著述如林，流传颇广。题名袁宏道的传世作品中，确也不乏赝品。如袁中道《游居柿录》卷十记载《袁宏道集》中原有《狂言》《续狂言》等"不知是何伧父刻画无盐、唐突西子，真可恨也"。钱伯诚《袁宏道集笺校》（上海古籍出版社 1981 年版）鉴别真伪，将这类赝品剔除在外，然后按年编排，收录袁宏道《敝箧集》《锦帆集》《去吴七牍》《解脱集》《广陵集》《瓶花斋集》《广庄》《瓶史》《潇碧堂集》《破研斋集》《觞政》《墨畦》《华嵩游草》《场屋后记》十四种。此外，尚有《未编稿》三卷和佚文《西湖总评诗》等十余篇，总字数达 120 余万。当然，世间还有一些题名袁宏道的作品，因为流传较稀，尚不为学界广泛了解。左东岭兄《王学与中晚明士人心态》（人民文学出版社 2000 年版）第四章注释提到收藏于日本内阁文库的三种袁宏道著作：《珊瑚林》《金屑编》《六祖坛经节录》就是一例。不过，左兄说这些书“是大陆所没有的”似不确。80 年代中期，我在清华大学图书馆就读过《珊瑚林》及另外一部未见著录的《花事录》，因为对明代的历史了解甚少，且关于袁宏道的佚文真伪难辨，当时只是做了笔记就放置一边。近来，时常有同行询问这部书的情况，我愿意就我所知略作介绍。此本与内阁文库藏本是否出于同一版本，还望左东岭兄指教。

《珊瑚林》见于《贩书偶记》子部杂家类著录，无刊刻年代。孙耀卿先生推断为明末刻本。清华所藏刻本一函一册，分上下卷。四周单边，无鱼尾。每半叶八行，

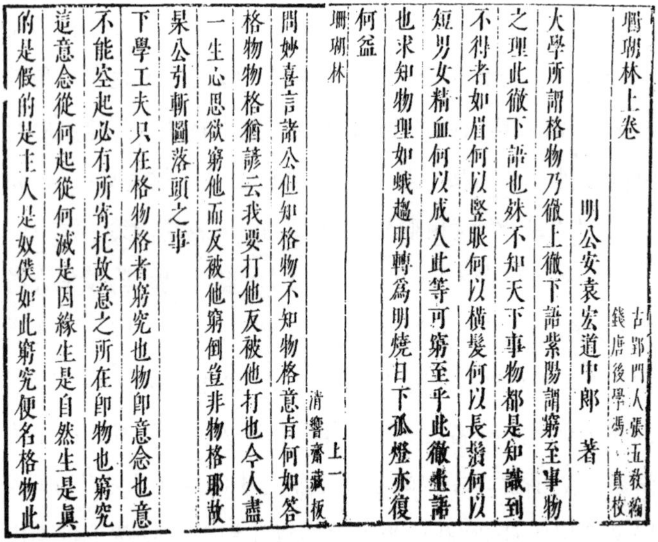
珊瑚林上卷
古郢門人張五教編
錢唐後學馮賁校
明公安袁宏道中郎 著
大學所謂格物乃徹上徹下語紫陽謂窮至事物之理此徹下語也殊不知天下事物都是知識到不得者如眉何以竪眼何以横髮何以長鬚何以短男女精血何以成人此等可窮至乎此徹上語也求知物理如蛾趨明轉爲明燒日下孤燈亦復何益
珊瑚林 上一 清響齋藏板
問妙喜言諸公但知格物不知物格意旨何如答格物物格猶諺云我要打他反被他打也今人盡一生心思欲窮他而反被他窮倒豈非物格耶故杲公引斬圖落頭之事
下學工夫只在格物格者窮究也物即意念也意不能空起必有所寄托故意之所在即物也窮究這意念從何起從何滅是因緣生是自然生是眞的是假的是主人是奴僕如此窮究便名格物此

《珊瑚林》书影

行十九字。版心下刻“清响斋藏板”。前有“华亭陈继儒题”序，手写上版。末有“无咎居士冯贲识”跋。卷次下题“古郢门人张五教编　钱塘后学冯贲校”。冯跋云：“先生自择其可与世语者，为《德山暑谭》，梓行矣，兹其全也。”按《德山暑谈》今收在《袁宏道集》卷四十四《潇碧堂集》中，作《德山麈谭》。据自序，作于万历三十二年（1604），游历德山之塔，纵横议论，门生张明教因而编次。中郎仅“拣其近醇者一卷，付之梓”。知通行本仅为节录本，与清华藏本相比较，不过占四分之一。就是这四分之一的篇幅，也存在着许多异文，可以校改者不下数十处。在编排方面亦有较大出入。如“曾子所谓格物”条，在《德山麈谭》中列在第四条，而在《珊瑚林》中列在首条，且作“《大学》所谓格物”。至于佚文就更值得我们关注。《德山麈谭》收录仅八十余条，而《珊瑚林》上卷就一百四十六条，约七万字，下卷一百八十条，约八万字，总计三百二十六条，约十五六万字。

《花事录》未见著录，一函二册，分上下卷，每半叶九行，行十九字。无行线，四周单框，手写上版，字体古拙，似是明末刻本。卷首有“且以永日”朱文印。题“公安袁宏道集　绣水陈诗教许宗海雠”。查有关资料，陈诗教著有《花里活》，许宗海编有《秀水县志》，都是明代万历时人。文前有袁宏道自叙。自叙下有“望绿阴斋”及“会稽周氏凤凰专斋藏”二印。此书以花分类，上卷收录各种花卉名目二十种，下卷收录二十五种。在叙述各种花卉名目时，采录历代与该花有关的人物故事、掌故趣闻，以为谈助。

上述两书，从内容、刊刻年代、字体等方面，我还不能遽断是否为赝品，特录出就教于方家。

原载《中华读书报》2000 年 11 月 8 日“社科广角”

扑朔迷离的“《南山集》案”

清圣祖康熙五十二年（1713）二月，惊骇文坛的“《南山集》案”终于有了最终的裁决：曾以撰著《南山集》而扬名一时的戴名世，以书中“语多狂悖”获罪而被处以极刑。自然，他的著作也被禁毁。此案牵涉到三百多人，大多受到处罚，虽侥幸逃生，但人人如惊弓之鸟，噤若寒蝉，从此缄口不谈戴名世。

此案到底缘何而起呢？清华大学图书馆藏《忧庵集》抄本，可以为我们提供进一步研讨的线索。

忧庵，是戴名世48岁时给自己取的号，其缘由见《忧庵记》：“五行之乖沴入吾之膏肓，阴阳之颠倒蛊吾之志虑，元气之败坏毒吾之肺肠。”他为此“纠纷郁结，彷徨辗转”，以至病痛愁苦，“疾且益殆”。很明显，他不仅仅是为个人的落拓不遇而忧伤愁苦，更主要的是为封建末世的衰败倾危而抑郁悲愤。这部遗稿前有小序，作于康熙

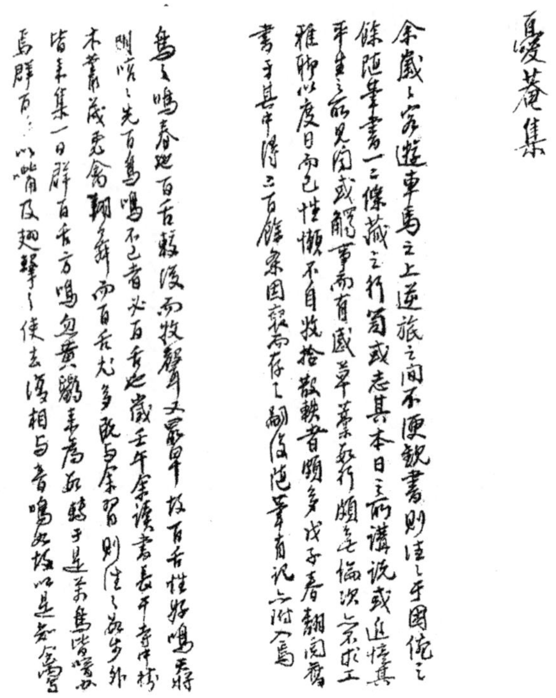

《忧庵集》手稿书影

四十七年，那年戴名世 56 岁，其书名取为《忧庵集》可以说比较贴切地反映出了他晚年的心境。

戴名世生活在清初顺、康时代。他出生时，清室定鼎中原已经十年。他并没有经历过国破家亡的惨痛，因此，从思想感情上说，他不像明末遗老那样对清初满族统治者抱有不共戴天的仇恨。但这并不意味着他已心安理得地接受满族统治这个事实。终其一生，我们发现，他始终对清初统治者抱有一种若即若离的矛盾态度。这里是否夹杂着复杂的民族情绪，从《忧庵集》可以略窥端倪。如第 108 条记载滇黔楚粤之间嗜杀报仇的风俗，作者感叹道："呜乎！报仇者天下之大义也，惜土司之争者，血气之私、斗狠之习耳。彼夫中国之人，于君父之仇不报，且畔而助外人以叛其君父，自土司视之已禽兽之不若矣。"这里所说的"君父之仇"具体意指什么，作者似不便明说，但从第 33 条王铎早已暗通清兵，反杀南明臣民的记载来看，所谓"外人"是指清兵，是与"君父"相对立者。因此，所谓"君父之仇"也就是亡国之恨。这里，锋芒指向，不言而喻。清代为少数民族建立的王朝，先以血腥屠杀开辟道路，继而入主中原。《南山集》中有《吴江两节妇传》记载清兵于 1645 年大举南下，烧杀无度，"尸积城下者累累，皆糜烂不可辨识"。客观的叙述却掩抑不住对清兵残酷无道的义愤之情。再参照这部抄本第 10 条："客有论魏晋以后刘聪、石勒之兴亡及冉闵之事曰：彼等之有天下，非其幸也。夫以杀人而得天下，其亡也，亦必为人所杀，无噍类焉。曷若逐水草居处，衣皮食肉，子孙世世相保之为乐乎？韩子曰：'人道乱而夷狄禽兽不得其情。'彼虽横行一世，富极贵溢，是亦为不得其情也。"我们有理由相信，这种议论确乎有点以历史影射现实的味道，涉及当朝最敏感问题，表现了强烈的批判精神。此外，作者还花费很多笔墨，大胆地揭露了清王朝赖以存在的官僚阶层的丑恶。

如第 152 条：“近日吏治不修，一官来，人皆恨之，一官去，人皆思之。非思之也，如水益深，如火益热，尤觉前日之为宽耳。”令人发指的是，这些搜括民资的赃官竟然如此不知羞耻，“每一官必有一德政之碑、去思之碑，竖立于路旁”，纷纷为自己树碑立传，可鄙到极点。

由于整个社会被这样一些贪官污吏所把持，有清一代，社会风气急遽败坏。为此，戴名世很早就把忧郁的目光转向历史，特别是使他“有深痛”的明史，试图追溯社会腐败的渊源。当然，这并不能解决现实问题。这就使得戴名世常常陷入进退维谷的尴尬境地。他没有陶渊明那种“欲仕则仕，不以求之为嫌；欲隐则隐，不以去之为高”的旷达和超脱，而是终生徘徊在“仕”与“隐”的关口，无从解脱。早在 29 岁，戴名世迫于生计，授徒家乡，“劳苦困饿，拂乱空乏”，生活相当困顿。尤其使他感到郁悒不平的还不是这种“处穷极之遭”，而是“当败坏之世”，这时，他就想“绝意世事，欲携《周易》一卷，隐居深山之中”。30 岁时又说：“余怀遁世之思久矣。”可是他并没有付诸行动。34 岁时还是告别了家乡，赴京城应试。尔后十余年间，寄人幕下，转徙于北京、山东、江苏、福建、浙江等地，广泛地接触了社会生活，深刻地认识到在所谓升平气象掩盖下的种种龌龊与罪恶，于是“遁世之志愈决”。49 岁那年，他畅游了浙江山水，写下很多著名的山水游记，寄寓他归隐山林的志尚。大约与此同时，又在桐城南山买下别宅。翌年自江宁归居南山，结束了奔波南北、寄人幕下的动荡生活。如果戴名世从此真正隐居不出，也许还不至于落得个身首异处的可悲下场。但是，他实在耐不住寂寞，强烈的从政愿望使他在南山等地过了不到两年的隐士生活，便又出山应试，在其生命的最后十年，仕途曾一度春风得意：53 岁应顺天乡试，得中第五十九名举人，四年后会试，成为大学士李光地主考的己丑榜第二名进士，并获殿试一甲二名，授翰林院编修。尽管地位有了很大的改变，而那个丑恶险峻的社会现实并没有在他眼中增添多少光彩，恰恰相反，由于身在其中，他对封建官僚机制内部的腐败现象似乎有了更加清晰的认识，以至于不止一次为之“痛哭流涕”，不止一次为之“惊骇嗟叹”，甚至不止一次“决意归故里”。从《忧庵集》可以看出来，其激愤怨悱之情丝毫不减当年。然而，他始终没有真正迈出远离官场的关键一步，也始终没有真正关上心灵的门窗。既然看透了官场的险恶与污秽，却又对之迷恋不舍，这确乎是一种矛盾的现象。在戴名世这种矛盾思想的背后，实际隐藏着强烈的入世情怀。他对于现实中的种种不合理现象的怨悱与抨击，恰恰反映了他的“不忘于世”的执着态度；而对于山林隐逸的向往，则又是其“扬清激浊”的理想得不到实现后的一种变态反映。

这样的思想性格，这样的处世态度，当然很难见容于文网禁锢、扼杀个性的清王朝。这一切，已经决定了戴名

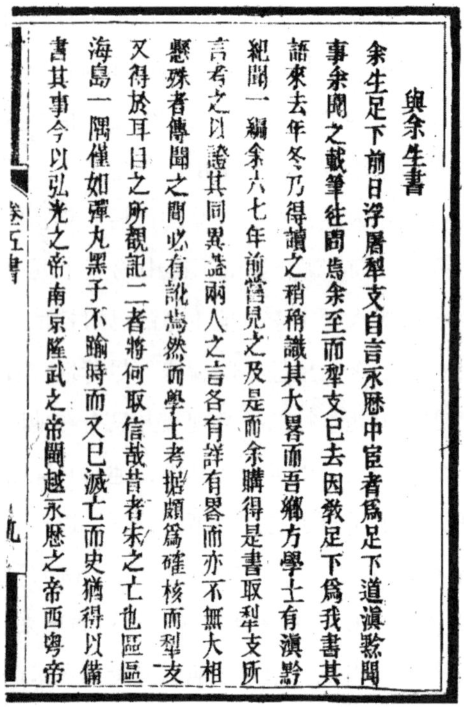

與余生書

余生足下前日浮屠犁支自言永歷中宦者爲足下道滇黔閩事余聞之載筆往問焉余至而犁支已去因教足下爲我書其語來去年冬乃得讀之稍稍識其大畧而吾鄉方學士有滇黔紀聞一編余六七年前嘗見之及是而余購得是書取犁支所言考之以證其同異蓋兩人之言各有詳有畧而亦不無大相懸殊者傳聞之間必有訛焉然而學士考據頗爲確核而犁支又得於耳目之所覩記二者將何取信哉昔者宋之亡也區區海島一隅僅如彈丸黑子不踰時而又已滅亡而史猶得以備書其事今以弘光之帝南京隆武之帝閩越永歷之帝西粵帝

戴名世《南山集》中《与余生书》书影

世只能是一个悲剧性的历史人物。

在过去很长一段时间里，人们多以为戴名世获罪是由于他在《与余生书》中称引过南明年号。但那封书信作于康熙二十年，为什么当时不治罪，而要拖至三十年后的康熙五十年才由“左都御史赵申乔追论其事，坐拟凌迟”？如果说这封信在当时还未公之于世，有理可寻，那么，康熙四十年镌版印行《南山集》，在江苏一次就刻印三千册，这个印数不能算少了，这封书信业已收录其中，为什么还要拖至十年后才问罪呢？看来，这些不像是戴名世获罪的直接缘由，可能是案发后为加重其罪名而追补进来的。我们看赵申乔给康熙的奏本正文，只说戴名世“妄窃文名，恃才放荡”，并未提到《南山集》，九卿议决亦然，至刑部呈辞开始扯进十年前编刻的《南山集》，又找出三十年前写的《与余生书》。到后来罪名越来越大，牵涉的人也越来越多，真是欲加之罪，何患无辞！

其实，《南山集》中大部分篇章都较温和，还不至于让衮衮诸公那么忿怒。编者尤云鄂说，《南山集》所收仅为当时已成文稿的五分之一，绝大部分都坚匿不出。戴名世给的理由是，“今吾所为文随笔直写，未经锻炼，箧中所存皆草稿而已”。七年后编《忧庵集》，他仍自称是“草稿数行，颇无伦次，亦不求工雅，聊以度日而已”，还是不想公诸世人。戴名世死后，他的好朋友方苞曾说过，“世所见潜虚文多率尔应酬之作，其称意者每椟而藏之，曰：吾岂求知于并世之人哉？度所言果不可弃，终无沉没也”。由此推想，类似这样“随笔直写”、“不求工雅”的作品数量一定不少。表面上看，戴名世不愿公布这些作品是出于谦虚，但为什么他的友人说，这些坚匿不出的作品多是“称意”之作，甚至他还想“求知于并世之人”，更渴望得知音于来世呢？很显然，这些谦辞的背后恰恰隐藏着作者对这些“触事而有感”的作品的钟爱。这些作品，秉笔直书，把世风民情的颓败、官场的昏暗、作者的爱憎感情等无所保留地实录下来，这在谀辞、时文盛行之际，当然显得“不雅”，甚至还有可能招致政治麻烦。康熙中叶，文网虽然渐宽，但也只是相对而言。这部抄本第136条就曾写道：“文字之忌讳，至今日为已极，亦亘古所未有也。自场屋之文与士大夫往还问答之书，及一切酬应之文，皆以吉祥之辞相媚悦，而古人所造之字，其可删去不用者，不可胜数矣。”这从一个侧面反映出当时文化界的禁锢情形。我们知道，任何一个统治阶级是决不会轻易放松手中的权柄的，更不能容忍各种不满情绪弥漫开来。心胸褊狭局促的清朝统治者，对这个问题显得格外敏感，格外警觉，凡属异端思想、过激言论，无不防范甚严，打击极烈，推行的是以高压为主要内容的方针政策。在这种政治背景下，这类“触事而有感”且又“随笔直写”的“称意”之作，戴名世怎么可能把它刊行于世呢？

尽管如此，戴名世的许多未刊文稿仍不胫而走，在世间广为流传。其文章之嬉笑怒骂、冷嘲热讽，早已使得“诸公贵人畏其口，尤忌嫉之”（《清史稿》本传），“遂争骂仆以为快”（《与何纪瞻书》），甚至连“乡之人在京师者，多相戒勿道戴生名”（《赠萧端木序》），可见戴名世与那些王公贵人之间存在着何等尖锐的对立！矛盾冲突的爆发，只是时间而已。细读这部抄本，我颇怀疑戴名世之所以在仕途正走红之际突然招致灭顶之灾，这部《忧庵集》

恐怕起到了导火索的作用。前边说过，这部抄本结集于康熙四十七年，而从“嗣后随笔有记，亦附入焉”这句话推断，这是一部未定稿，随作随续，很可能一直持续了二三年。我相信其中一些篇章会有所流传。其愤世嫉俗，特别是讥讽皇权的文字，终于授政敌以把柄，让他们找到报复的机会。康熙五十年，也就是《忧庵集》开始结集后的第三年，以赵申乔为首的一股强大的政治势力将戴名世打入绝境。而这时的康熙皇帝经过几十年的统治，疆域逐渐稳定，经济日益恢复，剩下的工作似乎该是对思想领域内的“异端”倾向进行整饬了。他曾说过“朕临御多年，每以汉人为难治”。恰好在这时，戴名世已成众矢之的，于是康熙皇帝很自然地选择他作为整饬异端思想的开始，制造了这起影响极为久远的文字狱，“监谤防口之风已复开矣，跟着就是雍正间几次大狱”（梁启超《中国近三百年学术史》）。清代学术文化从此发生了逆转。许多作家惶惶不可终日，生怕触犯文网，只好远离政治，纷纷躲进文化艺术的象牙塔中，追求神韵，讲究章法，日益脱离现实生活。很多学者也如履薄冰，战战兢兢，避谈世事，皓首穷经，把自己深埋在故纸堆中，从此确定了以考订古籍为主要内容的乾嘉学派的必然方向。总而言之，清代中叶的思想文化界整个笼罩在“《南山集》案”的巨大阴影中，呈现出一派抑郁沉闷的衰飒气象。

原载《炎黄春秋》1993 年第 4 期

文学研究所藏乾隆元年博学鸿词制科一等一名刘纶试卷说明

中国社会科学院文学研究所藏乾隆元年博学鸿词制科一等一名刘纶试卷，朱栏墨笔，每面六行，行二十字。顶格二十二字。凡三十六面。卷首题曰：“一、臣刘纶年二十四岁，江南常州府武进县人。廪生，应博学鸿词试。江苏巡抚顾琮保举。一、三代：曾祖维宁，已仕，殁。祖演，未仕，殁。父机，未仕，存。”作者刘纶（1711—1773），字眘涵，号绳庵，江苏武进人。乾隆元年丙辰（1736）以廪生举博学鸿词科，得第一，授编修，累官军机大臣、兵部尚书、文渊阁大学士兼工部尚书。在军机处十年，与大学士刘统勋共同辅政，有“南刘东刘”之称。《清史稿》载其乾隆三十八年卒（《武进县志》称卒于乾隆三十七年），赠太子太傅，谥文定，祀贤良祠。有《绳庵内外集》。子图南，乾隆三十三年举人；子跃云，乾隆三十一年一甲第三名进士；子召扬，召扬之子为刘逢禄，晚清著名学者。

中国古代人才选拔制度分为三个阶段：先秦时期主要是世官制；秦汉六朝以来则是察举制；隋唐以后及至明清，主要是科举制。严格意义上说，科举制始于隋代，兴盛于唐宋，明清以来，考试制度基本定型，即分为乡试、会试和殿试三级，每三年举行一次。只有童试中式者才有资格参加乡试，乡试中式者为举人，头名为解元；只有举人才有资格参加全国性的会试，中式者为贡士，头名为会元。殿试由皇帝亲自主持，中式者统称为进士，实际录取分三甲：一甲三名，分别称状元、榜眼、探花，并赐进士及第；二甲赐进士出身；三甲赐同进士出身。二、三甲第一名称传胪。进士放榜用黄纸书写，故称金榜题名。

除通行科目外，朝廷还会根据不同情况安排特殊考试，或称特科，或称制科，通常由君主亲自称制考试。这类考试，科目繁多，举无定制，唐代就不下几十种，涉及文武、才艺、德行、政事等多方面。清代亦有多种，如孝廉方正、经济特科等，其中以博学宏词制科最为著名。博学宏词科始设于唐代开元年间，用以考拔能文之士。康熙十七年（1678）下诏复设此科，无论已仕未仕，皆可应考。所试为诗、赋、论、经、史、制、策等。十八年三月初一日，康熙帝亲自殿试于体仁阁下，与试者一百八十余人，其中顾炎武弟子潘耒、著名文人朱彝尊、陈维崧、李因笃、汪琬、施闰章、毛奇龄等都曾参加，并被录取，这对于当时文人有莫大的影响，甚至由此逐渐改变了明末遗民对“异族”的态度。乾隆元年也举行了博学鸿词科考试。乾隆帝名弘历，“弘”与“宏”音义相近，故改为博学鸿词。根据福格《听雨丛谈》（“清代史料笔记丛刊”，中华书局1984年版）载，乾隆元年博学鸿词科应试者共二百六十七人，试题由大学士张廷玉拟定，为《五六天地之中合赋》与《山鸡舞镜七言排律诗》。考试结果取一等五名，二等十名，俱授馆职。在这次考试中，张廷璐举荐的刘纶年甫逾冠，脱颖而出，中一等第一名。文学研究所藏刘纶试卷为两份，即第一场辞赋《五六天地之中合赋》和第二场“经解”。

按照规定，为杜绝试卷批阅中考官与考生串通，通过字迹识别来舞弊，考生交卷后，有专门官员检阅，再将卷首记录考生姓名、籍贯等信息翻折封盖，骑缝处加盖“弥封官关防”、“监临官关防”等红印。原卷通常为墨笔书写，故称墨卷。弥封编号后，由誊录生以朱笔另誊试卷，称朱卷。誊录之朱卷编号与弥封之墨卷编号完全相同。朱卷送入内帘批阅，墨卷则收存起来。至试卷（朱卷）取中后，取出原卷（墨卷）启封，按照姓名填写榜文。

刘纶这两份试卷均为墨卷，具有较高的文献价值。为了让更多的读者有机会领略当时的文化氛围，特予影印，相信会引起读者的极大兴趣。

原载《中国社会科学院院报》2010年9月2日

“四库学”研究的当代价值

《四库全书》在中华文化发展史上占据着极其重要的地位，在世界文化发展史上也有一席之地。惟其如此，有关《四库全书》的研究已经成为当今显学，研究成果极为丰富，并形成专门学问——“四库学”。在此基础上，我们希望通过对《四库全书》价值和地位的充分研究和宣传，加快申请该书进入世界记忆遗产名录的工作，并以此为契机，进一步推动“四库学”发展，彰显中国传统目录学的体系价值，确立中国学术话语体系的建设目标。这是一项刻不容缓的任务，值得学术界同仁共同努力。

一

在谈及《四库全书》申请世界记忆遗产之前，我想有必要先从中国文化发展史的角度，充分认识《四库全书》

及“四库学”体系的价值和意义。“四库学”，就其狭义而言，主要是指《四库全书》所使用的经史子集目录学分类方法。如果扩大开来说，“四库学”的本质，实际涉及中国传统学术的学科体系、学术体系和话语体系。这个体系的形成，大致经历了三个重要历史时期。

第一个历史时期是两汉之交。此前的文字载体主要是钟鼎、石刻与简帛，两汉之际，纸张开始出现，文字的变化，加速了中国文化的转型升级。经历了西汉武、宣、元、成等王朝倡导提携，儒家学说逐渐发展昌盛，蔚为大宗。石渠阁会议后，儒者开始关心先秦以来的典籍整理工作。以刘向、刘歆父子为代表的一大批学者先后投入这项工作。刘向《别录》、刘歆《七略》，是我国最早的两部目录学奠基性的专著，由此初步形成了我国目录学“辨章学术，考镜源流”、“折衷六艺，宣明大道”的悠久传统，也是读书人治学问道的津梁。东汉初年，班固以这两部著作为基础，完成《汉书·艺文志》的编写工作，系统总结了先秦、秦汉的学术文化发展成果，为研究中国文化的发展变化，提供了经过整理的可以信赖的目录学资料。这是中华文化典籍最有意义的一次系统整理，也是最有深度的专题研究。今天，我们讨论先秦、秦汉文化，离不开《汉书·艺文志》。

第二个历史时期是唐宋之交。从秦汉到隋唐，这是中国文化的抄本时代。这个时期，文化载体已由繁重的钟鼎、石刻、简帛变为轻便快捷的纸质文本。造纸术发明，让文化传播更加迅捷而深入，传播方式途径也多样有效，促使中华文化开始酝酿巨大的历史变革。就典籍整理而言，一个重要的标志，就是经典化进程的加速。唐代初年编纂《五经正义》，中期校刻《开成石经》，整理历史资料等，都是功在千秋的伟大事业。我们知道，汉末以来的中国，一直处于动荡时期，儒家经典散佚严重，文理乖离。在此背景下，孔颖达主持编纂《五经正义》，梳理儒家经典，统一章句师说，为隋唐以来的科举考试提供统一的文本。包括《周易正义》14卷，用魏王弼、晋韩康伯注；《尚书正义》20卷，用梅赜本伪孔安国传；《毛诗正义》40卷，用汉毛亨传、郑玄笺；《礼记正义》70卷，用郑玄注；《春秋正义》37卷，用晋杜预注。这无疑是唐代文化建设的重要举措。当然，由于是纸质文本的抄写，其传播终究受到很大制约。唐代咸通九年（868）印制的《金刚经》，是具有划时代意义的标志性事件。此后，随着宋代雕版印刷业的高度发达，文化经典走进千家万户，经典化工作也相应进入新的历史时期。

第三个历史时期是清代前期，也就是历史艳称的“康乾盛世”。康熙、乾隆两位卓有远见的帝王特别重视“中华统绪，不绝如线”的文化建设。乾隆二十九年《御制重修历代帝王庙碑文》记载，康熙六十一年“敕谕礼官增祀”历代帝王庙。乾隆五十年所撰《御制仲春祭历代帝王庙礼成述事》碑称："昨岁阅《四库全书》，内《大清通礼》所列历代帝王庙位号有弗惬于心者。敬忆《皇祖实录》敕议增祀谕旨，凡帝王在位，除无道被弑、亡国之主，此外尽应宜入庙。"《御制祭历代帝王庙礼成恭记》注曰："《会典》载康熙六十一年皇祖谕旨，凡帝王在位，除无道被弑、亡国之主外，尽宜入庙崇祀。"在这篇记文中，乾隆皇帝特别提出："夫天下者，天下人之天下也，非南北中外所得私。舜东夷，文王西夷，岂可以东西别之乎？正统必有所系，故予于《通鉴辑览》之书，大书特书，一遵《春秋》，不敢有所轩轾于其间。"他最终将入祀帝王增加到188位，文臣武将增加到80位，陪祀中华民族的共同祖先三皇五帝，因此，主殿名"景德崇圣殿"，中间供奉的就是太昊伏羲氏、炎帝神农氏、黄帝轩辕氏的三皇神位和少昊金天氏、颛顼高阳氏、帝喾高辛氏、帝尧陶唐氏、帝舜有虞氏的五帝神位。两边是夏商周三代以下至明愍帝神位。在东西配殿，供奉着79位文臣武将，并在西南隅单辟关帝庙祭祀关羽。与此同时，乾隆帝积极策划对历代典籍的整理。其中最重要的标志性成果就是《四库全书》的编纂。就文献辑录本身而言，《四库全书》可能还有续补的空间（参见笔者《〈续修四库全书补编〉刍议》，载《古籍整理出版情况简报》2003年第4期），但作为一项文献整理工程，《四库全书》是整个封建社会古籍文献整理的一项集大成业绩，已经成为时代标杆，迄今依然有着启迪意义。

二

编纂《四库全书》，不仅是乾隆皇帝政治统治的需要，也是学术发展的必然要求。《四库全书》及其所代表的“四库学”体系在某种意义上代表了中华文化传承的一种成功范式。这种成功体现在以下三个方面。

第一是系统性。《四库全书》收书三千余种（《四库全书总目》著录 3461 种），《四库全书存目丛书》收书六千余种（陈乃乾统计 6739 种），加上编纂《四库全书》时禁毁的书籍约三千种（陈乃乾统计：全毁 2453 种、抽毁 402 种）。总计编辑成书的在一万种左右。可以说，《四库全书》以独特的编纂方式，囊括了中国 18 世纪以前大部分典籍。[①]《四库全书》的整个编纂流程均是在乾隆皇帝以及学者大臣们的逐步讨论下完成的，自上而下，井井有条，是我国古代最具规模的图书整理工作，以抄本的形

① 不可否认，其中也存在一些严重的问题，鲁迅《且介亭杂文·病后杂谈之余——关于“舒愤懑”》就说：“清朝的考据家有人说过，‘明人好刻古书而古书亡’，因为他们妄行校改。我以为这之后，则清人纂修《四库全书》而古书亡，因为他们变乱旧式，删改原文。”

式对中国古代学术文化典籍做了系统的总结。首先，《四库全书》有独立的四库馆，并有一套完整的采进图书的流程。其次，编纂人员都是当时学界的精英，他们共同讨论确定书目。第三，在确定书目基础上，四库馆臣再组织誊校工作。总之，整个过程，环环相扣，一丝不苟，有严密的系统性。

第二是珍稀性。中国古典文献、特别是珍稀文献，往往通过类书、丛书方式得以保存，但是随着王朝更替，图书也伴随着战乱纷争而散佚。中国历史上有过几次大规模的图书散佚、焚毁，令人扼腕，如秦朝的焚书、汉末的黄巾战乱、西晋末年的“五胡乱华”、南朝梁末的侯景之乱、唐朝的安史之乱等等，明代编成的《永乐大典》，至《四库全书》编修时，就已散佚了两千多卷。因此，乾隆时期，重新整理典籍工作被提到议事日程上来。《四库全书》的编纂完成，不仅对传世文献作了系统整理，而且还从《永乐大典》中辑录出大量的文献。我们知道，《永乐大典》毁于八国联军入侵的战火，幸亏有四库馆臣的辑录，很多重要典籍才得以留存，吉光片羽，弥足珍贵。还有很多孤本秘本，也由于四库馆臣的辑录，才得以完整保存下来。

第三是独特性。《四库全书》采用传统的四部分类方法，以统摄全部中国古代典籍。到目前为止，还没有任何一种图书分类方法可以完全取代传统的四部分类法。这是因为，以《四库全书总目》所代表的四部分类法，事实上已经成为中国传统目录学的典范之作。这种分类方法起源很早。刘向《别录》成书于公元前1世纪，刘歆继之而成《七略》，初步形成条分缕析的六分法目录学体系。章学诚《校雠通义叙》说：“（刘向父子）部次条别，将以辨章学术，考镜源流，非深明于道术精微、群言得失之故者，不足与此。”刘向、刘歆父子创造的目录分类方法，直接影响到史志目录的编写。班固编写《汉书·艺文志》即大体继承《七略》的体例。此后，图书分类方法虽历经变化，但大体沿袭相同相近的理路，逐渐归类，最终定型于《隋书·经籍志》，确立了我国特有的经史子集四部分类法。它和世界其他各国的图书分类方

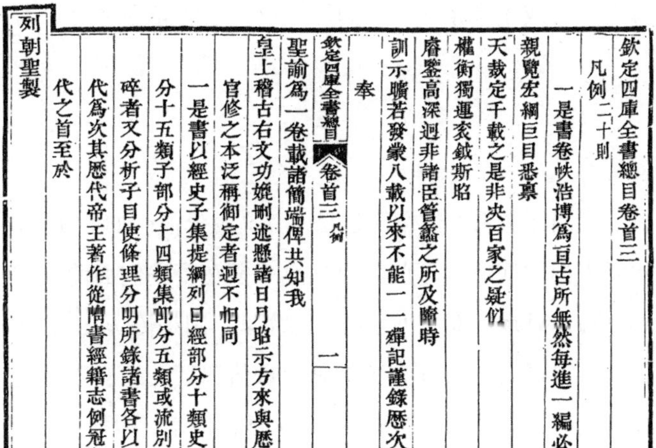
欽定四庫全書總目卷首三
凡例二十則
一是書卷帙浩博為亘古所無然每進一編必經
親覽宏綱巨目悉稟
天裁定千載之是非决百家之疑似
權衡獨運袞鉞斯昭
睿鑒高深迥非諸臣管蠡之所及臣等時
訓示曠若發蒙八載以來不能一一殫記謹錄歷次恭
奉
欽定四庫全書總目　卷首三　凡例　一
聖諭為一卷載諸簡端俾共知我
皇上稽古右文功娩刪述懸諸日月昭示方來與歷代
官修之本泛稱御定者迥不相同
一是書以經史子集提綱列目經部分十類史部
分十五類子部分十四類集部分五類或流別繁
碎者又分析子目使條理分明所錄諸書各以時
代為次其歷代帝王著作從隋書經籍志例冠各
代之首至於
列朝聖製

《四库全书总目》卷首《凡例》书影

法都不一样，因为它扎根于中国传统文化，是从中国传统文化的土壤中滋生出来的图书分类法，基本覆盖了我国封建时代的文化。这种分类方法不是十全十美的，譬如对佛教和道教的图书就多有排斥。这种时代的局限，并不影响四部分类法在我国图书编纂事业中无法替代的历史地位。《四库全书》的编纂者也采用了这一方法，分为"著录"书和"存目"书两大部分，并对两部分的书籍均作提要。其体例大致如下："每书先列作者爵里以论世知人，次考本书之得失，权众说之异同，以及文字增删、篇帙分合，皆详为订辨；四部之首，各冠以总序，撮述其源流正变，以挈纲领；四十三类之首，亦各冠以小序，详述其分并改隶，以析条目。如其义有未尽，例有未该，则或于子目之末，或于本条之下，附注案语，以明通变之由。"

三

《四库全书》的编纂过程及其文献价值已如上述。由此而来的"四库学"问题自然也就摆在了我们面前。《四库全书》只是一部丛书，而"四库学"则是传统文化中的一个重要概念，有其独特的理论价值和巨大的应用价值。台湾东吴大学刘兆祐在《民国以来的四库学》中指出："到了民国，从事《四库全书》有关问题研究的风气很盛，所涉及的范围也很广；有的从事版本的探讨，有的订正提要的错误，有的论述《四库全书》纂修的经过，有的则呼吁续修或影印《四库全书》。这些研究，不仅超越了清代对《四库全书》的讨论范围，更引发了中外学者对《四库全书》的重视。事实上，《四库全书》有关问题，还有许多待大家研究，为了使这门研究工作成为有系统的学识，我称之为'四库学'。"几乎与此同时，台湾学者昌彼得在《景印文渊阁四库全书》（台湾"商务印书馆"1986年版）第一册收录的《影印四库全书的意义》一文中也发出同样的呼吁。他说："因为《四库全书》收录的繁富，修纂的过程又极复杂，故近代颇有专门研究其书的。或研究《四库》纂修的经过，或辑录有关《四库全书》的档案，或研究《四库》禁毁的情形，或研究《四库》著录图书的版本，或考证《四库提要》的谬误，故有'四库学'之名。"二十世纪八十年代所说的"四库学"主要针对《四库全书》研究而提出的，在客观上也极大地促进了《四库全书》的研究。此后，有关"四库学"的学术会议有如雨后春笋般不断地举办，高质量的学术论文也不断地发表，特别是《四库全书》数据库的研发，更为学术界带来极大的便利。所有这些学术工作，都极大地推动了"四库学"研究再上一个新台阶。

今天，我们讨论"四库学"，就不能仅仅局限于《四库全书》本身，还要扩大视野，从《四库全书》的目录分类、古籍校订，说到中国传统文化的特质，并从中探寻传统学术在当代中国的“创新性转化”和“创造性发展”的有效途径。

首先，“四库学”所体现的学科知识和分类系统，对今天的学科建设具有重要借鉴意义。中国近代的学科分类体系受西方影响很深，传统的以经史子集为依据的分类方法几乎被废弃。其实，中国传统学术体系，并不仅仅是文史哲三者的表面合一。“四库学”目录分类方法能够在一定程度上弥补西方学科理论给我国当今学科体系建设造成的不足，有助于我们更好地认识本国优秀传统文化，回归本原，提高民族文化自信。

其次，作为极具中国特色的“四库学”，又是中国文化的一个鲜明标签。就如同京剧、餐饮等，“四库学”也是中国的文化名片。在世界文明全球化过程中，让“四库学”走出国门，是弘扬光大自身优秀传统文化的最佳途径。

今天，我们在充分讨论并肯定《四库全书》的价值以及“四库学”的意义基础上，应当可以形成这样的共识，即：积极为《四库全书》申请世界记忆遗产项目，不仅可以使《四库全书》、“四库学”研究获得更大的发展空间，而且也可以为我们提供更好的展示中国文化的平台。重视“四库学”研究，推进《四库全书》申遗，是一项急迫的工作。

如何做好这项推广工作，我想至少应先从两个方面做起，一要走向民众，二要走向世界。走向民众，具体说来，就是要关照社会，做好普及工作，在基础教育上加强“四库学”教育，让青少年对古代中国的藏书、编书等文化事业有一个基础的了解。走向世界，就是要把《四库全书》推向世界，让世界上更多的人了解我国优秀传统文化，了解我国的经史子集。这不仅有利于从新的角度发掘“四库学”研究价值，更有利于弘扬我国优秀传统文化，讲好中国故事，让中国文化走出去，成为世界文化遗产中的重要组成部分。

原载《图书馆杂志》2017 年第 11 期

俞曲园批校《水经注释》初读琐记

俞樾为晚清国学大师，其平生著述大都汇辑于《春在堂全书》中。此外，他尚有为数不少的亲笔批校之书散落世间，不见于各家著录，故鲜为世人知晓。他所亲笔批校的《水经注释》四十卷，就是其中的一种。

一

本书乃光绪六年（1880）蛟川华雨楼张氏重校锓板，题《东潜赵氏定本水经注释》，凡四十卷二十四册，二千三百二十页；页二十行，行二十一字（双行小字不计），总约一百万字。每卷下有“俞樾”及“曲园叟”白文印。卷七《济水》从“是后置东昏县也，王莽改曰东明县矣。济水又”以下有抄补，至“杜预曰陈留济阳县东南有戎城是也”为止，凡四面。字迹与眉批、夹批同出一人之手。根据藏章以及手迹来判断，本书确为俞樾亲笔批校者。又据周云青所撰《俞曲园先生年谱》（载《民铎杂志》第九卷第一号，1927年），俞樾于同治十二年（1873）居于苏州马医巷西头曲园，始号曲园老人，时年五十三岁。张氏于光绪六年刊刻本书时，俞樾六十岁。则俞樾之批校此书，至少在六十岁以后，可以说是其晚年所批校者。

俞樾（1821—1907）晚年照

关于批校体例，俞樾有简略的说明。卷一有眉批云："以下凡可删者从⼆，已删者以圈记之。"全书正文俱用朱笔圈点，眉批用墨笔。凡每条首次出现在书中的水道名称，俱用朱笔在天头标识出来。夹批分朱、墨、黄三色以为区别。天头、地脚、行间批校之语甚多，初步统计，眉批有三千一百多条，夹批亦在三千条以上。本书批校似乎未完。第二十四卷仅有圈点，批语极少，而此册之前的批语极多。又第五卷疑非曲园所批。其一，字迹与其他数册迥然有别。俞樾批校者，字迹工工整整，秀媚悦目，而此册手迹极为潦草。其二，墨色亦与其他数册颇有出入。俞樾朱笔批点，油墨呈淡黄色，极古朴；而此册笔墨则呈艳红色，颇刺目。其三，俞批者大多有圈点，且有详尽夹批、眉批，而此卷则多属圈点，夹批很少，眉批更无一处。其四，俞批断然有决，言必有据；而此卷圈点校语则犹豫不定，无从下笔，看来系学问所限。此卷系何人所批，目前尚无确切之材料，无从推断。

二

《水经注》素以难读著称。除了文字艰深之外，更主要的原因是经注混淆，错字、错句、错叶等情况大量存在，致使这部著作残缺不全，竟有人发出“千年以来无人能读”（刘庄《广阳杂记》）的喟叹！明清以来，治郦学者不下数十家之多，在校勘与注释方面取得了前所未有的成绩。尽管如此，存在的问题还相当之多。更何况，这部书以水道为纲，记述了大量的有关土壤、植物、气候、矿藏等自然地理资料，同时又对河流所经过的地方，凡与山川有关的人物事迹、传说谣谚、名胜景观、风俗民习等人文地理资料等亦多所摭取。因此，《水经注》虽是一部描写水系分布的地理学名著，但是它的价值却远远超出了地理学的范围，成为中世纪一部具有代表性的百科全书式的巨著。研读这样一部包罗万象的大书，不具备广博深湛的知识，势必捉襟见肘，难以卒业。

俞樾以他广博的学识，首先为通读全书做了两项基本工作：其一是通书做了圈点，虽偶有未当之处，如卷十六《縠水》“河南十二县境，簿曰河南县”云云，《河南十二县境簿》乃书名，不当断开，但是这类舛误实白璧微瑕。其二是以朱笔厘定了经与注以及注中注。他充分汲取了全祖望、赵一清的研究成果，特别注意郦注中有注中之注的地方。需要说明的是，这部赵释本，本来就是以粗笔、细笔来区分经注与注中之注，但是俞樾并不盲从，很多地方根据自己的理解重新点读，时有新见。可惜现在有些《水经注》的整理本，因为校点者不熟悉这种体例，造成许多不应有的疏漏。上海人民出版社 1984 年出版的《水经注校》（袁英光、刘寅生标点），标点错误多达数千处。其中有一部分就是因为整理者不具备这方面起码的常识而出现的讹误。

在校勘方面，俞樾所依据的工作底本是赵释本，其中已经吸收了明代朱谋㙔、清代全祖望等几家重要成果。在此基础上，俞樾又参考了戴震等人所校定的聚珍本（俗称官本）、孔继涵刊刻的微波榭本（实际是戴震入四库馆阁前的私人校定本）、董方立《水经注图说残稿》本以及汪士铎《水经注图》本等，并广泛从类书群籍中采集资料作为校勘的依据。晚清王先谦《合校水经注》可谓博洽，然俞樾之批校，颇可补正王氏校本之脱误。卷二十五《泗水》“黄沟自城南，东径葵邱下”注中注“《春秋》僖公九年齐桓公会诸侯于葵邱，宰孔曰”云云。俞批：“《释例》曰：‘葵邱，宋地。在河南归德府旧考城县界。’注内‘宰孔’下脱‘遇晋侯’三字。”《合校水经注》未校出此三字，则文意不明。

俞樾对书中错讹多所匡正，衍文则删，佚文则补。遇有未通之处，则指出其所以然者。此外，俞樾还能在更高的层次上对水道流向提出自己的见解，订正郦注，显示出深厚的学养。最典型的例子是对卷三十六《温水》注所作的一系列的考证。遇到在版本校勘、水道流向的考订方面没有确证，则表示未知或疑问，故俞樾批校中时见“何也”、“未详”等字眼。

俞樾的批校重点主要还不是在版本方面，而是在古今地名异同、各地风土人情、文物古迹以及历史传闻的考订诠释方面，这方面约占全部批校的三分之二。他把从众多历史文献中辑录的大量材料，辑录在山名、水名、城镇名、古迹传闻等有关条目下。其中凡与后世歧异或各本记载不同者，则旁推交通，博取多记，广为征引，多方考订，聚而释之，不仅辑录了大量史料，而且还相互参证，判断是非，具有较高的学术价值。

三

此批校本未见各家著录。1926 年，广州著名藏书家徐信符以重价购进，庋藏“南州书楼”。徐信符死后，书楼第二代主人徐汤殷继承父业，并拟整理此书。书前有徐氏题记：

《水经注释》四十卷，俞樾批校本。樾为清末大儒，字荫甫，号曲园，德清人。道光进士，官编修、提督河南学政。罢官归，侨居苏州，继主杭州诂经精舍达三十一年，为当时朴学之宗。其治书也，以正句读、审字义、通古文假借为旨。自少至老，著述不倦。刻有《春在堂全书》等五百余卷。

此本为俞氏亲自批校者，有“俞樾”及“曲园叟”白文印记。以东潜赵氏定本为底本，复以戴震、董方立、孔继涵诸家校语引入。全书用朱笔点过，行间校补用朱色，眉批或朱或黄或墨，分三色以为区别。凡属诸水考证，则以朱色或黄色；山名、地名、城池考证，则用墨笔。如遇衍字则校正，繁文则删去，佚文则补足，复以古代水名、山名、地名均与今异，更详加考据，一一添入。如遇数本记载不同，则博取旁证，聚而释之，结论卓当，有裨实用。

此书，先君于丙寅间以重价购入，度诸书楼。抗战时移寄香岛。港陷，又携往澳门。迨抗战胜利，国土重光，乃将澳寓藏籍以麻包载运返省，讵此书首册于船抵联兴码头查关时失去。先君懊丧不已，姑悬赏格以冀璧还，但杳无音讯。嗣先君弃养后之两月，由水客邓某将书送回，计失去历时已四载矣。惜先君不及亲见珠还耳。呜呼！物之散聚，数存其中，因乎人而系乎缘，诚人不能主之也。爰将是书得失经过弁诸卷首云。

丙申三月望，久旱苦热，南州后人徐汤殷识于书楼。

据伦明（字哲如）《辛亥以来藏书纪事诗》载，徐绍启，字信符，广东番禺人。光绪五年（1879）生，1948年卒，时年七十。“家本儒素，而购书甚豪。往昔余居粤时，与有同好。每一佳本出，辄为所夺。”徐信符曾著有《广东藏书纪事诗》行世。其子徐汤殷校补并续作《广东藏书家生卒年表》。徐汤殷序称其父“雅好藏书，节衣缩食，广求旁搜。公余课暇，日亲蟫蠹，手自丹铅，孜孜不怠”。南州书楼的藏书后来渐渐散出。1984年，已故著名版本学家魏隐儒先生受清华大学图书馆之托赴天津购书，意外发现此书，当时以三千元人民币价格购入，使得这部珍本重新找到了归宿。

原载《书品》1999年第1期

潮涨潮落，几换人间世

——王国维故居寻踪

这是一幢普通的两进瓦屋，坐落在海宁盐官镇西，正当钱塘江口。

凭窗望去，辽阔的杭州湾，水天一色，烟波渺然，钱江怒潮正是从那里以排山倒海的气势滚滚涌来的。千百年来，那奔腾的潮水荡涤了多少沉睡的泥沙，又背负着多么凝重的历史！面对这壮阔的景观，你怎能不为之动容，又怎能不产生难以排遣的缕缕幽思？不知不觉中，我仿佛透过岁月悠悠的云烟，依稀看到这座故居的主人带着沉郁的目光，正缓缓向我走来。那神情，沉郁而悲凉，分明是想倾诉他在短短五十年生命历程中所体验到的种种悲哀与不幸。我默默地揣摩着他此刻的心境：是在追忆自己幼年失去的母爱？是在悼念中年早逝的妻子？还是在痛感晚年夭折的爱子？也许，他是为那个兵戈扰攘的年代而忧虑。也许，他是为这个传统文化的崩溃而哀感。也许……但

作者在王国维故居塑像前留影

他什么也没有说，又把忧郁的目光投向了浩瀚无涯的书山学海。

大概，他是想在那里寻找到他失落的一切。在内忧外患、幽寂难遣的境况下，他匆匆忙忙地选择了康德、叔本华、尼采来作为人生伴侣，渴望用哲学去解剖那忧患丛生的世界。但是很快，他就感到失望了。他发现，崇尚那些可信而不可爱的虚幻之说，不曾解疑惑于万一。在感情的驱使下，他又步入了文学的殿堂，以诗人特有的敏感，捕捉着人生的真谛。在哲学和文学领域，他逗留的时间并不长，却开基立业，创获良多，为学术界留下了一笔宝贵的财富。是他，在近代中国最早介绍了西方资产阶级美学，并借此总结了中国古典美学，《红楼梦评论》《人间词话》是这方面承前启后的力作；又是他，在近代中国最早确证了传统戏曲的艺术价值，披荆斩棘，独辟蹊径，《宋元戏曲考》开创了平民文学研究的一代风气。可惜他又觉得文学可爱而不可信，于是，他又告别了文学，把忧郁的目光渐渐转向历史科学，期冀在传统文化的沃土中找到精神归宿。随着殷墟甲骨的出土，敦煌宝窟的发现，汉晋木简的问世以及内阁存档的整理，在这个千载难逢的“发现的时代”，他潜心于学问，在文字学、考古学、史料学、历史地理学等领域广泛涉猎，勤奋著述。特别是对甲骨文的释读、对殷周制度的考订，对西北地理及蒙古史料的辨疑，他熟练地运用了现代科学研究的基本方法，以缜密的思维，从细微处入手，在宏阔处立足，取得了具有开创性的辉煌业绩，《殷卜辞中所见先公先王考》及《续考》被认为是“近世经史二学第一篇大文字”。由于有了这篇论文，甲骨学真正成为一门独立的学科。

令人长叹的是，他那种天生敏感的诗人气质，他那种自幼形成的悲观性格以及他对于人生苦苦探寻的执着精神，决定了他的悲剧结局。他时刻忘却不了现实的苦痛，而神圣的学术事业又无法抚慰他那躁动不安的灵魂。于是，在他面前，似乎仅有一条路可供抉择了，那就是，去天国寻找宁静。终于，在二十世纪二十年代末叶，这位驰誉遐迩又正当鼎盛之年的一代大师，突然自沉于渊，带着一颗痛苦的灵魂诀别了那个使他迷惘、使他绝望的尘世。

他就这样走了，带着忧郁的目光走了。

我默默地目送着这座故居主人渐行渐远的身影，蓦地想起了他的一句词："潮落潮生，几换人间世。"一代学人撒手而去，给后世留下了无数梦幻般的谜团，困扰了无数学人。半个多世纪以来，还没有一个学者像他那样引起世人如此聚讼纷纭、毁誉不一的争议，这里有政治的因素，也有门户的偏见。时至今日，人们仍难以深入探寻这位诗人、学者的心灵奥秘，因而也就难以对这样一位在近代中国学术界产生广泛影响而又颇为复杂的历史人物作出全面客观的评价。但是，不管怎样，正像那钱江怒潮，虽时涨时落，却亘古恒存，他的声名可以因某些权要的抑扬而时隐时显，但是，他的划时代的学术业绩，连同他的名字——王国维，早已载入近代史册，为世人所仰重。

原载《浙江画报》1989 年第 1 期

开创古典戏曲研究的新局面

经过半年的筹备，第一届戏曲研究青年学者读书会在这里悄然启动了。当前，古典戏曲研究正处在艰难的转型时期，在这样的背景下启动我们的戏曲研究读书会，无疑是有现实意义的。我相信，这个读书会必将在今后的戏曲研究史上留下应有的一笔。

中国古典戏曲源头，有人把它推到秦汉时期的乐府诗歌创作，譬如《孔雀东南飞》，就像是一部诗剧，有完整的故事情节和生动的戏曲对白。有表演，就会有评论。戏曲评论著作，也由此应运而生。中国戏曲研究院编《中国古典戏曲论著集成》，俞为民、孙蓉蓉编《历代曲话汇编》，皆始于唐代崔令钦《教坊记》。如果把部分乐府诗算作诗剧的话，戏曲评论著作也可以上推到刘宋时期。稍后的《古今乐录》实为集大成之作，为宋代郭茂倩编《乐府诗集》提供了重要的蓝本。此后，古典戏曲创作与戏曲评论如长江大河，滔滔不绝。庄一佛先生的《古典戏曲存目汇考》尽管还存在着这样或那样的问题，但毕竟提供了经过初步整理的戏曲总目，大致可以看出古典戏曲发展的全貌。而今，有关戏曲方面的文献不断涌现，元明清三代戏曲总集、散失海外的戏曲汇编已成为一时热点。

文学研究所向来是戏曲研究的重镇。郑振铎先生、孙楷第先生、吴晓铃先生等皆为戏曲研究方面的一代宗师。1953 年，时任北京大学文学研究所（中国社会科学院文学研究所前身）所长的郑振铎先生提出编纂《古本戏曲丛刊》的设想，并组织本所专家选目落实。1954 年至 1958 年，郑振铎先生主持出版了《丛刊》的前四集，按时代顺序和戏曲文献类别，收录《西厢记》及元明戏文、明清传奇、元明清杂剧，并及曲选、曲谱、曲目等三百七十六种，集中了元、明、清初的戏曲精华。该书作为内部参考资料，交由上海商务印书馆印刷，编号发行。

1958 年，郑振铎先生因公殉职后，吴晓铃先生接续主持编纂工作，与赵万里、傅惜华、阿英、周贻白、周妙中等学者组成新的编委会，主持编印第九集。1962 年，编委会将较易结集的宫廷大戏 10 种编为《古本戏曲丛刊九集》交由中华书局上海编辑部付印，1964 年出齐。《古本戏曲丛刊九集》出版之后，吴晓铃先生又与邓绍基、刘世德、吕薇芬、幺书仪等学者合作，编纂第五集，交由上海古籍出版社 1986 年出版。该集收录明后期及清顺治、康熙时期的戏曲作品 85 种，另附 2 种，包括数种日本、法国等海外收藏而国内未见的戏曲版本。

二十世纪八十年代中期以来，由于种种原因，《古本戏曲丛刊》的编纂工作陷入停顿。不仅原定计划中的清代戏曲还有大量存本未及编集和影印，半个多世纪以来在海内外陆续发现的元明戏曲剧本，也有待编目和收录。2013 年，文学研究所决定重新启动《古本戏曲丛刊》最后三集的整理出版工作，并积极与国家图书馆出版社沟通联络，迅速组建由文学研究所牵头、有关老中青学者共同参与的《丛刊》六、七、八集编纂工作协调小组。2016 年 3 月，《古本戏曲丛刊六集》率先由国家图书馆出版社正式出版，收录清代顺治到乾隆时期的传奇和戏曲别集 77 种，共计 109 个剧目。全书沿用前五集的开本和形态，制作成线装 17 函 180 册。（跃进案：七、八两集亦分别在 2018 年、2019 年出版，第十集亦确定选目，将最终完成这部迄今为止最大的戏曲作品总集的编纂工作。）

在看到古典戏曲文献整理方面取得卓著成就的同时，我们也不得不面对许多令人尴尬的问题。

首先，与古典诗文、古典小说乃至古典文章学研究队伍相比，研究戏曲的专门人才严重不足。戏曲本是综合艺术。一部成功的戏曲，文学剧本、表演艺术、剧场布置，三位一体，缺一不可。而今，三者渐行渐远，各自为战。有限的研究队伍，也比较分散，很难整合成为一股综合力量。在最近两次学术座谈会上，大家都对这种现状表示不满，都在寻求解决的办法。

其次，研究方法、研究手段相对落后，研究领域、研究范围也亟待拓展。以往的研究多聚焦在戏剧文学方面。文学所编纂《古本戏曲丛刊》，最初的设想，实际包括剧与曲两个方面的内容。而在实际编纂中，还是以剧为主。我们知道，最近三十年，随着研究的深入，古典戏曲的研究范围逐渐扩大，各类俗词杂曲，如子弟书、鼓子词、木鱼书、弹词、宝卷、变文等等，业已进入研究者视野，得到了系统整理。不无遗憾的是，真正意义上的研究，几乎还没有起步。《剑桥中国文学史》比较关注明清以来的民间戏曲创作，这是它的优长之处，值得借鉴。

第三，如何推陈出新，实现创造性转化，这个问题更应引起我们的关注。白先勇先生的青春版《牡丹亭》获得一时之誉，说明古典戏曲依然有着现代转化的空间。中国传统戏曲所以有别于西方戏曲，除了华美的服饰、舞台以及独特的唱腔外，别具一格的艺术理念更是决定性的因素。表现声音，强调无声之声。如话剧《茶馆》中有这样一场戏：老农民被迫出卖自己的女儿，就在刘麻子来到茶馆要领走人时，女儿一下子扑到父亲的怀里痛哭起来。这时，全场突然一片静穆，只有王掌柜在那儿拨弄算盘珠子，声声催人泪下。这真是“此时无声胜有声”。表现色彩，用光亮表示黑暗。如京剧《三岔口》用吹灭蜡烛这个小动作表示夜黑人静，两人在明亮的舞台上舞刀弄剑，艺术效果非常逼真。在其他表演体系中，处理这样的场景，很可能是熄灯，一片黑暗。无声的寂静，无光的幽暗，人所共知，而有声的寂静，有光的幽暗，则是独特的艺术感受。中国古典诗歌常常通过独特的修辞手段来表现这种微妙的艺术感受。中国古典戏曲与诗词曲赋保持着天然的艺术联系，可谓异曲同工。不仅如此，中国古典戏曲在处理各类题材时，通常秉持善有善报、恶有恶报的观念。即便是悲剧的题材，也可以处理成爱和生命的胜利，这也是中国传统美学观念中乐而不淫、哀而不伤的生动体现。过去，我们对于西方戏曲艺术理论接受的多，而对外宣传我们的传统艺术，相对来说还做得远远不够。类似这样的美学观念、表演理论，我们的研究工作者应当深入挖掘出来，这是对世界艺术的巨大贡献。

据悉，今年，联合国教科文组织要在全球范围内共同组织纪念莎士比亚、塞万提斯、汤显祖三大世界文化名人逝世四百周年活动。2015 年 10 月 21 日，国家主席习近平在访英时发表《共倡开放包容　共促和平发展》的演讲，多次提到莎士比亚与汤显祖这两位文化巨匠，并提议说："中英两国可以共同纪念这两位文学巨匠，以此推动两国人民交流、加深相互理解。"这就给我们的戏曲研究工作者提出了新的研究课题。

首先，如何处理好国际化与民族化的关系，确实是一个值得长久探讨的理论话题，也是实践性的难题。1935年，梅兰芳先生访问苏联，获得巨大成功。他的表演艺术被推为世界三大表演体系之一（苏联戏剧家斯坦尼斯拉夫斯基、德国戏剧家布莱希特和中国戏剧家梅兰芳），这其中的意蕴很值得回味。其次，作为一种综合性的艺术，戏曲创作、戏曲研究理应在充分吸收古典戏曲辞赋艺术养分的同时，拓展自己独特的艺术道路。更重要的是第三点，即我们必须承认，戏曲是大众化的艺术。我们的创作首先要面向大众。理论研究同样如此，不应是少数专家手中把玩的小摆设。为此，戏曲研究同样要与时俱进，挖掘古典戏曲的现代价值，让广大民众广泛理解、接受、欣赏，让传统的戏曲焕发出勃勃生机。

今天，我们在这里召开首届戏曲研究青年学者读书会，正如同前面提到的《古本戏曲丛刊》的合璧推出，都是顺应了这种时代的召唤，必将有助于我们从一个更大的范围，审视中国传统戏曲艺术的美学价值和当代意义。当然，这只是一个开端，开创古典戏曲研究的新局面，还任重而道远。

原载《文学遗产》2016年第6期

“空折梅花寄所思”

“五四”新文化运动中，钱玄同、刘半农、胡适、周作人、鲁迅对梅兰芳颇多微词，成为当时一桩公案。1929年,《文学周报》第八卷第三期刊发《梅兰芳专号》，西源（郑振铎）发表《打倒男扮女妆的旦角——打倒旦角的代表人物梅兰芳》一文。可见，梅兰芳是作为旧文化代表而被文化新锐所排斥的。尽管对梅兰芳的批判不等于对旧戏曲旧文化的批判，但毫无疑问，这两者之间有着很大的重合度。十年之后，当年攻击梅兰芳的刘半农又为《梅兰芳歌曲谱》作序说：“我们对于旧剧，已不必再取攻击的态度；非但不攻击，而且很希望它发达。”尽管如此，话里话外，还是让人能感受到不屑一顾的意味。再联想到二十多年后，郑振铎编《古本戏曲丛刊》时写的序，新文化一派人物对中国古典戏曲的态度，真是值得思考。郑振铎写道：“中国戏曲在人民群众之间有广大深厚的基础，它们产生于人民群众里，植根于人民群众的肥沃的土壤上，为历代的人民群众所喜闻乐见。我们可以说，没有一种文学形式比戏曲更接近人民，使其感到亲切、感到欣慰，而且得到满足与享用的了。”（《古本戏曲丛刊初集序》，1954年）到了九十年代，王元化对上述现象明确表达了自己的看法，他首先感到奇怪的是，“五四”时期既然有推倒贵族文学提倡平民文学的口号，那些从来被轻视的大量民间文艺作品、小说、山歌、民谣等等，受到了倡导新文化的学人的重视，“可是为什么对于同是民间文艺的京剧却采取了痛心疾首的态度呢”？王元化认为，“五四”是一个暴风骤雨、不及仔细思考而急促做出判断的时代，而当历史走过一段相当长距离后，我们可以平心静气回顾过去，对京剧代表及其代表的“旧”戏曲做出公允评价。事实上，对京剧等古典戏曲的评价，就牵涉到对新文化运动的一些重新认识，都是值得研究的课题。也曾有老京剧界人士指出，“五四”新文化一派人物，虽然有一批权威人士反对京剧，甚至主张取消京剧，但事实上，他们当时“并没伤害到京剧一根毫毛，京剧反倒繁荣起来了”。这些历史，都是值得我们认真思考的。

梅兰芳的艺术是中国的，也是世界的。1919年“五四”运动前后访日，1930年赴美，1935年访苏，梅兰芳把中国艺术带向世界。苏联对外文化协会会长阿洛舍夫为欢迎梅剧团访苏而出版的《梅兰芳和中国戏剧》作序这样说：

伟大的中国艺术家梅兰芳的戏剧来到我国，这是苏中两国文化交流史上的一件大事。中国的古典戏剧，由于梅兰芳把它的艺术提高到那样令人惊异的程度，无疑会引起苏联艺术家和广大戏剧观众极大的兴趣。

德国著名剧作家布莱希特当时受希特勒迫害，正在苏联避难。他观摩梅兰芳的演出后，对京剧艺术非常着迷，次年撰写《论中国戏曲与间离效果》一文，兴奋地说，他多年来所朦胧追求而尚未达到的，在梅兰芳却已经发展到极高的艺术水平。可以说，梅兰芳的精湛表演艺术深深地影响到布莱希特戏剧观的形成。我们知道，2016年，联合国教科文组织曾在全球范围组织纪念莎士比亚、塞万提斯、汤显祖三大世界文化名人逝世四百周年活动。早在半个世纪前，梅兰芳就曾说过："这位著名的中国剧作家汤显祖，和英国大诗人莎士比亚生于同时，他们在十六、七世纪里，为东、西方文坛放出了光辉绚烂的异彩。"[①] 在梅兰芳的视野里，不仅仅有中国古典艺术，还有国际文化的比较。他的表演，备受世界人民关注，其中的意蕴很值得回味。

如何理解梅兰芳把"艺术提高到那样令人惊异的程

①《我演〈游园惊梦〉》，载《梅兰芳文集》，中国戏剧出版社1962年版。

度”，这是一个很有意义的话题。

梅兰芳的戏曲艺术成就是综合的，“‘唱工’‘做工’‘身段’‘技术’全备，乃成为一完全之伶人”[①]。唱工、做工、身段体现在舞台表演艺术上，而“技术”则是指文学脚本和剧场布置。一部成功的戏曲艺术，这些要素缺一不可。梅兰芳说，他的表演艺术，颇得益于昆曲。“昆曲的身段、表情、曲调非常严格。这种基本技术的底子打好了，再学皮黄，就省事得多。因为皮黄有许多玩艺，就是打昆曲里吸收过来的。”[②]据齐如山统计，梅兰芳正式演出的昆曲有三十多出。最著名的要数《游园惊梦》。他总结自己的经验说：“这四十年来，我所演的昆、乱两门，是都有过很大的转变的。有些是吸收了多方面的精华，自己又重新组织过了的。有的是根据了唱词宾白的意义，逐渐修改出来的。”[③]梅兰芳的成功，还得益于传统的文学艺术的修养。中国古典戏曲与诗词曲赋有着天然的艺术联系，可谓异曲同工。戏曲中的对白与唱词，就是古典诗词的翻版。梅兰芳解释《游园惊梦》唱词：“良辰、美景、赏心、

① 王梦生《梨园佳话》第一章总论，山西人民出版社、三晋出版社 2018 年影印版。

② 梅兰芳述、许姬传记《舞台生活四十年》，中国戏剧出版社 1987 年版。

③《舞台生活四十年》，中国戏剧出版社 1987 年版。

乐事，本来都是好事情，但作者在下面加了奈何天、谁家院，就使好事落了空，马上能把杜丽娘伤春的情绪透露出来，足见名家手笔之妙。”[①] 他对于诗歌的理解，是非常精微细密的。我们从艺术图谱中看出，梅兰芳曾演绎过宋玉的《神女赋》，傅毅的《舞赋》，张衡的《观舞赋》，曹植的《洛神赋》，鲍照的《舞鹤赋》，庾信的《和咏舞诗》，李峤的《咏舞诗》等汉唐乃至明清诗赋中的艺术形象，极有助于我们形象地理解古诗。梅兰芳说，诗词、书法、绘画，对他的表演有深刻的影响，这是悟道之言。在《学画》一文中，他说："从这些画里，我感觉到色彩的调和，布局的完密，对于戏曲艺术有声息相通的地方；因为中国戏剧在服装、道具、化妆、表演上综合起来可以说是一幅活动的彩墨画。"[②] 梅兰芳的艺术实

梅兰芳饰杜丽娘

①《舞台生活四十年》，中国戏剧出版社 1987 年版。

② 梅兰芳《学画》，载《梅兰芳书画集》，知识产权出版社 2015 年版。

践告诉我们，京剧艺术的高度繁荣与综合性，与中国古典文学艺术有着深刻的、内在的联系。

中国古典诗歌、绘画、戏曲常常通过独特的修辞手段来表现这种微妙综合的艺术感受。梅兰芳画佛像，通常是光脚的。一次，他画罗汉图，金城（字拱北）建议应当穿草鞋，可惜画已完成。金城就在罗汉身后添了一根禅杖，一双草鞋挂在禅杖上，还补了一束经卷。陈师曾题曰："挂却草鞋，游行自在。不听筝琶，但听松籁。朽者说偈，诸君莫怪。"姚茫父（姚华）又题："芒鞋何处去，踏破只寻常。此心如此脚，本来两光光。"① 真是画龙点睛，饶富意趣。

更重要的是，中国传统戏曲在处理各类题材时，常有独特的理念。如在戏剧中有所谓"第四堵墙"的论争，斯坦尼相信第四堵墙，布莱希特要推倒这堵墙，而梅兰芳呢，他认为这堵墙根本就不存在，也就用不着推倒。类似这样的美学观念、表演理论，我们的研究工作者应当深入挖掘出来，因为这些都是对世界艺术的巨大贡献。

2017 年初，中共中央办公厅、国务院办公厅印发的《关于实施中华优秀传统文化传承发展工程的意见》，从处世方式、教化思想、美学追求、生活理念等四个方面对中华人文精神做了精辟的概括。与文学艺术密切相关的美学

①《梅兰芳书画集》所收录的《达摩渡江》，达摩扛着禅杖，一手托着草鞋，画意与此相近。

追求如何理解，从梅兰芳的艺术实践看，任何一位成功的艺术家，都有其综合修养作为支撑，所谓“工夫在诗外”，讲的就是这个道理。再从大的视野看，传统儒家学说把“尽善尽美”作为一种审美评价标准。现代哲学家认为，“天人合一”是中华美学精神的起点。文学家则说，情景交融、形神兼备，才是中国美学的本质。看来，对于中华美学精神的揭示，需要相关专家共同探讨，才有可能触及更本质的内容。

早在 1954 年，中国戏剧家协会曾整理过当时比较流行的京剧传统剧本，其中包括《梅兰芳演出剧本选集》。据了解，当时对每个剧本的整理，都采用舞台上流行的脚本为底本，并邀请曾表演过该剧的演员参加讨论，注重传统的唱、念、做、打等基本程序，最后编订，供人参考，非常实用。过去，演出剧本历来是各戏班、艺人秘不示人的珍宝。2015 年，王文章主编《梅兰芳演出剧本选集》四卷，将梅兰芳所藏京、昆演出剧本，经过甄别筛选，收录 102 本。同年，梅兰芳纪念馆将所收藏的梅兰芳演出剧本 70 余种汇编成《梅兰芳演出剧本汇编》，由国家图书馆出版社出版。这些演出剧本，不少带有工尺谱，还有一些剧本的简谱，集中体现了梅派艺术的风貌。从现在的情况看，资料搜集已有较好基础，但是对这些资料进行深度整理研究，还有很多工作要做。譬如将传统剧本与演出剧本进行细致比较，一定会提出很多美学问题、艺术技巧问题，“奇文共欣赏，疑义相与析”。

梅兰芳生逢新旧转折时代。他的戏曲，赢得了广泛赞誉，获得了广大戏迷的喜爱。戏曲本身是大众化艺术，如果脱离大众，便没有了生命。戏曲研究同样如此，研究的目的，不是为了少数人的把玩，而是要把古典戏曲推向社会，让更多的老百姓理解、接受、欣赏，让古典戏曲在当代社会生活中活起来。白先勇先生的青春版《牡丹亭》获得一时之誉，说明古典戏曲依然有着现代转化的空间。近期，《文艺研究》连续几期推出研究梅兰芳的专题论文，也说明梅兰芳及其代表的中国京剧艺术，在当下仍然牵动着学者们的目光，是学术研究和文化研究的一个宝库。

原载《读书》2017 年第 10 期

追寻东方艺术之魂

——为纪念汤显祖逝世 400 周年而作

2015 年 10 月 21 日，国家主席习近平在访英时发表《共倡开放包容　共促和平发展》的演讲，多次提到莎士比亚与汤显祖这两位文化巨匠，并提议说：“中英两国可以共同纪念这两位文学巨匠，以此推动两国人民交流、加深相互理解。”今年，联合国教育、科学及文化组织（UNESCO）发起在全球范围内共同组织纪念莎士比亚、塞万提斯、汤显祖三大世界文化名人逝世四百周年活动。这将为我们重振中国戏曲艺术，向世界宣传中华优秀文化，提供难得的历史机遇。

汤显祖（1550—1616），字义仍，号海若，又号若士，别署清远道人，江西抚州人。他是一个传奇式的人物，生前名位并不显赫，仕途也不顺利，却留下千古不朽的“临川四梦”（《紫钗记》《牡丹亭》《邯郸记》《南柯记》等四部传奇都写到梦，人称“临川四梦”），备受瞩目，被誉为“东方的莎士比亚”。《牡丹亭》全称《牡丹亭还魂记》，描写杜丽娘和柳梦梅的爱情故事，“传情绝调”、“灵奇高妙，已到极处”，甫一问世，就“家传户诵”，舞台演出，历久不断，在社会上引起巨大反响。《牡丹亭》问世二十年就出现了臧懋循、冯梦龙的评改本。至于各类评点本更是不胜枚举。明代王骥德《曲律》、吕天成《曲品》，清代李渔《闲情偶寄》、李调元《雨村曲话》等戏曲评论著作，深入评析，扩大了影响。二十世纪以来有关汤显祖的研究，更是成为一时显学，走向世界。白先勇先生推出的青春版《牡丹亭》，在海内外掀起新一轮古典戏曲热潮，广泛地传播了《牡丹亭》及昆曲文化。由此看出，中国传统戏曲艺术依然有着巨大的现代价值。问题是，如何充分挖掘其宝贵的精神财富，让中国传统的文学艺术在当今社会中活跃起来；如何准确地把握其艺术精髓，让中华文化在世界范围内传播开去，确实还需要认真总结经验。

汤显祖的创作实践告诉我们，一个作家要成功，他必须时刻关注时代主题，贴近现实生活，反映民众心声。汤显祖所处的时代，正是程朱理学与左派王学激烈碰撞时期。汤显祖的思想显然倾向于后者，对当时异端思想家李贽等推崇备至，崇尚真美善，鞭挞假丑恶。他说：“凡文以意趣神色为主。”（《答吕姜山书》）意趣神色，就是率性自然，重情重真。情与真，就是人们真正的情感，在《牡丹亭》中表现为青年男女对自由的爱情生活的向往和追求。

在剧本开场白中，作者这样写道："白日消磨断肠句，世间只有情难述。"情，是贯穿全剧的核心内容。为此，作者在剧情安排上有意识地通过情与理的冲突，描写一对陌生的青年男女在梦中相会，一往情深，并由梦生情，由情而病，由病而死，死而复生，将悲情题材，处理成爱和生命的胜利，表现出浓郁的东方浪漫主义色彩，反映出人民群众渴望获得更大自由的心声。在艺术形式上，汤显祖没有采用当时士大夫在音律上津津乐道的昆山腔，而是注重文采真情，选择了当地流行的宜黄腔，为广大民众所喜闻乐见。

《牡丹亭》的艺术成就告诉我们，一部作品的成功，它一定是多重因素融汇的结果。作为综合艺术的戏曲，文学剧本、演员表现、剧场布置，三位一体，缺一不可。《牡丹亭》的故事情节跌宕起伏，固然是其取得成功的重要因素，但不是全部。它所展现出来的古典诗词的优美意境，所体现出来的人生追求和艺术理想，更是脍炙人口，沁人肺腑。如"惊梦"一出〔皂罗袍〕："原来姹紫嫣红开遍，似这般都付与断井颓垣。良辰美景奈何天，赏心乐事谁家院！朝飞暮卷，云霞翠轩，雨丝风片，烟波画船——锦屏人忒看的这韶光贱！"就是一首动人心魄的诗词佳作。汤显祖在《答张梦泽书》《答陆景邺书》中谈到，他十七八岁即熟读《诗》、《骚》、汉赋以及六朝之文。仅《昭明文选》，他就下过十年工夫。可见，他的创作佳绩，既源于现实生活，又与其深厚的传统修养密不可分。

优秀的中华文化传统，是一个作家、一部作品成功的重要源泉。中国的戏曲艺术，确实在很多地方与西方有别，除华美服饰、舞台艺术、独特唱腔、优美文词外，别具一格的表演理念、独树一帜的表演艺术，更是中国戏曲创作与表演艺术的独特魅力所在。同样是表现声音，中国艺术更强调无声之声，达到“此时无声胜有声”的境界。同样是表现色彩，传统艺术往往用光亮表示黑暗。我们知道，无声的寂静，无光的幽暗，人们感同身受。有声的寂静，有光的幽暗，则是中国艺术的独特感受。中国古典诗歌与古典戏曲有着天然的艺术联系，常常通过独特的修辞手段来表现这种微妙的艺术感受。汤显祖《牡丹亭》的成功，对于今天的戏曲创作工作者依然有着深刻的启迪意义。

汤显祖生活的明代嘉靖、万历年间，中国戏曲创作进入高度繁荣的时期。他三十八岁时在旧作《紫箫记》基础上创作《紫钗记》，四十九岁创作《牡丹亭》，五十一岁创作《南柯梦》，五十二岁创作《邯郸记》，在青壮年时期完成了“临川四梦”的写作，在群星璀璨的明代剧坛脱颖而出，赢得举世赞誉。万历三十八年（1610），汤显祖六十一岁时，明代两部重要的戏曲评论著作即王骥德《曲律》和吕天成《曲品》问世，对汤显祖的创作给予高度评价。汤显祖去世这一年，即万历四十四年（1616），我国第一部大型戏曲总集、臧懋循的《元曲选》编纂完成，对当时的戏曲创作、研究更是起到推波助澜的作用。可以这样说，汤显祖的成功，除了他个人的天赋、努力之外，也是那个思想解放、戏曲繁荣时代的产物。因此，要想深入理解汤显祖创作的意义，就必须全面地考察他所生活的那个时代风貌，就必须系统地梳理中国古典戏曲文献，就必须深刻地总结中国传统艺术精神。《汤显祖全集》已由原杭州大学徐朔方教授整理完成，而与汤显祖戏曲创作密切相关的中国古典戏曲文献的整理，还有大量工作要做。

最近三十年，随着研究的深入，古典戏曲研究的范围逐渐扩大，地方剧种、民间戏曲如子弟书、鼓子词、木鱼书、弹词、宝卷、变文等等，多已进入研究者的视野，得到了系统整理。最近翻译出版的《剑桥中国文学史》《哥伦比亚中国文学史》等比较关注宋元以来民间戏曲小说创作，是它的突出特点。《文学遗产》向来重视古典戏曲小说的艺术研究，为纪念汤显祖诞辰400周年，在今年第3、4两期连续刊发笔谈及相关论文，介绍《牡丹亭》在英语世界、日本、朝鲜的流传、研究等情况以及二十世纪国内外有关汤显祖研究的学术综述等。今年八月，结合相关纪念活动，我们还特别组织《古本戏曲丛刊六集》出版座谈会，探讨戏曲文献整理的学术价值暨当代意义。大家普遍认为，二十世纪五十年代以来，中国戏曲史研究成为重要学科，尤其是元明清戏曲研究能够取得突出成就，《古本戏曲丛刊》的出版起到至为关键的作用。

今天，我们纪念汤显祖诞辰400周年，就是希望通过这样一个历史契机，从一个更大的范围，充分挖掘中华优秀传统文化资源，深刻把握当代社会脉搏，牢固树立中华民族文化自信。中共中央政治局委员、中宣部部长刘奇葆同志在纪念汤显祖诞辰400周年座谈会上指出，汤显祖是历史的，也是当代的；汤显祖是高雅的，也是大众的；汤显祖是老派的，也是维新的；汤显祖是民族的，也是世界的。在实现“两个一百年”中华民族伟大复兴的历史征程中，我们有足够的信心坚守中国文化立场，不忘本来，吸收外来，面向未来，探索东方艺术精神，宣传中华文化贡献，以文化人，以文化天下。这是历史赋予当代文学艺术工作者的重要使命。

原载《中国社会科学报》2016年11月8日第8版

第三辑 悠悠我心

郑振铎：中国文化界最值得尊敬的人

引言

1958年10月8日，郑振铎参加中国科学院文学研究所的学术批判会，并准备了一篇发言稿，说："这次整风，有机会检查自己的缺点，对自己和别人都有好处。"文章回顾了自己幼年时的读书情况，"五四"运动前后的思想变化，同时说到自己"研究文学是半路出家，没有系统的研究"，惟其如此，有自己的特点，概括而言，有五个方面：

一是"有不少封建文人的文学批评观点"，有好有不好。如对陶渊明和谢灵运的比较，扬陶抑谢，是好的。但对王褒《僮约》的肯定，则是没有阶级观点的看法，是不好的。

二是介绍新观点，"那就是泰纳的英国文学史的观点，强调时代影响。此外还有庸俗进化论的观点，受英国人莫尔干（Morgan）的‘文学进化论’的影响。还受安德路·莱恩（Andrew Lang）的民俗学的影响，认为许多故事是在各国共同的基础上产生的”。

三是“强调外国文学对中国文学的影响，把很多东西都看作外国的。例如：我认为送子观音是受圣母像的影响；说释迦牟尼的脸是希腊人的脸，还认为唱戏的人在舞台上穿的厚底靴和戴的面具也是希腊悲剧的影响。我特别强调印度的影响，说变文是一切近代文学的祖先。把有唱有说的认为都是变文的影响”。

四是“喜欢用比较研究的方法”。

五是“把劳动人民的作品和皇帝的作品混在一起谈，没有分清。这主要表现在对待六朝的诗歌论述中”。

在当时，郑振铎是在认真地反省自己一生文学研究的过失。今天看来，这些话又似正话反说，不仅很好地概括了他的文学理念和研究实践，而且，其中一些重要思想，即使放在今天来看也不过时，甚至依然还是热门话题。

在这前后，《文学评论》的前身《文学研究》正在组织批判文章，并且已经发排，这就是《文学研究》1958年刊发的两篇文章，一篇是曹道衡、徐凌云、陈燊、乔象钟、蒋荷生、邓绍基集体讨论撰写的《评郑振铎先生的〈插图本中国文学史〉》，另一篇是邓绍基、董衡巽合写的《对郑振铎先生〈论关汉卿的杂剧〉的意见》。没有想到十天以后，郑振铎率团出访，因飞机失事而离世，国务院将同机人员列为革命烈士，结果，原本是被批判的对象，身份又有变化。于是，就在同一期，编者临时增加“悼念郑振铎先生专辑”，发表郑振铎逝世前两天赶写的文章《古本戏曲丛刊第四集序》，并组织吴晓铃、何其芳、王伯群、余冠英以及苏联专家艾德林、波兰专家亚奈士·赫迈莱夫斯基等人撰写纪念文章。最后还附有吴晓铃编《郑振铎先生撰著编译目录初稿》等。

郑振铎离开这个世界的最后时光，都与文学事业、与文学研究所工作密切相关。今年，是郑振铎诞辰 120 年、逝世 60 周年。中国社会科学院文哲学部、国家文物局、故宫博物院、国家图书馆举办系列活动，隆重纪念这位“中国文化界最值得尊敬的人”（李一氓语）。

10 月 30 日，中国社会科学院文哲学部、国家文物局委托文学研究所、考古研究所联合举办纪念郑振铎诞辰 120 周年学术研讨会。

11 月 20 日，“郑振铎先生诞辰 120 周年纪念展”在故宫博物院文华殿开展，以此纪念这位文博先贤和捐赠大家。此展有文物共计 128 件，从郑振铎先生捐献故宫博物院的文物中遴选出来，其中一级品 9 件、二级品 87 件。

12 月 19 日（郑振铎生日）国家图书馆举办“高文有典　美行如圭——郑振铎诞辰一百二十周年纪念展”，部分通过郑振铎努力而保存下来的宋本古籍集中亮相，默默

郑振铎在书斋中留影

讲述这位文化巨匠献身于爱书、护书、献书事业的一生。

在我看来，郑振铎所以被人广泛尊重，首要的是他乐于助人的风范，为国家抢救珍贵典籍的艰辛，还有他丰富宽广的文学理想，坚实厚重的研究实践，以及源源不断的创新能力等方面。另外，他创办文学研究所，为中国文学研究事业开创了新局面。

一、郑振铎的文学理想

郑振铎（1898 年 12 月 19 日—1958 年 10 月 17 日），现代作家、文学评论家、文学史家、考古学家。他字警民，一字铎民，笔名西谛、CT、郭源新等。原籍福建长乐，生于浙江永嘉。1917 年入北京铁路管理学校（今北京交通大学）学习，“五四”运动爆发后，曾作为学生代表参加社会活动，并和瞿秋白等人创办《新社会》杂志。从此，他的文学思想发生重要变化。

（一）大众文学与为大众的文学

1920 年 11 月，年仅 22 岁的郑振铎与沈雁冰、叶绍钧等人发起成立第一个全国性的文学社团“文学研究会”，并起草《文学研究会简章》，将文学艺术当作一种事业，要为人生、为社会、为大众服务。他是中国现代文学史上最早、最大的新文学社团“文学研究会”的最主要的发起人、领导人和代表人物。他主编文学研究会机关刊物《文学周刊》，编辑出版“文学研究会丛书”，无不贯彻这一重要思想。1923 年 1 月，他接替沈雁冰主编《小说月报》，在文学创作方面，倡导写实主义的“为人生”的文学，提出“血与泪”的文学主张，强调文学要有改造社会的功能，极大地推进了中国现实主义文学的发展。

大革命失败后，郑振铎曾旅居巴黎，在各大博物馆，看到流失海外的敦煌宝藏，其中有很多平民文学史料，为之震撼，真正意识到文学的生命在民间。1932年，他撰写著名的《从变文到弹词》《宋金元诸宫调考》等，认为后世说唱文学深受变文影响，甚至主张变文为近代文学的祖先，将平民文学提高到无以复加的地位。1933年，他在《大众文学与为大众的文学》中再次强调指出，大众文学生于草野，原本不登大雅之堂，却往往由草野而攀登了庙堂。这种草野文学，在中国文学史上的影响是很大的。为此，他花费很长时间收集这类作品。每得珍品，都要公诸天下。他认为，学术为天下公器，珍稀资料要拿出来供学术界研究共享。他把自己多年收集到的资料，分门别类加以整理，编纂出版《元明以来杂剧总录》《西谛所藏善本戏曲目录》《西谛所藏散曲目录》《西谛所藏弹词目录》，影印《玄览堂丛书》（共三集65种270册）、《清人杂剧初集》《二集》（共收80种）、《长乐郑氏汇印传奇》（第一集6种12册）等，最重要的是主持编纂《古本戏曲丛刊》一至四集。

（二）整体的文学观

1922年，年仅24岁的郑振铎就提出“文学的统一观”问题，倡导世界文学观念。他认为：“以前的文学研究都是片段的，局部的；知道一个人的文学，却不知道他在文学史上的地位；知道一个时代的文学，却不知道他的前面当代来源和后来的结果；知道一个地方的文学，却不知道他与别的地方的关系，他所影响于别人，或是他所受于人的影响；知道一种的文学却不知道别的文学的详细。如此，研究文学的人，对于文学不能有全体的统一的观念。”他发现，文学是世界人类的精神与情绪的反映；“虽因地域的差别，其派别，其色彩，略有浓淡与疏密之不同。然其不同之程度，固远不如其相同之程度。因为人类虽相隔至远，虽面色不同，而其精神与情绪竟是几乎完全无异的”。因此，研究文学，与一切科学、哲学一样，不能分国单独研究，或分时代单独研究。研究中国文学，就必须把它放在世界文学范围内去观察，去比较。

郑振铎很早就注意到林琴南的翻译，对世界文学充满探索的愿望。22岁，他撰写《译文学书的三个问题》《十四年来得诺贝尔奖金的文学家》《写实主义时代之俄罗斯文学》（1920年），23岁撰写《一九二一的得诺贝尔奖金者》（1921年），25岁又写了《得一九二三的诺贝尔奖金者夏芝》（1923年），亲自翻译文学名著《飞鸟集》。他还组织译介外国文学名著《死魂灵》《浮士德》《十日谈》《唐吉坷德》等，并积极将鲁迅、郭沫若、茅盾、张天翼、丁玲等作家作品推向世界。就在去世前几个月，他还在《文学研究》上发表《瑞典女作家榕洛浮》。在追踪世界文学潮流中，郑振铎深深地意识到，人类创造的文学艺术，是一个整体，不可能割裂开来。1935年，他组织发起《世界文库》编纂工作，在发刊缘起中写道：

文学史在一般历史里却是最没有血腥气的。伟大的文人们对于人群的贡献，是不能以言语形容之的。他们不以掠夺侵凌的手腕，金戈铁马的暴行，来建筑他们自己的纪念碑。他们是像兄弟似的，师友似的，站在我们的前面，以热切的同情，悲悯的心怀，将他们自己的遭遇，将他们自己所见的社会和人生，乃至将他们自己的叹息、的微笑、的悲哀、的愤怒、的欢悦，告诉给我们，一点也不隐匿，一点也不做作。他们并不在说教，在教训，他们只是在倾吐他们的情怀。但其深邃的思想，婉曲动人的情绪，弘丽隽妙的谈吐，却鼓励了、慰藉了、激发了一切时代、一切地域的读者们。亚历山大帝过去了，查理曼大帝过去了，拿破仑过去了，秦皇、汉武过去了，唐太宗、明太祖过去了；他们以同类的血肉和骷髅，悲愤和眼泪，成就了所谓英雄的事业，所留下的却只是芜城荒丘，涂抹着血红似的夕阳残照，而给我们的可怕的流血的纪念耳。

从这个意义上说，文学艺术没有国界，它所反映的应当是人类对于真善美的普遍追求，具有永恒的价值。早在 1923 年，郑振铎就开始撰写《文学大纲》，1924 年 1 月起陆续发表。1927 年结集出版时，他不过 29 岁。这实际上是一部世界范围的比较文学史，其中专门介绍了《圣经》的故事，认为《圣经》不是一部书，乃是许多书的总集。《旧约》是希伯来民族在千年间所产生的最好的文学；《新约》则包含“不是一国的而是一种运动的”文学，更是一部希腊文作品的总集。《文学大纲》在介绍外国文学的同时，特别注意比较欧洲之外的文学发展。譬如在论及中世纪欧洲文学时，郑振铎指出，所谓中世纪的欧洲，通常系指自公元410年罗马被阿拉列率领西哥德人攻陷时起，至公元1453年君士坦丁堡被土耳其人攻陷时止的那一个时代的欧洲。在这一千多年间，欧洲的景象是时时的战争、瘟疫、饥荒，平民常有不胜诸侯贵族的暴虐与压迫。这个时期的欧洲文学，正处在黑暗时代，除《神曲》及诸国民歌外，重要作家极少，作品也不多。而中世纪的波斯，却处在一个黄金时代，诗的天才，发展到登峰造极。同样的情形也发生在东方的中国。书中专辟“中世纪的中国诗人”，认为从南朝后期到明代中期，是文学的鼎盛发展的时期。后来，他撰写《插图本中国文学史》，将中世纪文学开始于晋的南渡，而终于明正德时代，其时间跨度约一千二百年（317—1521），是中国文学的辉煌时代。这一观点，至今仍有启迪意义。

站在这样的背景下来看文艺复兴，其意义就凸显出来。自圣奥古斯丁死后，六百余年间，欧洲是被包裹在一层智慧黑暗的雾里，古代的学问仅被保存在几个僧院中。从公元十五世纪到十六世纪，是欧洲历史上的文艺复兴时代，欧洲文学的再生时代。从世界文学的比较眼光看，在遥远的东方，是否也存在着这样文艺复兴的历史时期呢？

我们不妨作进一步的探索。

（三）比较的方法论

1922年，郑振铎在《整理中国文学的提议》一文中指出，清理中国文学，除了要有文学统一的观察外，还需要用比较和归纳的方法。在《文学大纲》中，面对着东西方文学在中世纪的巨大反差，郑振铎依然"喜欢用比较研究的方法"试图回答这样一个宏阔的问题。在谈到这个时期的中国文学时，他特别强调了印度文化的影响。他说，此前的中国本土文学，主要是辞赋、四五言诗，还有散文等。魏晋南北朝时期，印度佛教文化大规模进入中土，《四十二章经》的翻译，安世高、鸠摩罗什等大德高僧的传经布道，法显、玄奘等人的西天取经等，推动了南北朝至唐代佛教文化的兴盛，深刻地影响到中国文化的发展方向。譬如音韵学研究，就是随着印度佛教的传入而兴盛起来的。颜之推《颜氏家训·音辞篇》、陆德明《经典释文序录》、郑樵《通志·六书略》、陈振孙《直斋书录解题》等书都说到的汉末以来流行的辨声之法（如反切）始于西域。中国古典诗歌史上著名的"四声八病"说也与印度佛教的传入密切相关。这些，可以在《德国所藏敦煌吐鲁番出土梵文文献》（*SANSKRITH AND SCHRIFTEN AUS DEN TURFANFUNDEN*）中找到新的证据。郑振铎还指出，印度的作品，开头往往是"如是我闻"，汉译出来恰正是"却说"、"话说"之意。他们每当形容或论断一个事物，必要引古诗句或谚语为证，恰如我们之小说家，常常用“正是‘量小非君子，无毒不丈夫’”这样的成语。后世的戏曲小说、变文佛曲、弹词鼓词、民间故事之类，也多如此。随着佛教文化的传入，中国传统的诗歌和散文之外，又产生出许多新的文体，如变文、诸宫调等。总之，在这一千二百余年间，几乎没有一个时代与印度文化绝缘。

郑振铎重视文学比较的意义，却不主张用比较文学这个概念，他认为，取一片一段的文学作比较，还不是文学的整体研究。后来，他逐渐修订自己的看法，由文学进入历史学，进入考古学，在多学科比较中，看到了比较文学的意义。事实上，他的《汤祷篇》就是较早地运用比较文学的方法开展研究，获得学术界的高度重视。他实际上是比较文学领域最早的拓荒者之一。

二、郑振铎的文学史研究

“五四”运动前后，郑振铎受到新思想的浸染，创作小说，撰写杂文，介绍西方文学，整理传统国故，表现出一个百科全书式学者的宽广视野。郑振铎的兴趣很广泛，不同时期，有不同的追求，又有他的聚焦点，即对一切表现人类美好心灵的文学艺术作品情有独钟。譬如他生命中最后一部著作就是《中国古代木刻画史略》。他在《中国文学研究者向哪里去》一文中说：“许多中国文学研究者，往往会被所研究的对象迷醉住了；陷溺于中，不知所返。……总缘所见太少，故易于‘少所见，多所怪，见骆驼，以为马肿背’。”当然，在他涉猎的所有学科中，自始至终，倾其毕生精力的，还是文学史研究。他的文学理想，他的学术实践，都在文学史的撰写中得到充分展现。《文学大纲》是世界文学的比较发展史，《插图本中国文学史》表现出他对木刻版画艺术的深刻理解，《中国俗文学史》则贯彻了他的大众文学思想以及文学为社会、为大众服务的崇高理念。

（一）文学史研究的基本立场

早年，郑振铎接受进化论的观点，认为文学史研究不仅要指出某部作品的价值及该作品在某一时代或某一地方所产生的影响，更重要的任务还在于，要注意把不同时代、不同环境、不同人种影响下文学作品所蕴含的人类思想情绪的进化与变异痕迹充分展示出来。三十年代，他发表《研究中国文学的新途径》继续阐述这种主张，认为文学研究要注意作家、作品、时代、文体几个方面，尤其要注意一个作家的文学思想，一个时代的进化观念。这一文学主张源于泰纳（Taine，1828—1873），强调文学研究要注意种族、环境、时代三个要素。所谓种族，是指一个民族在生理与遗传学意义上所具有的性格、气质、观念等体现出来的本质特征。所谓环境，是指塑造人类性格的外部力量，包括地理位置、气候状况等。所谓时代，是指一个种族中所有过去经验的积累。从总体上说，大体不出进化论范畴，在当时自有其进步意义。譬如，从时代环境来看文学作品，郑振铎的《谈〈金瓶梅词话〉》就超越了以往有关《金瓶梅》的研究，是一篇具有里程碑意义的论文。长期以来，《金瓶梅》被视为淫书，历来评价不高。郑振铎则入木三分地看出《金瓶梅》“不失为一部第一流的小说，其伟大似更过于《水浒》，《西游》《三国》更不足和她相提并论”。这是因为，“在《金瓶梅》里所反映的是一个真实的中国的社会；这社会到了现在，似还不曾成为过去。要在文学里看出中国社会的潜伏的黑暗面来，《金瓶梅》是一部最可靠的研究资料”。这是把《金瓶梅》作为社会史资料来看待。更何况，《金瓶梅》的社会并不曾僵死，其中形形色色的人物至今还活跃在人间。从这个意义上说，《金瓶梅》“是一部最伟大的写实小说，赤裸裸的毫无忌惮的表现着中国社会的病态，表现着‘世纪末’的最荒唐的一个堕落的社会的景象”。就我目前所掌握的材料看，半个多世纪以来的《金瓶梅》研究，从总体上来说，似乎迄今还没有能出其右者。这些论文多已收录在《中国文学论集》中。

抗战爆发后，郑振铎参与发起“上海文化界救亡协会”，创办《救亡日报》，和胡愈之、许广平等人组织“复社”，出版《鲁迅全集》《联共党史》《列宁文选》等，逐渐接受了马克思主义理论，从经济基础与上层建筑的关系角度理解文学与社会的关系，阐明文学史的意义。他在《中国文学史的分期问题》中明确指出，撰写文学史，“原则之一是，历史发展的过程是服从于社会基础的变化的。生产工具与生产力的进步，推动了生产关系的改变。而生产关系的改变，便影响了上层建筑的发展。从原始社会到奴隶社会，从奴隶社会到封建社会等等，人类的生产关系改变了，社会基础改变了，上层建筑的面貌也就随之而改变了。‘历史’就是记录和表现这些‘改变’或发展的。文学史乃是历史的一部分，乃是记录文学创作这种上层建筑的发展过程的，它乃是随着基础的变化而发生变化的。……原则之二是，人类历史的发展，既然是服从于基础的改变，故一般的发展规律，是没有例外的。历史是不会倒退的。但同时也要注意到一个国家或一个民族的发展的特殊性”。既注意到决定文学艺术发展的经济的、社会的普遍因素，又注意到一个国家、民族文学发展的特殊性，见解更加圆融深刻。

（二）中国文学分类

二十世纪三四十年代，杜威等人的文学分类法在中国影响很大。诗歌、戏曲、小说、论文、尺牍、讽刺文与滑稽文都还可以在中国文学史上找到对应作品，而演说及杂类就很难对上号。为此，郑振铎最初将中国文学分为六类，试图有所突破：诗歌（包括韵文的与散文的）、小说、戏曲、论文、个人文学（尺牍、自叙传、回忆录、日记、忏悔）、杂类。后来增加到九类：总集及选集、诗歌、戏曲、小说、佛曲弹词及鼓词、散文、批评文学、个人文学、杂著（包括演说、寓言、游记、制义、教训文、讽刺文、滑稽文）。这种分类虽然不及一般文学史分诗歌、小说、戏曲、散文四类那样明晰，但他注意到总集与选集，注意到佛曲弹词及鼓词类，最具新见。中国早期文学作品，主要是通过总集和选集保存下来的。譬如《诗经》《楚辞》就保留了先秦时期的重要诗歌作品，已经成为经典。《昭明文选》《玉台新咏》是留存至今的唐代以前最重要的两部文学总集，是唐前文学研究的渊薮。论及中国早期文学，是不能不从总集和选集开始的。更何况，中国文学总集和选集，并非只是文学作品的简单汇集，而是蕴含着深刻的政治用意和精微的文学批评，是文学经典化的一个重要环节。鲁迅说："选本可以借古人的文章，寓自己的意见。博览群籍，采其合于自己意见的为一集，一法也，如《文选》是。择取一书，删其不合于自己意见的为一新书，又一法也，如《唐人万首绝句选》是。如此，则读者虽读古人书，却得了选者之意，意见也就逐渐和选者接近，终于'就范'了。"

至于佛曲弹词及鼓词，更是以往文学史所不曾涉及的内容，就是在今天的文学史著作中，这类作品也并没有占据重要地位。郑振铎将他们归为一类，确实与众不同。在《中国俗文学史》中，郑振铎将俗文学分为五类。第一类：

诗歌，包括民歌、民谣、初期的词曲等等。敦煌歌谣也收录其中。第二类：小说，专指话本。包括短篇的“三言二拍”，长篇的讲史，中篇单行的。第三类：戏曲，包括戏文、杂剧、地方戏等。第四类：讲唱文学，包括变文、诸宫调、宝卷、弹词、鼓词等。第五类：游戏文章，有散文有辞赋，如《僮约》《燕子赋》等。每一类皆为首创。

（三）文学史的新资料

郑振铎所以关注佛曲弹词鼓词以及民间文学、少数民族文学，与二十世纪文学史资料的新发现密切相关。如前所述，二十年代后期，郑振铎游学欧洲，在各大博物馆看到很多流失海外的中华文物，特别是敦煌千佛洞所藏古代写本，给他很大震撼。敦煌写本中除民间俗曲、写本佛经及词调外，还有《舜子至孝变文》《目连救母变文》《降魔变文》等，“其上皆明书‘变文’，始知变文即其本名”。变文是讲唱的，讲的部分用散文，唱的部分用韵文。这种韵散兼并的文体，直接影响到宝卷、弹词、鼓词、诸宫调等讲唱文学体裁的发展。正如郑振铎所说，“变文是一切近代文学的祖先”。“改变了一个方向，那便是不袭用‘梵呗’的旧音，而改用了当时流行的歌曲来作弹唱的本身。”受此启发，他特别关注新资料的发现和应用。《三十年来中国文学新资料发现记》指出，韦庄的《秦妇吟》，让人们了解到唐末混乱的时代。屠隆《修文记》传奇在乱书堆里被搜出，可以使我们对于明代三教混合运动有所了解。

还有向来无人注意的《林子全书》《混元教宝卷》一类的东西，让善良的人民看到，那些别创一教的野心家，是如何利用旧形式给平民灌输教义，改造思想。1932年，郑振铎撰写《插图本中国文学史》将唐五代的变文，宋、元的戏文与诸宫调，元明的讲史与散曲，明清的短剧与民歌，以及宝卷、弹词、鼓词等新资料加以论述，别开生面。同时，他又注意避免胡适《白话文学史》研究的缺陷，“以为中国文学的发展，只是‘白话文学’的发展。执持着这样的‘魔障’，难怪他不得不舍弃了许多不是用白话写的伟大的作品，而只是在‘发掘’着许多不太重要的古典著作”。“予之集书也，往往独辟蹊径，不与众同。予集小说、戏曲于举世不为之日。予集弹词、鼓词、宝卷、俗曲，亦在世人知之之先。予集词集、散曲集、书目，亦以于词、于曲、于书目有偏嗜故。至于所收他书，或以专门之需求连类及之，或以考证有关而必欲得之；而间亦以余力收明刊之《四库》存目及未收之书。”除了上述提到的各类别外，郑振铎还陆续收藏有清人文集、诗文总集、考据笔记、明季史料等等。不过有的毁于战火，有的转让以易米。“所万不忍割舍者，惟若干词、曲、小说、书目，与乎版画之书耳。”

（四）文学史的新视野

新资料的发现，改变了中国文学史的固有格局。1938年，郑振铎出版《中国俗文学史》，开宗明义就从俗文学定义开始，认为除诗与散文外，小说、戏曲、变文、弹词之类，都可归到俗文学范围里去，成为中国文学史的骨干。他认为，中国俗文学有六个特质：一是大众化，二是无名的集体创作，三是口传性，四是鲜活与粗鄙并存，五是想象力丰富奔放，六是善于引进新东西。

二十世纪初对于平民文学的重视，引发了学术界对民俗、民间文学研究的热情。文学研究会的创始人，都对民俗学与人类学抱有兴趣。周作人有《童话研究》，茅盾有《神话研究》，郭绍虞有《谚语的研究》等。郑振铎早年翻译《民俗学浅说》，发表《再论民间文艺》《民间文艺的再认识问题》等重要文章，凭借着希腊神话学的修养，为民俗文学研究开辟新的领域。后来，他创办文学研究所，将民间文学研究列为最重要的研究方向之一。

三、在战火中抢救珍贵典籍

郑振铎的笔名有几十个，其中“西谛”多用于书目编纂而为世人熟知，说明这个笔名与他的藏书、著书密切相关。在漫长的学术生涯中，特别是在战火纷飞的抗日战争时期，为抢救民族文献，他不再局限于个人研究的兴趣，而是对于重要文献几乎“有见必收，收得必随作题记”，留下大量题跋书话。这部分内容，多已收录在《郑振铎全集》卷十七。而吴晓铃先生编《西谛书跋》，则又直接辑录郑振铎经眼、过手及庋藏群书之题跋凡六百四十余则，最为完备。生活·读书·新知三联书店1983年出版的《西谛书话》除收录部分题跋外，还汇集专论某类（种）典籍以及与作者买书、藏书、编书乃至卖书的若干文章，这也是西谛书话的重要内容。

郑振铎爱书，用他自己的话说，“爱得弗得了”。西谛藏书始末及其价值，赵万里先生《西谛书目序》、冀淑英先生《辛勤聚书的郑西谛先生》等文有详尽的介绍。这里，试图透过书话，管窥蠡测，探寻郑振铎问学路径及其藏书特色。

郑振铎自述其学术次第时说：“余素喜治流略之学。童稚时，即手录《汉书·艺文志》及《隋书·经籍志》，时自省览。后得《八史经籍志》，乃大喜，类贫儿暴富。”1936年，他为孔另境《中国小说史料》作序时也说道：“‘版本’、‘目录’的研究，虽不就是‘学问’的本身，却是弄‘学问’的门径。未有升堂入室而不由门循径者，也未有研究某种学问而不明了关于某种学问的书籍之‘目录’、‘版本’的。”不难看出，他的学问根柢基于传统的目录版本之学。从青年时期开始，他做任何学术工作，首先从目录做起。这种习惯一直保持到晚年，譬如1958年去世前，他还作《唐人文集目录》《宋人文集目录》《明人文集目录》和《清人文集目录》。他临终前为《古本戏曲丛刊》第四集所作的序言，是他的绝笔，也依然是目录学方面的重要论文。

郑振铎的庋藏，有深厚的目录学作基础，故自成系统。在日记中，他常常提到自己喜欢阅读宋人题跋，文采风流。在《澹生堂藏书训约》题跋中又指出：“余所见诸家书目序跋及读书题跋，惟此书及黄荛圃诸跋最亲切动人，不作学究态，亦无商贾气。最富人性，最近人情，皆从至性中流露出来之至文也。”同样是藏书，郑振铎与宋明人和黄荛圃等人最大的不同，是他的收集“独辟蹊径，与众不同”。他明确表示自己不是藏书家，也从来没有想到为藏书而藏书。他所以收藏古书，首先是为着自己研究方便和手头应用所需的。譬如他所醉心的戏曲、小说、弹词、宝卷、大鼓词和明清版的插图等文献，当时可谓举世轻忽，因而图书馆里所藏甚少。他只能采取“人弃我取”的办法，“弃宋元与毛钞、黄跋不顾，而独取于不登大雅之堂之物”。从这些通俗读物中，他不仅仅看到市井风情，还看到了当时尚不为学界关注的新的亮点。譬如程穆衡《水浒传注略》稿本，为章回小说作注，当时确实罕见。“《水浒》多口语方言，作者于此亦多详加注释，不独着意于名物史实之训诂。故此书之于语言文字研究者亦一参考要籍也。”二十世纪后半叶，汉魏六朝以来方言俗语研究成为热点，古典戏曲小说中的材料成为语言学界特别关注的对象。回顾郑振铎上述论述，可谓学博识精，洞察幽微。又譬如童蒙读物，世所轻忽，最易散佚。他收购二十余年，所得二十余种皆诸藏书家所不屑庋藏之类，这类文献，对于那些“论述近古童蒙教育者，或不为无用也”。在众多收藏中，他最用心的还是对版画的收集。《瑞世良英跋》：“余酷爱版画，尤喜明人所镌者，故每见必收得，一若余之搜购戏曲、小说诸书者然。”《南陵无双谱跋》：“论述美术史及园艺史者，首应广搜资料，而图籍尤为主要之研究基础。予所得园艺及木刻彩绘之书近千种，在此基础上进行述作，当可有成也。”《历代古人像赞跋》论及木刻画像、石刻画像，引用王充的话：“善可为劝，恶可为戒。”认为“这是绘像的本意”。从今天的意义上说，“也是有益于画家们和其他美术家们的”。即使是一叶半幅之残片，亦加意收罗，故所获独多，所见亦广。如他所收藏《宣和博古图录存》二卷，原本就是宝古堂刊本，然而明人著录为泊如斋本。郑振铎指出，所谓泊如斋本，实为后人挖改。作者连带指出，莫友芝《郘亭知见传本书目》载吕大临《考古图》著录泊如斋本，其实也是宝古堂所镌。又如《皇朝礼器图式》十八卷，分别散在北平、上海等地，他四处收罗，乃成全璧。由此他感慨道：“不仅见余访书之勤，亦以见有心访购，终可求得。费一分力便得一分功。一书之微如此，学问之道亦然。”

随着学术视野的开阔，由戏曲、小说、书目、版画，郑振铎收书范围扩大到凡有插图之书，乃至晚明著述、清代文集、近代史料、方志丛书、诸家碑录、秦汉瓦当以及日常用书等。到了生命的后期，他的兴趣又转到汉魏六朝，逝世那年“方动念集六朝人集”，于2月和7月收集《六朝诗集》五十五卷，《汉魏六朝名家集》四十种。数十年的收书生涯，郑振铎备尝艰辛，诚如他在1937年编《西谛所藏善本戏曲目录》所说：“余性喜聚书，二十年来节衣缩食所得尽耗于斯。于宋元以来歌词、戏曲、小说搜求尤力，间亦得秘本。唯一书之获，往往历尽苦辛。有得而复失，失而复于他时他地得之者。有失而终不可复得者。有始以为终不可得而忽一日得之者。有初仅获一二残帙于数月数年后始得全书者。盖往往有可喜之奇遇焉。人声静寂，一灯荧荧，据案披卷，每书几若能倾述其被收藏之故事。尝读黄荛圃《藏书题跋记》，于其得书之艰，好书之切，深有同感。……呜呼！书生报国，不徒在抱残守缺；‘百宋’、‘千元’之弘业，当待之驱寇功成之后。”其书生报国之情，跃然纸上。

从郑振铎现存书跋中我们知道他所作的最后一篇书跋是《南北宫词纪》，生动地记载了他前后所收八部的艰辛，最后他感慨道：“不讲版本之学的人，其能想象得到，一书之求全求备，乃艰苦至此乎？”但是他坚信：“这不是什么好奇、好事之举。研究元明文学者能舍散曲不谈么？谈散曲者能不备这部《南北宫词纪》么？作为科学研究的必备之书，其能没有最完整不缺的好本子作为研究的根据么？把这部好不容易地拼凑成为完整不缺的一部，当不是什么没甚意义玩弄版本的事。”这是他临终前一个月的心里话，听起来似乎有着若干的苦闷和自嘲。但是半个世纪之后，我们听起来依然感到振聋发聩。当今学风，浮竞不已，高谈阔论而又不着边际的所谓“研究”比比皆是，而距历史的真实渐行渐远。重温郑振铎的书话，我们不仅要感激他“辛勤艰苦的采访”，更要感谢他“采得百花成蜜后”所昭示的治学态度和方法。

郑振铎爱学问，坚持两条腿走路：一是为己之学，一是为人之学。

为己之学，始于目录学，但又不仅仅局限于目录学。在他看来，研治目录版本，不过是进入学术殿堂的一条有效途径，而非目的。他曾以鲁迅的辑佚工作为例作了说明。他说，鲁迅生平最看重学问，却看不起那些近似不食人间烟火的“校勘家”、“目录家”，因为他们所致力的不是“学问”本身，而是为“书”所奴役，是无目的的工作。他在《中国文学研究者向哪里去》一文中说：“过去的许多关于中国文学的研究著作，大都只是述而不作，没有发现过什么新意，或什么新的问题。年谱、传记都不过是‘生材料’，只是掇拾些东鳞西爪的史料，用最省力的方法，排比之，重写之而已。恹恹无生气的，读之并不感到一点的兴奋或有所得。”显然，在郑振铎心目中，所谓“新”，就是要有新的理念，新的方法，新的境界；文学艺术要有人，有社会，有鲜活的时代脉搏的跃动。在当时，与此形成巨大反差的，是那些所谓精致的小品、庙堂文学，无病呻吟，装腔作势，没有生命力。1934 年 6 月 2 日鲁迅致郑振铎信说：“小品文本身本无功过，今之被人诟病，实因过事张扬，本不能诗者争作打油诗；凡袁宏道李日华文，则誉为字字佳妙，于是而反感随起。总之，装腔作势，是这回的大病根。其实，文人作文，农人掘锄，本是平平常常，若照相之际，文人偏要装作粗人，玩什么‘荷锄带笠图’，农夫则在柳下捧一本书，装作‘深柳读书图’之类，就要令人肉麻。”对此，郑振铎深表赞同。

从郑振铎一生治学业绩来看，进入学术领域，最基本的要素不外乎两点：一是用功，二是用心。

郑振铎的用功，确乎超出常人想象。在他短暂的六十年生涯中，举凡文学创作、编辑刊物、搜书编书，还有那么多的社会活动，成果累累，没有超常的毅力，很难做到。他在《古今文综》跋语中这样回忆说：“一九一五年予在温州十中肄业，此书方出。一姓陈同学购得之，予健羡无已，乃假得之，穷一暑天之力，尽录其中论文之作，集为二册，题曰《论文集要》，殆是我从事纂集工作之始。今经四十余年矣，此二册抄本尚存行箧。”后来，他与赵万里到宁波访书，借得《录鬼簿》，又与马廉，三人连夜分头抄录，影钞出版，传为佳话。他也曾想走传统学问的路子，譬如他多年来就很想为《诗经》作新注，为《楚辞》作集解，为此先后尝集得《诗经》各家注本七八箧，说《诗》之书三百多种，《楚辞》各家注本二大箧，连类而及，又集得《文选》各家注本三十余种。但是，他最终把自己的学问落到戏曲小说方面，从研治经学的路子入手来研究通俗文学，即收集各种版本，校订文字异同，探索资料来源。更进一步，郑振铎又别具用心，在明代戏曲小说方面作了更加深入的探索。《西谛书跋·焦氏澹园续集》称："明人集浩如烟海，《四库》失收者多矣，或出于有意，或出于无意。当时四库馆臣诋諆明人著作，无所不用其极，是自有其政治作用。今日我辈正应实事求是，为许多明代作家鸣不平也。"这种"鸣不平"，当然不仅仅是作翻案文章，而是透过明代作品，审视那样一个特殊的年代和特殊的人物。郑振铎对于"三言"、"二拍"的研究也贯穿着这样的视野和思路，除论及作品本身外，还随时联系时代变化、学术风气来展开讨论。如论及《拍案惊奇》时称："明代从中叶以后，特别是在万历、天启的时代，乃是一个放纵不羁的时代，有类于罗马帝国的末年。差不多到处都可表现出他们的淫佚的情调来。凌氏的'承平日久，民佚志淫'二语，恰好为这个时代的最好的注释。"又如论及《娱目醒心编》时称："就今所知，此书实为创作话本集中的最后一部。从乾隆五十七年以后，话本的作者，在实际上可以说是绝迹了。而这部最后的创作话本集，正足以充分的表现出当时的著作界的风气来。在这时，淫靡的作风是早已过去的了，随了正学的提倡的结果，连小说中也非谈忠说孝不可了。”又如明代盛行的评点之学，在论及《批点考工记》时说：“明人批点文章之习气，自八股文之墨卷始，渐及于古文，及于《史》《汉》，最后，乃遍及经子诸古作。《批点考工记》亦此类书之一也。”从学术风气的变化，论及评点之学的兴起。在论及凌濛初《诗逆》时云：“明人经解，最不为世人重视，故亡失也最易。濛初以小说鸣，想不到他的经解也会流传至今，与冯梦龙的‘春秋学’当是明末的双绝。”

在研究方法上，郑振铎不拘一格，只要与研究对象有关的所有材料，无不收集。如关于明人闵景贤辑刊《快书》五十种，他指出：“明末人最善于谈花评酒，穷奢极欲于生活上之享受，纯是‘世纪末’之病态。余本有意于研究此一时代，故每喜收罗此类书。”他曾在《求书日录》中指出：“一本小册子，一篇最顽固、反动的论文，也都是‘竹头木屑’，用到的时候，全都能发生价值。”郑振铎编辑《跋唐宋以来名画集》的初衷，就是“对于一切的史料，虽若竹头木屑之细微，也甚加以珍视”。在《中国历史参考图谱序》中，他又说：“史学家仅知在书本文字中讨生活，不复究心于有关史迹、文化、社会、经济、人民生活之真情实况，与乎实物图像，器用形态，而史学遂成为孤立与枯索之学问。”这种见解，与西方史学界所强调的要关注所谓“碎片”（fragments）研究有着异曲同工之妙。这些看似毫不相干的“碎片”，其背后实际隐含着错综复杂的历史联系。一个优秀的学者，就是要努力从这些蛛丝马迹的历史细节中探寻历史的真相，而不是夸夸其谈于观念的生成过程。在这方面，郑振铎的书话早已为我们指明了学术的路径。

当然，郑振铎的藏书与治学，还不仅仅是为自己、为他人，更是为祖国、为民族，他有这样一个崇高的目标。

洪亮吉《北江诗话》将藏书人分为考订家、校雠家、收藏家、赏鉴家和掠贩家五类，掠贩家自与郑振铎无涉，此外可谓兼而有之而远出其上。更为重要的是，郑振铎还与他们有着近乎本质的不同，那就是他的深挚感人的爱国情怀。他曾说："我希望人人能像保护自己的眼睛一样来保护地面和地下的文化宝藏，这不仅仅是为了学习遗产推陈出新的需要，还要为后代的子子孙孙保存文化遗产，作为对他们进行爱国爱乡教育的力证。"1937 年，抗日战争全面爆发，上海沦为"孤岛"，许多保存重要民族文献的图书馆、藏书楼惨遭日军轰炸。譬如 1937 年 1 月 28 日，日寇轰炸上海，商务印书馆东方图书馆被毁。我们从《张元济日记》《张元济古籍书目序跋汇编》《张元济书札》等文献中可以对此有详尽的了解。在这场灾难中，郑振铎在上海的寓所被日军扫荡，失书十余箱，全部的弹词、鼓词、宝卷及小唱本均丧失无遗。"烬余焦纸，遍天空飞舞若墨蝶。数十百片随风堕庭前，拾之，犹微温，隐隐有字迹。"1937 年 8 月 13 日，日寇攻入上海，他寄存在虹口开明书店里的古书被焚。《失书记》载：这次大火烧掉“凡八十余箱，近二千种，一万数千册的书”。中国图书史上有所谓“五厄”、“十厄”之说，而近代以来，对于华夏民族文献的焚毁、吞噬，莫过于日寇。譬如1940年日寇轰炸北碚，清华图书馆很多珍贵古籍也被焚毁。而日寇这种鲁莽灭裂华夏民族文化的野蛮暴行，又何止这些？看到自己民族文献被焚毁在家园、被盗运到国外，郑振铎痛心疾首，发愤要存亡继绝，“收异书于兵荒马乱之世，守文献于秦火鲁壁之际”。1940年1月，郑振铎与张元济、张寿镛、何炳松、张凤举等人发起成立“文献保存同志会”，利用中英庚款开展购书事宜。先后购得刘氏玉海堂（元刻200册）、郑氏群碧楼（3100余册）、邓氏风雨楼（750余种9000余册）、张氏蕴辉斋、海盐张氏、武进陶氏、南浔张氏适园（1000余种，多为黄丕烈藏书）、刘氏嘉业堂（明刻1200余种）等著名藏书家的珍藏。郑振铎为收书还专门刻了两枚图章，一为“不薄今人爱古人”，一为“书生本色”。《劫中得书记》就生动地记述了这段“大类愚公移山，且将举鼎绝膑”的悲壮历程。他说：“私念大劫之后，文献凌替，我辈苟不留意访求，将必有越俎代谋者。史在他邦，文归海外，奇耻大辱，百世莫涤。……每一念及，寸心如焚。祸等秦火，惨过沦散。安得好事且有力者出而挽救劫运于万一乎？……故余不自量，遇书必救。”“夫保存国家文献，民族文化，其苦辛固未足埒攻坚陷阵，舍生卫国之男儿，然以余之孤军与诸贾竞，得此千百种书，诚亦艰苦备尝矣。”他还说：“我们的民族文献，历千百劫而不灭失的，这一次也不会灭失。我要把这保存民族文献的一部分担子挑在自己的肩上，一息尚存，决不放下。”“为了保全这些费尽心力搜罗访求而来的民族文献，又有四个年头，我东躲西避着，离开了家，蛰居在友人们的家里，庆吊不问，与人世几乎不相往来。”1940年底重庆政府派故宫博物院古物馆馆长徐鸿宝（森玉）到上海协助鉴定古籍收购工作，他目睹工作情况，致信蒋复璁说郑振铎等人“心专志一，手足胼胝，日无暇晷，确为人所不能。且操守坚正，一丝不苟，凡车船及联络等费，从未动用公款一钱”。对这段悲壮的抢救民族文献的经历，郑振铎曾借用龚自珍的诗句“狂臚文献耗中年”加以概括，称自己“性疏狂而好事。初搜集词曲、小说、弹词、宝卷，继集版画，皆举世所不为者也。抗战中为国家得宋元善本、明清精椠一万五千余种”。他自豪地说：“我辈所得，有数大特色，一是抄校本多而精，二是史料多且较专，三是唐诗多且颇精。”从1940年春到1941年冬，共征集善本古籍多达3800余种，1.8万册。其中，宋元刊本就达300余种。为让更多的珍贵古籍入藏公家，既改善保存条件，又更好地发挥其作用，郑振铎积极与各藏书家联系，劝说他们将藏书捐让国家。根据国图采访档案，瞿氏铁琴铜剑楼、天津周叔弢、苏州吴梅后人、常熟翁氏等著名藏书家或其后人都是在二十世纪五十年代，向国家捐赠了大批的珍贵文献。这些捐赠的珍贵古籍文献，郑振铎都要求拨交给北京图书馆。因此，新中国成立初期，北京图书馆的善本藏书量增长迅速。到 1949 年，积四十年努力，北京图书馆的善本图书总量不过十三万册。而到十年后的 1959 年，“现在北京图书馆收藏珍贵的古代写本和刻本已经有二十二万余册”。国家图书馆如今能够拥有宏富的善本馆藏，与郑振铎所作的贡献密不可分。郑振铎因公殉职后，他的家人遵照遗愿，将他一生收藏的中文线装书和外文书全部捐给北京图书馆。爱书、爱学问与爱祖国就这样完美地结合在一起。

在这些众多文献中，最叫郑振铎感到自豪的是 1938 年 5 月收购的《脉望馆抄本古今杂剧》64 册。后来，他在《劫中得书记》新序中说：“想想看，一时而得到了二百多种从未见到过的元明二代的杂剧，这不该说是一种‘发现’么？肯定地，是极重要的一个‘发现’。不仅在中国戏剧史的和中国文学史的研究者们说来是一个极重要的消息，而且，在中国文学宝库里，或中国的历史文献资料里，也是一个太大的收获。这个收获，不下于‘内阁大库’的打开，不下于安阳甲骨文字的出现，不下于敦煌千佛洞抄本的发现。”他在危难之中抢救了这些民族典籍，为祖国和人民保留了丰富的文献。生活在和平时期，我们摩娑着这些历经千百年而留存至今的民族文献，不能不对郑振铎表示由衷的敬意。

抗战期间，文物损失惨重，为此，郑振铎发表很多文章呼吁抢救文物的重要性，阻止文物的出口。1949年3月19日，郑振铎签署《北平文化界声讨南京反动政府盗运文物宣言》，并拟成立专门组织抢救保护。新中国成立后，他受命出任文物局局长，制定了切实可行的文物保护规划，先后颁布了《禁止珍贵文物图书出口暂行办法》《规定古迹、珍贵文物、图书及稀有生物保护办法》《古文化遗址及古墓葬之调查、发掘暂行办法》《征集革命文物令》《保护古文物建筑办法的指示》等法令，并拟订了《文物、图书出口鉴定委员会组织条例》。1952年，他将自己收藏的陶俑和陶器悉数捐献国家，后拨交故宫博物院收藏。当年，那些盗运中华民族文献的人，曾不无自负地“预料将来研究中国史学与哲学者，将不往北平而至华盛顿，以求深造”。这些话深深地刺痛了郑振铎。他是多么希望我们的学者能够站在世界学术的前沿，充分利用已有的丰富文献和聪明智慧，研究我们民族兴衰的历史。他在《中国版画史序》中指出：“夫以世界版画之鼻祖，且具有一千余年灿烂光华之历史者，乃竟为世界学人忽视，误解至此，居恒未尝不愤愤也！二十余年来，倾全力于搜集我国版画之书，誓欲一雪此耻。”客观地说，在当时，我们的研究与国外相比较，确实还存在着一定的距离。郑振铎认为，真正能够与国外对话的，“只有罗振玉氏和郭沫若先生两位，其精力和努力是足以和任何日本人相比，而且比他们更深入；此外便只有王国维氏，陈寅恪先生、向达先生、贺昌群先生、陈垣先生、董作宾先生、于省吾先生、关百益先生、商承祚先生等，寥寥可数的诸位了”。偌大的中国，研究本民族的传统文化，而真正可以立于世界学术之林的顶尖学者，实在屈指可数。当年，郑振铎的话不无沉重之感，同时又使人感觉到其中所蕴含的某种期冀。

四、开创文学研究事业新局面

1952 年，根据中央人民政府前政务院文化教育委员会决定，郑振铎受命筹建文学研究所。就像三十年前成立文学研究会一样，从 1952 年筹备到 1958 年离世，在何其芳的协助下，郑振铎积极制定工作计划，组织系统研究，为文学研究所的创办发展，为中国文学研究事业付出了大量心血。

当时，他兼任文学研究所和考古研究所所长，首要任务就是延揽人才。文学研究所成立之初，科研人员主要来自三个方面：第一是来自延安鲁迅艺术文学院，如何其芳、沙汀、陈荒煤、杨思仲（陈涌）、吴伯箫、毛星、朱寨、蓝天、井岩盾、卞之琳、曹葆华等。第二是来自高校或相关机构，如钱锺书、余冠英、孙楷第、王伯祥等。第三是当年毕业的大学生，如曹道衡、樊骏以及稍后进所的邓绍基、陈毓罴、刘世德、张炯等。我们从一些资料看到，为加强文学研究所和考古研究所的学术力量，郑振铎、何其芳等竭尽全力，吸引人才。清华大学外文系钱锺书、罗大冈、中文系余冠英、北京大学中文系俞平伯、孙楷第等知名教授，上海的王伯祥，天津的范宁（原在天津师范学院任副教授、教研室主任），还有吴晓铃、力扬（原在马列学院教语文）等先后调入文学研究所。读郑振铎《致唐弢》《致夏鼐》等信，他劝说二人来京工作，殷勤备至。如致夏鼐："弟生平不惯做行政事。但今日为了人民，为了国家民族，也不能不努力的做些事。且既做了，则必须做好。"《王伯祥日记》也多次谈到郑振铎劝其进京工作的情形。

第二项重要工作是图书资料建设。文学研究所成立时，他把图书建设摆在重要位置，强调"以专为主，精中求全"。从《致张寿镛》（号约园）可以看出，他很早就注意到宁波近现代著名藏书家张寿镛的藏书。据《王伯祥日记》1953 年 4 月 16 日载："接西谛书，送到张约园捐赠书目两册，嘱为文学研究所挑留若干。圈识之并转平伯再选之。"翌年，张寿镛后人张芝联（北京大学教授）将约园两千余种藏书售予文学研究所，奠定了文学研究所图书馆古籍收藏的基础。

1957 年，郑振铎建议成立文学研究所图书资料委员会，请钱锺书担任主任，委员如吴晓铃、范宁、汪蔚林等，都是古籍研究的行家里手。他们积极购书，为文学研究所图书馆事业的发展做出贡献。经过不断扩展，目前藏书已达 16 万册。其内容除文化、历史、政治、经济和宗教方面图书之外，主要为文学类，以宋元刊本、明清小说和清代诗文集以及弹词、宝卷为四大亮点。

2008 年，文学研究所图书馆被国务院授予“全国古籍重点保护单位”。这一切，首先要归功于郑振铎、何其芳那一代学者的高瞻远瞩。郑振铎不仅注重文学研究所的古籍收藏，在他的积极推动下，还成立了国家古籍整理规划小组，统筹全国的古籍整理出版工作。

郑振铎、何其芳都是现代作家，很注重新文学作品的收藏。周作人著作的早期版本、俞平伯 20 年代的著作、郑振铎编印的《中国版画史》，以及闻一多的《古瓦集》等，均已成为相关作家或诗人研究方面的稀见珍本。此外，图书资料室还藏有 1919 至 1949 年中国出版的文学期刊 1780 种，如首倡中国新文学的刊物《新青年》(第一卷名为《青年杂志》)，新文学第一个诗歌专刊《诗》，大型文学月刊《小说月报》《少年中国》《每周评论》，中国左翼作家联盟刊物《前哨》《北斗》等现代重要的文学刊物，在这里都有完整的保存。

郑振铎、何其芳还把图书馆作为培养科研人员的基地，提出大学生、研究生毕业后，首先要做一年图书资料工作，把图书文献工作与科研工作有机地结合起来。这是一项很好的人才培养的办法。

第三项重要任务是制定详尽的科研规划并付诸实施。如前所述，文学研究所的创办，是中央人民政府前政务院文教委员会决定的，体现了国家的意志。基于这样一种特殊的背景，文学研究所成立以来，几乎参与了所有的政治活动，既要服务大局，又要区分政治与学术的复杂关系。在郑振铎、何其芳等领导下，文学研究所较好地处理两者关系，为人才培养和学术发展奠定了坚实基础。

文学研究为人民服务，为社会服务，这是郑振铎年轻时的理想追求。但他知道，这种服务，一定要建立在深厚的学术研究基础之上。建所之初，下设中国古典文学组、中国文学史组、西方文学研究组、现代文学研究组、文学理论研究组、中国各民族民间文学研究组等。经过几年摸索，文学研究所逐渐明确了发展方向。1957 年 12 月，文学研究所召开若干会议，就文学研究工作如何密切联系实际，开展为期十七天的大辩论，郑振铎、何其芳到会听取意见。最终形成十年内全所性的七项任务：（一）研究我国当前文艺运动中的问题，经常发表评论，并定期整理出一些资料；（二）研究并编出一部包括新的研究成果和少数民族文学的多卷本的中国文学史；（三）编选出一些中国文学的选集和有关文学史的参考资料；（四）外国文学方面，研究各主要国家的文学，并将研究成果按照时代编出一些论文集，为将来编写外国文学史作准备；（五）编订汉译外国文学名著丛书，每部作品都冠以帮助一般读者理解和欣赏的序文；（六）研究文艺理论，并编写出一部较为通俗、结合中国实际的文艺学；（七）编订汉译外国文艺理论名著丛书。

在上述工作计划中，文学研究有三个重点发展方向：一是文学史（古代、现代、当代）研究方向；二是中外文学理论研究方向；三是民族、民间文学研究方向。文学史的研究与编写，一直为郑振铎所关注，也是何其芳的兴趣所在。在他的理想中，文学史不仅要打通古今，包含各种文体，更要展现中华多民族文学的辉煌。《郑振铎日记》1958 年 4 月 30 日载，那天他到文学研究所，与大家讨论编辑中国文学史简编事宜，"期以三年，必当成之。其特色为包括到当代为止，且包括少数民族文学在内"。他自己撰写过多种文学史，有着丰富的经验。他更希望组织各行专家，撰写一部综合性的文学史。后来，余冠英、钱锺书、范宁等人主持编纂的三卷本《中国文学史》，唐弢主编的《中国现代文学史》，毛星主编的《中国少数民族文学》、祁连休等主编的《中华民间文学史》，邓绍基、刘世德、沈玉成主编的多卷本《中国文学通史》，张炯、樊骏、邓绍基主编的《中华文学通史》等，在一定程度上实现了郑振铎的遗愿，在海内外产生了广泛影响。

在文学理论与外国文学译介方面，郑振铎、何其芳很早就制定计划，系统翻译介绍希腊戏剧、易卜生戏剧、莎士比亚戏剧、莫里哀戏剧以及英国、法国、俄国的小说、诗歌等作品，为中国读者认识世界打开了一扇窗户。

第四项重要工作是文学普及工作。1953 年 10 月 21 日，郑振铎在《人民日报》上发表《为做好古典文学的普及工作而努力》，论述了文学普及工作的意义及其难度。他认为，做好古典文学注释必须经过三个步骤：首先广泛搜集异本，掌握丰富的版本知识，辨明是非。第二是把异本加以整理，去妄存真。第三是注释文辞，理解内容。1957 年，他又发表《整理古书的建议》，提出整理古书的三个阶段：第一，选择最好的，即最正确、最可靠的本子，加以标点（或句读），并分别章节，加以必要的校勘，附以索引。这项工作看似为“章句之儒”的事业，却非大师们亲自出马不可。第二，把那些重要的古书，凡是有“注”的，或别的书里注释或说明它的一篇一章、一节一语的，或批评到它的某一篇、某一句的文章，全部搜集在一起，作为集注，像王先谦《汉书补注》《后汉书集解》，或丁福保《说文解字诂林》就是这样的著作。第三才是“新注”，要有新的解释、新的研究。可见，古籍整理与普及工作，对参与者有很高的要求，深厚的学养，细致的态度，长期的研究，都是必不可少的。

文学研究所刚刚筹划建立的时候，最初的工作就是计划选注历代文学经典作品。《王伯祥日记》里详细记载了郑振铎、何其芳等人精心策划《诗经选》《史记选》《汉魏六朝诗选》《三曹诗选》《唐诗选》《宋诗选注》等选注工作。由此得知，每一部书的编纂，从篇目的确定，到注释的推敲，都经过反复打磨，然后内部油印，送到国内相关研究单位、高等院校，广泛征求意见。经过这样几个回合，才最后定稿，公开出版。这样的书，阐释经典，其本身也成为一种经典，多数印行在数十万册以上，在社会上产生了广泛影响。而这些作者的名字和声誉，也逐渐走出学术圈，为广大读者所熟知。

文学研究所能在新中国文化建设中发挥积极引领作用，这与首任所长郑振铎遵循学术规律、整合团队力量、夯实学科基础的卓识远见和有效组织密切相关。

五、《古本戏曲丛刊》：跨越六十年的编纂

关于中外文学经典研究，郑振铎有着庞大的计划。外国文学经典的翻译介绍，我在《追寻文学所精神》一文有所介绍。中国文学经典的系统整理，郑振铎计划编纂两部大型丛书，一是《古本小说丛刊》，二是《古本戏曲丛刊》。

1932 年，郑振铎为孙楷第《中国通俗小说书目》作序说，他曾发愿写作一部《中国小说提要》，并付诸实践，陆续在报刊发表若干提要。《中国通俗小说书目》的出版，部分实现了他的愿望，但也留有遗憾，只是“专载以国语文写成的‘通俗小说’而不录‘传奇文’和文言的小说”。郑振铎很希望有所弥补，并编纂《古本小说丛刊》。可惜

他生前一直忙于《古本戏曲丛刊》的编纂，《古本小说丛刊》还没有来得及组织。好在文学研究所同仁协助实现。刘世德主编《古本小说丛刊》收录中国古代小说珍本、孤本、善本凡170多种，中华书局影印出版。石昌渝主编《中国古代小说总目》，就包括文言、白话等，为目前最为齐备的古代小说目录著作，已由山西教育出版社2004年出版。

《古本戏曲丛刊》是最叫郑振铎放心不下的事。如前所述，他的最后一篇文字，就是《古本戏曲丛刊》第四集的序言。

根据陈福康《郑振铎年谱》记载，文学研究所成立之初，他就提出编纂《古本戏曲丛刊》的设想。直到他逝世那年，《丛刊》完成了四集的编纂。《古本戏曲丛刊》一直是中国社会科学院文学研究所的重点项目，尽管中间历经波折，余下的几集，即将画上圆满句号。这是迄今为止最大的戏曲作品总集，是近百年来戏曲文献整理出版的一项重要成果，极大地推动了中国古典戏剧研究的深入开展。

（一）《古本戏曲丛刊》历次编纂情况

第一，1953至1958：一至四集的编纂

1953年，前文化部副部长、北京大学文学研究所（中国社会科学院文学研究所前身）所长、国务院古籍整理出版规划小组文学组召集人郑振铎先生提出《丛刊》编纂设想，拟按时代顺序和戏曲文献类别，收录《西厢记》及元

明戏文、明清传奇、元明清杂剧，并及曲选、曲谱、曲目等，并组织本所专家选目落实，当时作为内部参考资料，交由上海商务印书馆印刷，编号发行。

1954 年至 1958 年，郑振铎先生主持出版了《丛刊》的前四集，前三集收录元明清南戏传奇，每集各计剧目一百种。《初集》1954 年出版，收录元杂剧《西厢记》和元、明时期戏文传奇 100 种。其中第一种书《新刊奇妙全相注释西厢记》为海内外孤本。《二集》1955 年出版，收录明代传奇 100 种。其中文林阁刻本《张子房赤松记》《高文举珍珠记》《刘秀云台记》等较为稀见。《三集》1957 年出版，收录明末清初剧作 100 种，绝大部分为梨园钞本，不少为梅兰芳、程砚秋等名家收藏。与前三集不同，《古本戏曲丛刊四集》1958 年出版，专门收录元明二代的杂剧，收录杂剧总集 8 种，共有三百七十多个剧本，以元人杂剧为最多，凡传世的元杂剧，几乎搜罗殆尽。其中明万历顾曲斋刊本《古杂剧》聚集各家所藏，配成全帙，弥足珍贵。

第二，1964 年:《古本戏曲丛刊》第九集出版

1958 年，郑振铎先生因公殉职后，吴晓铃先生接续主持工作，与赵万里、傅惜华、阿英、周贻白、周妙中等学者组成新的编委会，主持编印第九集。1962 年，编委会将较易结集的宫廷大戏 10 种编为《古本戏曲丛刊九集》，交由中华书局上海编辑部付印，1964 年出齐。该集均为

国家图书馆、故宫博物院等处收藏的清内府钞本及朱墨或五色套印本。

第三，1985年：《古本戏曲丛刊》第五集出版

《古本戏曲丛刊》第九集之后，吴晓铃先生又与邓绍基、刘世德、吕薇芬、幺书仪等学者合作，编纂第五集，交由上海古籍出版社1986年出版。该集收录明后期及清顺治、康熙时期的戏曲作品85种，另附2种，包括数种日本、法国等海外收藏而国内未见的戏曲版本。文学所汪蔚林先生参与了部分工作，中华书局的周妙中先生查访资料，致力尤多。

（二）《古本戏曲丛刊》最后四集的编纂计划

二十世纪八十年代中期以来，由于种种原因，《古本戏曲丛刊》的编纂工作陷入停顿。不仅原定计划中的清代戏曲还有大量的存本未及编集和影印，半个多世纪以来在海内外陆续发现的元明戏曲剧本，也有待编目和收录。进入二十一世纪以后，重印《古本戏曲丛刊》和完成余下各集的编辑影印工作，一直是大家共同的心声和期盼。

2012年，中央文史研究馆馆员、中华书局编审程毅中先生向全国古籍整理出版古籍规划领导小组递交了《关于完成〈古本戏曲丛刊〉的建议》，希望把《古本戏曲丛刊》后续部分列入国家古籍整理出版规划项目，使全书得以完璧。建议得到有关方面的高度重视，《古本戏曲丛刊》六、七、八、十集很快被列入《2010—2020年国家古籍

整理出版规划》。

文学研究所高度重视《丛刊》项目的后续工作，积极与国家图书馆出版社沟通联络，迅速组建由文学研究所牵头、有关老中青学者共同参与的《丛刊》六、七、八、十集编纂工作协调小组。最终决定：刘跃进负责学术组织工作，刘世德、吕薇芬、幺书仪等先生负责学术指导工作，李玫、李芳负责学术联系工作。国家图书馆出版社由方自金社长亲自挂帅，组成以殷梦霞副社长为核心，以廖生训、于浩、程鲁洁、南江涛、苗文叶等编辑为骨干的专业编辑团队。

2014 年 1 月 18 日，文学研究所和国家图书馆出版社共同组织召开第一次编纂出版工作会议，确定了《古本戏曲丛刊》编纂出版工作规划及具体工作方案，决定在充分吸收前辈学者已有成果基础上，拟定目录，开展搜集底本工作，力争在三五年内，完成《古本戏曲丛刊》六、七、八、十集的编辑出版工作。

（三）《古本戏曲丛刊》第六、七、八、十集编纂情况

编纂工作会议之后，国家图书馆出版社立即投入工作当中。他们听说上海古籍出版社在完成《古本戏曲丛刊五集》出版工作后，曾筹备《古本戏曲丛刊六集》，并留下一批吴晓玲先生整理过的资料，于是殷梦霞副社长、廖生训总监亲赴上海，和上海古籍出版社同仁一起寻找这批资料。上海古籍出版社高克勤社长非常支持这项工作，积极派人到总编室、档案室甚至远郊仓库四处寻找。遗憾的是，这批资料现已了无踪迹。工作又回到原点，只能按照2014年1月《丛刊》编纂启动工作会议的安排，延请戏曲文献专家吴书荫先生负责第六集选目工作。吴书荫先生在吴晓玲先生五集、六集的几次拟目基础上，根据五集出版情况和近年新发现的戏曲文献资料，初步拟定了第六集选目，并且在郑志良、戴云、郭英德、俞冰等先生协助下对选目进行修改确定。编纂工作协调小组充分尊重吴书荫先生的学术判断，同时又广泛征询相关专家对第六集的建议，最后确定选目及版本。

2016年3月，《古本戏曲丛刊六集》由国家图书馆出版社正式出版，收录清代顺治到乾隆时期的传奇和戏曲别集77种，共计109种剧目。全书沿用前五集的开本和形态，制作成线装17函180册。所收剧目中，《昊天塔》《埋轮亭》《钟情缘》《百子图》《蟠桃会》等皆为孤本；《儿孙福》为康熙十年乌丝栏稿本；《双叩阍》为乾隆年间宁府钞本或稿本，目前原书已难以寓目；《西川图》为哈佛燕京图书馆收藏的原齐如山藏钞本，都是比较珍贵的传本。《六集》所选用底本中原有的题跋和批点等，全部予以保留，原书的扉页、题签也全部采用。各书曾有的收藏者和现有收藏单位的印章，也全部予以保留，力图最大限度地反映各书的原貌并体现曾经收藏和流传的情况。

《古本戏曲丛刊六集》出版后，中国社会科学院文学研究所积极投入到第七集的编辑工作中，曾先后召开了两次选目编纂会。经过两年多的不懈努力，2018 年终于推出第七集。该集收录清康熙到乾隆时期的传奇和作家戏曲集共 55 种，其中包含戏曲集 8 种，合计收入传奇、杂剧共 92 种，最终成书汇为 14 函，共 170 册。值得一提的是，第七集还收入两位满族作家作品，如《一江风》由满族作家和邦额撰写，《漪园四种曲》的作者永恩为清朝宗室。

就在第七集出版的同时，我们已开始第八集、第十集的编选工作，举办多次会议，最终确定了选目和底本。2019 年中华人民共和国成立 70 周年之际出版第八集，在 2020 年将出版第十集，最终完成郑振铎先生的宏愿。

（四）《古本戏曲丛刊》精装本

鉴于《古本戏曲丛刊》前五集的出版已历经半个世纪，当初印制数量较少，一些图书馆虽有收藏，也多有残损，中国社会科学院文学研究所又决定同国家图书馆出版社合作，将前五集以大 32 开精装本的形式重新影印出版，以供广大戏曲爱好者、收藏者能收藏、阅读及欣赏这套最大的戏曲总集。《古本戏曲丛刊初集》《三集》《四集》《五集》各四十册，《二集》全四十一册，整齐划一，极便收藏、阅读。最新出版的四集，也采用这种方式。

（五）《古本戏曲丛刊》出版的意义

《古本戏曲丛刊》的文献价值和学术意义是多方面的。六十多年来，已经出版的九集《古本戏曲丛刊》在戏曲研究界逐渐显示其巨大的文献价值和经典意义，有力地推进了戏曲研究的深入发展。二十世纪五十年代以来，中国戏曲史研究成为重要的学科，尤其是元明及清初戏曲研究能够取得突出成就，这套大型文献丛书的问世在其中起了至为关键的作用。

余论：郑振铎的启示

最初，郑振铎希望做一个纯粹的学者，不愿浪费时间。他在《蛰居散记·忆愈之》中说："我从来不大预问外事，也最怕开会。"但是，当民族危难来临时，当国家工作需要时，他义无反顾地投身到伟大的事业中。《民族文话·自序》(1946)说："每一个人，都应为'大我'而牺牲'小我'。成功不必'自我'。'先天下之忧而忧，后天下之乐而乐'，人人有此信念，民族乃得永生。"用学术服务社会，服务人民，说易行难。毛泽东同志《在延安文艺座谈会上的讲话》热切希望"鲁艺"的学员走出小"鲁艺"，投身到大"鲁艺"中，把自己的知识和才华贡献给社会和人民。其实，郑振铎做到了这一点。胡愈之《哭振铎》说："你的雄心是要用一切力量来为祖国创造更多的精神财富，任何艰难困苦都不能松懈你的干劲。在文学工作中，你是一个多面手，不论在诗歌、戏曲、散文、美术、考古、历史方面，不论在创作和翻译方面，不论是介绍世界文学名著或整理民族文化遗产方面，你都作出了平常一个人所很少能作到的那么多的贡献。但是更值得怀念的是你的爱国主义热情，对被压迫人民的同情和正义感。”而这，正是郑振铎留给后世最宝贵的精神财富。

原载《中国科学报》2019 年 1 月 30 日第 5 版，收入本书多有增补

姜亮夫："民族爱国思想支配着我的学术研究"

引言：最后最高要求

1992年5月，正是江南草长莺飞的季节。一位几乎与20世纪相始终的老人，在过完他91岁生日之后，深感体弱有病，来日无多，遂在记事本上为学生写下这样的嘱咐：

要求每个毕业生能普照整个专业与中国全部文化史——至少是学术史的能力，及各个方面（指学术分类）的独立研究古籍能力。而且有永久坚强的毅力，自强不息的精神，艰苦卓绝的气概！

老人自题："最后最高要求"。之后，他便住进医院，1995年12月4日，离开了他钟爱的学术事业，这段文字竟成他留给世界的“最后”笔迹。

这位老人就是我国著名学者姜亮夫先生。2002年，皇皇24卷的《姜亮夫全集》由云南人民出版社精装出版。内容涉及文字学、音韵学、训诂学、楚辞学、敦煌学、历史学、地理学、古文献学等诸多方面。如此博大精深的学术成就，一千二百多万字的篇幅，都是用毛笔、钢笔手写成的。姜亮夫先生前半生正值国难多事之秋，几乎一直处于逃难坎坷中，常常连油灯都用不上，许多书稿还毁于战乱。

一、名师指导，艰苦奋斗的学术道路

李学勤先生在《姜亮夫全集》序言中说：“为了系统整理资料，展现各历史时期学术演变的全貌，并将学术展放在整个社会变革的背景中来考察，建议编著《二十世纪中国学术史编年》。”在李学勤先生看来，姜亮夫先生的学术业绩，可以说是二十世纪中国学术奋力前行的一个缩影。

（一）“列出一张《红楼梦》人物关系表来”

1902年5月19日，姜亮夫先生生于云南昭通，名寅清，字亮夫。父辈四兄弟，一榜中了三个举人，老大与老四留学日本。姜先生的父亲为老三，曾就读于京师大学堂，深受维新思想影响。姜先生从小就接受比较严格的家教，不仅读“四书”、“五经”等国学基础书，还广泛阅读《格致教科书》《地球引言》等科学知识书。在《路漫漫兮修远——简述我的学术研究道路》一文中，姜先生回忆说：“一部《论语》是父亲从头给我讲到底，印象很深，可以说《论语》的思想影响了我一辈子。”中学阶段，姜先生喜欢诗词小说，有志做诗人，对《红楼梦》尤其“入魔”。父亲发现后，不但没有阻止，还因势利导，启发他把“书里边的人仔细看看，倒底有哪些人？他们之间的关系是怎样？你给我列一张人物关系表出来”。循此题目，姜先生不仅把书中人物关系弄清楚了，而且对书中的思想内容也有了全新的认识。“这恐怕也是我走上研究中国文化的最原始的起因。”

（二）读史先不读史评

1922 年，姜亮夫先生以云南省官费生考取成都高等师范学校。在那里，他有幸遇到林山腴、龚向农、廖季平、吴玉章、李培甫、侯文龙等名师，为日后从事中国传统文化研究打下坚实基础。在《忆成都高师》一文中，姜先生回忆说，林山腴讲《史记》，常与《汉书》《国语》《左传》对读，辨析其中异同，体会作者用意。林先生还特别告诫他们不要“看史评家的书籍”，给姜先生留下深刻印象。后来他明白了其中的道理：“读诗先不看诗话，读词先不看词话，实质上就是说，不看杂书，而是先把原书读通。”

龚向农先生讲《国学概论》与《经学史》，注重著作产生的时代背景。譬如孔子和孟子，他们的学说多有变化，前后并不一致，这是因为时代不同，经历不同造成的。司马光著《资治通鉴》，每段史实叙述之后，必有评论，“完全是为当时的施政、对当时的君王说话的，等于是皇帝的教科书”。这又启示姜先生，著书不仅是个人的事，也要为社会现实服务。

廖季平先生讲课常常大段背诵原文，旁征博引，而概括一个观点，又言简意赅。廖先生说：“‘国学’就是以历史为基础……‘经学’就是以哲学为基础。”短短数语，让姜先生顿悟真谛。

（三）“王国维先生指导我作《诗骚联绵字考》”

1926 年，成都高师四年学习结束后，姜亮夫先生怀揣着更大的梦想来到北京，8 月考入北京师范大学研究所，10 月又考入清华国学研究院，师从梁启超、王国维、陈寅恪、赵元任、李济之等先生，开始新的学习经历。王国维讲第一课，是《说文》。开学不久，王先生让拟定毕业论文题目。姜先生最初拟定三个候选题：《诗经韵谱》《诗骚联绵字考》《广韵研究》。王国维先生沉默片刻后说：“我看搞《诗骚联绵字考》吧！”他还把自己原有的相关资料给姜先生参考。翌年，姜先生完成《诗骚联绵字考》初稿。那时，梁启超先生讲《古书真伪及其年代》也叫他眼界大开。陈寅恪先生讲《金刚经》，古今中外各种文字，信手拈来。一次，姜亮夫先生写了一篇批评别人的文章。陈寅恪先生教导他说：“你花这么大精力批别人，为什么不把精力集中在建立自己的研究工作上！”这对姜先生触动很

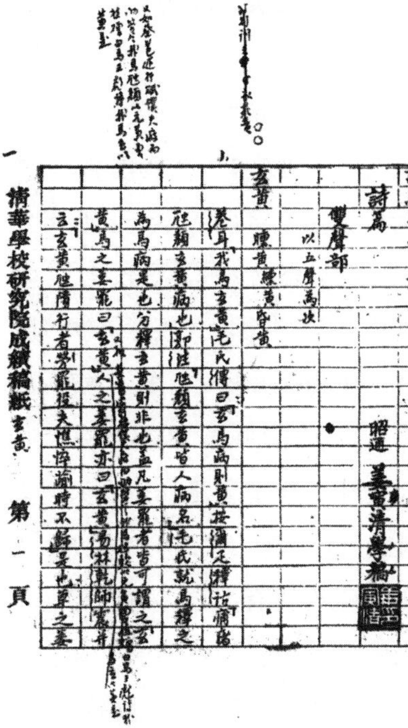
詩騷聯綿字考卷上

詩篇

雙聲部

以五聲爲次

昭通 姜寅清學稿

清華學校研究院成績稿紙 玄黃 第一頁

姜亮夫先生《诗骚联绵字考》初稿

大。他后来再也不写批评文章，还常常教导自己的学生：“与其破坏什么，不如建立什么。”赵元任先生用西方语言学理论讲声韵学，与成都高师所学的传统声韵学方法不一样。“成都高师的先生讲的是声韵考古学，而赵先生讲的是描写语言学。”

（四）章太炎先生说“历史是包含民族的基本精神所在”

1927 年 7 月从清华国学研究院毕业后，姜亮夫先生先后执教于南通中学、无锡中学、上海持志大学、中国公学、大厦大学、暨南大学、复旦大学、河南大学等。这期间，他撰写完成《屈原赋校注》《尚书新证》《历代名人年里碑传综表》《夏殷民族考》《甲骨学通论》《文字朴识》等著作。在北京念书时，姜先生曾听过鲁迅先生的课。姜先生在上海教书期间，鲁迅也在上海。所以他有机会请教鲁迅先生，还请鲁迅先生到大厦大学作演讲。在《忆鲁迅先生二三事》一文中，姜先生回忆说：“他对我很好，似乎觉得我有点迂，有时相遇……他曾笑着叫我夫子。”在上海期间，姜先生还与胡朴安、徐志摩、潘梓年、陈望道、孙德谦、丁文江、陆费逵、吕思勉、钱基博等知名人士交往，进一步扩大学术视野，增进人生阅历。

1931 年，在苏州一次学术演讲会上，姜亮夫先生认识了章太炎先生。当时太炎先生也住在上海，姜先生从苏州回上海后经常去拜访太炎先生。他在《拜师与师说——忆章太炎先生》文中说：“每次到先生家中去，大部分时间都在谈学术上的事。他认为每种学问都包含民族成就，历史是包含民族的基本精神所在，希望我们多读历史书。”1932 年 12 月，在苏州李印泉先生家，章太炎先生正式收姜先生为入门弟子。以后，太炎先生对姜先生多有指导。如1934年，姜先生在河南大学任教授期间，著《尚书新证》，曾就《泰誓》篇中的若干问题写信向章太炎求教。太炎先生回信有三四千字，姜先生说："一位老先生写这么多内容，恐怕要二天才能完成……这不仅仅是负责，而且渗透着师长深深的爱意。"

（五）"在巴黎学考古学，后来搜集敦煌卷子"

1935年9月，姜亮夫先生到法国巴黎大学学习考古学，想用西方科学方法来建构中国的新考古学。就读期间，他翻译了莫尔干的《史前人类》，业余时间则参观法国各图书馆、博物馆、美术馆。在这些地方，他发现我国许多古籍、文物陈列其间，遂努力抄录、拍摄、拓印，编成《瀛外访古劫余录》。

在巴黎，姜先生还碰到好友王重民、向达两先生，他们在欧洲收集敦煌卷子。因他俩邀请，姜先生参与部分工作，负责敦煌经卷中语言学与儒家经典的收集校录工作。为此，姜先生又到伦敦、罗马、柏林、莫斯科抄录相关敦煌卷子，从此走上敦煌学研究道路。1937年回国后，他陆续整理完成《瀛涯敦煌韵辑》《瀛涯敦煌韵书卷子考释》《莫高窟年表》《敦煌——伟大的文化宝藏》《敦煌学概论》《敦煌碎金》《敦煌学论文集》等著作。

在欧洲期间，姜先生还结识了西方汉学家伯希和、马伯乐、戴密微、叶慈、翟理斯等，并拜访了萧伯纳，广泛吸收西方先进文化与科学研究方法，为他中西贯通的学术研究奠定基础。

（六）战乱期间的大学教授

从1937年回国到1949年解放的这十多年时间里，姜亮夫先生一直在战乱中转辗于各大学任教。先受聘于东北大学，因避战乱，随校辗转到河南开封，再到西安、成都，最后到四川三台。后来，他又受聘担任云南大学、云南师范大学、上海同济大学、复旦大学等校教授，又经顾颉刚先生推荐到浙江英士大学文理学院任院长。1949年至1950年间，还曾任云南省教育厅厅长，并在云南省军政委员会、博物馆工作。在这样奔波动荡的岁月里，姜先生以坚强的毅力，教书、读书、写书，除完成上述敦煌学著作外，还相继完成《陆机年谱》《张华年谱》《昭通方言考》《汉书札记》《楚辞书目五种》《屈原赋今译》等著作，并与当时文化名人顾颉刚、贺昌群、闻一多、郭绍虞、徐悲鸿等人多所交往。

（七）生活比较稳定的四十年

1953年全国高校院系调整，姜亮夫先生奉高教部令调浙江师范大学、杭州大学任教，直至1995年12月去世，没有离开过杭州。这期间虽经历“反右”、“文革”等动荡，相比较而言，还是他一生中较为稳定的四十年。

1979年和1983年，他受教育部委托，举办全国高校楚辞学和敦煌学讲习班，讲课内容分别整理成《楚辞今绎讲录》《敦煌学概论》两书出版，深入浅出，雅俗共赏，在学界产生了广泛影响。1984年，姜亮夫先生任中国敦煌吐鲁番学会语言文学分会会长，1986年任中国屈原学会会长。此外，姜亮夫先生还担任《中国大百科全书》之《先秦文学卷》主编、《汉语大词典》《汉语大字典》《中国文化》等学术顾问，在生命的最后几年，整理出版了《楚辞通故》《楚辞学论文集》《古史学论文集》《古汉语论文集》和《古文字学》等著作。

二、综合研究，一心为国的学术成果

在成都高师求学期间，姜亮夫先生读章太炎的《新方言》，发现有许多内容与昭通方言相类似。这给他很大启发，再读《说文》《尔雅》，比较推敲，完成了《昭通方言考》初稿。那时，姜先生才19岁。此后，他不断读书、写书，为我们留下了一千二百多万字的学术遗产。

（一）语言与历史是姜先生学术研究的两大根基

从成都高师到清华国学研究院，再到拜师章太炎先生门下，姜亮夫先生学术研究的主要方向是语言学和历史学。在成都高师作《昭通方言考》，在清华国学研究院作《诗骚联绵字考》，到上海教书作《中国声韵学》。以后还出版有《文字朴识》《甲骨学通论》《古文字学》等。在语言文字研究中，他继承章太炎声韵形义分析法，又学会王国维利用甲骨文、金文的互证法，还采用西方语言发生学理论，通过民族学、人类学、民俗学、神话学，解读文字的起源与流变，创获颇多。

姜亮夫先生的史学成就不仅体现在《夏殷民族考》《尚书新证》《历代人物年里碑传综表》《古史学论文集》中，还体现在楚辞学、敦煌学的论著里。《楚辞学论文集》所收录《三楚所传古史与齐鲁三晋异同辨》《楚文化与文明点滴钩沉》等，从文明板块的比较分析入手，提出历史的发展，不仅有纵向的时间论，也有横向的空间论。这就要求学者要从广阔的时空观背景下，认识《楚辞》。这是姜先生的卓见。

（二）楚辞学与敦煌学是姜先生学术研究的两大领域

《姜亮夫全集》24 卷，楚辞学占 8 卷，分量最重，研究最全面。既有《楚辞》原典校读，如《重订屈原赋校注》，也有《楚辞》资料汇总，如《楚辞书目五种》，还有《楚辞》专题研究，如《楚辞学论文集》，更有楚辞学的集成著作，如《楚辞通故》。1986 年中国屈原学会成立时，姜先生被推选首任为会长。

姜亮夫先生对敦煌学的贡献，首先是对流散西欧的敦煌资料的搜集抢救，在此基础上，对敦煌卷子着重在语言学与儒家经典两方面作深入研究。《瀛涯敦煌韵辑》一书，“把敦煌文书资料的整理与汉语史、音韵学研究结合起来，基本复活了湮没一千多年的隋代陆法言《切韵》系统”，有力地推动了汉语音韵学的进展。新中国成立以后，由于

姜亮夫先生晚年撰写《楚辞通故》留影

人才培养的需要，姜亮夫先生对敦煌学进行了整体思考，出版《敦煌学概论》《敦煌——伟大的文化宝藏》《敦煌学论文集》等论著，建立了独特的敦煌学体系，为中国敦煌学的繁荣发展做出了贡献。

（三）中学与西学融通互补是姜先生学术研究的两个视角

20 世纪出现的国学大师，如梁启超、王国维、陈寅恪、郭沫若、侯外庐、范文澜、吕振羽、冯友兰、汤用彤、王力、徐中舒、高亨、姜亮夫等，他们的学问及其所取得的成就，几乎是空前的，也为后学开启无限法门。这批学者的传统功底与前代学者相比，各有千秋。但他们又多有留洋经历，掌握了丰富的西学理论与方法，这又是古代学者所不具备的。姜亮夫先生九十大寿时，曾总结自己的治学体会说：

> 我是以人类文化学为猎场，以中国历史（社会史）为对象，用十分精力搜集资料，然后以古原始的传说，以语言学为基本武器，再以美国摩尔根《古代社会》和法国毛根《史前人类》的一些可信据的结论为裁截的基础，又时时与自然科学相协调。这是我做学问的秘诀。

若就某一学术领域而言，这一代学者的研究几乎穷尽其说，其方法又为后来者开拓无限的发展空间。

（四）材料与识见有机组织是姜先生学术研究的两大特色

王国维先生每做一个题目，总是先将有关资料搜集齐全，编成目录，供研究时取用。姜亮夫先生认为这种治学方法非常有用。后来，他每做一项研究，都遵循此法。研究“楚辞”而有《楚辞书目五种》《屈原列传疏证》；研究“敦煌学”而有《瀛涯敦煌韵辑》《莫高窟年表》；曾立志仿裴松之《三国注》作《宋史》研究，而有《历代人物年里碑传综表》以及《陆机年谱》《张华年谱》等。

在全面掌握资料基础上，姜亮夫先生往往从个别分析入手，对相关文献，逐字考证辨析。如研究《楚辞》，先作《屈原赋校注》；研究经学，先作《尚书新证》；研究敦煌学，作《瀛涯敦煌韵书卷子考释》。然后再综合研究，成就《楚辞学论文集》《楚辞通故》《敦煌学论文集》《敦煌碎金》等专著。不仅如此，作者还要深入浅出，将自己研究的成果，剥笋抽丝般地讲解给后学，于是有了《楚辞今绎讲录》《屈原赋今译》《敦煌学概论》《敦煌——伟大的文化宝藏》等著作。由此可以看出姜先生的学术路径：编纂目录—个别分析—综合理解—普及讲绎。四个步骤，融汇了考据、义理、辞章的国学传统，又展现出理论、实证、多学科交叉研究的现代人文学研究方向。

（五）学术选题与民族思考紧密结合是姜先生学术研究的最高境界

姜亮夫先生出生在一个具有维新思想的家庭，以后求学所碰到的几位恩师，又都深具民族感情和爱国情怀。梁启超领导戊戌变法，希望推动中国的现代化；王国维在疑古思潮盛行的时候作《古史新证》，证明夏商时代为可信；章太炎先生强调学问的民族精神，所有这一切，铸就了姜亮夫先生民族至上、国家至上的精神信仰。

在回忆录和日记中，姜亮夫先生多次提到，他的学术志趣本在历史学和语言学，然而，特殊的历史处境，民族国家的需要，他无意间走进楚辞学与敦煌学王国，最终取得辉煌成就。他作《屈原赋校注》，是因为面对军阀混战、民不聊生的现实，有感而作。抗日战争爆发，姜亮夫先生作《夏殷民族考》《甲骨学通论》《尚书新证》，通过阐述汉民族文化独立发展，自强不息的历史，唤醒民众。1935年，姜亮夫先生留学法国，本想在巴黎大学攻读博士学位。当他看到大量中国文物流散欧洲博物馆时，十分痛惜，拍摄抄录，作《瀛外访古劫余录》，并在王重民、向觉民邀请下，毅然决定全力从事搜集海外敦煌残卷工作。姜先生的学术经历告诉我们，最优秀的人文学者，理应具备两个基本条件：一是深厚的专业功底与完整的知识结构，二是自觉的民族意识与强烈的家国情怀。具备前者而缺乏后者，至多是专业学人；具备后者而缺乏前者，则沦为空谈家。

结语：不仅仅是学术业绩，更是精神遗产

二十世纪八九十年代，我们有幸忝列姜师门墙，求学问道，深感先生学问博大精深，写过一些介绍文章。在这篇小文中要想比较全面地评价姜亮夫先生的学术成就，是比较困难的，但我们希望，通过对姜先生著作的介绍，有助于读者理解、把握那一代学者的精神世界。他们做学问，有三个重要特点：一是求真务实，二是艰苦奋斗，三是家国情怀。

姜亮夫先生经常教导学生，研究历史文化，就是要恢复以往的本真原貌，然后总结规律，指导未来。他研究敦

煌卷子隋释道骞《楚辞音》，就是要勾稽郭璞以来《楚辞》研究中的考据派系统。他写《光明崇拜考》，就是为了阐明中华民族刚毅、光辉的精神源头。他强调说，学术研究必须求真务实，用笨功夫，花大气力，将每个结论都建立在翔实的资料考证基础上。《姜亮夫全集》后两卷所收录的《日记》与《回忆录》，全面记载了他在艰苦条件下锲而不舍的学术人生。这种精神，贯穿在他求学过程中，也体现在他的教学过程中。凡是与他有过接触的人，都会从他刚强笃实的性格中获得力量。本文开头所引姜先生最后笔迹“永久坚强的毅力，自强不息的精神，艰苦卓绝的气概”，是他一生奋斗的写照。

姜先生在学术上如此坚守，是因为心中怀揣着复兴民族文化的梦想。1933年，姜亮夫先生在《民族月刊》上发表《夏殷民族考》，首先提出“夏民族以龙为图腾”的理论命题。他后来回顾说：“写此文时，正是‘九一八’、‘一·二八’接踵而来之时，在上海生活的艰苦，还耐得住；而租界的鸟气，随时亲身经历，倒气愤懊恼时时遇到，发发牢骚也不可能，写诗无人要，小说太渺茫，戏剧未写过，还是从个人稍稍有些修养、有点把握的史学考论入手。此文发表后，本来计划写‘民族性’、‘民族文化特点’，更不自量，想第四卷写‘民族贡献与今后出路’，但民族文化特点，用‘龙’、‘凤’两字为引子而再深入。问题愈来愈多，以至于大病。”（姜亮夫《古史学论文集》，上海古籍出版社 1996 年版，第 256 页）姜先生提出龙图腾概念，后经黄文山、李则纲、卫聚贤等人的接力，至闻一多写作《伏羲考》时，这一命题成为实现中华民族“团结起来救国”的共同理想。

姜亮夫先生只是一个普通的知识分子，很少高谈阔论，在七十多年的学术生涯中，他埋头苦干，默默地把自己的学术探求与中华民族的兴衰紧密地联系在一起，这是那个时代绝大多数优秀学者的共同追求。从这个意义上说，姜亮夫先生留给世人的，不仅仅是他的学术遗产，还有学术背后所蕴含着的精神财富。这笔精神财富，也是我们这个时代的荣耀。

原载《光明日报》2017 年 3 月 27 日第 16 版（与江林昌合写）

于平凡处见崇高

——纪念孙犁

第二届京津冀中青年文学论坛在雄安新区顺利召开，值得庆贺。

京津冀文学论坛是我们提议创办的一个学术品牌。早在二十多年前，《文学遗产》主编徐公持先生与当时还是河北大学副校长的詹福瑞先生联合倡议举办“京津冀文学论坛”，第一届在河北大学举行，第二届由文学研究所举办。此后由于种种原因，未能延续下去。但这件事，大家都认为有意义，一直放在心上。从 2006 年开始，根据我院部署，文学研究所每年都要组织文学国情调研活动，走出书斋，接触社会，曾经去过内蒙、重庆、四川、江苏、河北等地。2010 年文学研究所部分青年学者曾就“京津冀地区的文化和文学遗迹的保护现状”做过专题调研，把调研工作的范围逐渐集中到河北保定、山西长治等地。2014 年、2015 年，我们分别在河北大学、山西大学设立了国情调研基地，以五年为一个周期，对这两个地区进行深入考察，重启京津冀论坛，在河北各地举办过若干场学术研讨会。

2017 年 4 月，中央决定设立雄安新区，更让我们看到保定地区独具特色的地域优势。为此，继今年上半年在古都邺下召开第一届论坛之后，又在雄安举办第二届，主题确定为“红色经典与中国文学传统”。确定这个主题，实有感而发。近年来，文学创作与文学研究有两种倾向值得注意：一是以丑为美；二是解构经典。我们知道，随着自然科学的高度发达，后工业化的西方社会出现了种种畸形和矛盾，上帝创世的神话被打破了，理性万能的说法也被质疑。中心没有了，主流没有了，剩下一地碎片。于是，审丑成为时髦。作为美的对立面，丑，自有其积极意义。问题不在于写什么，而是站在什么立场来写，要表达什么样的审美追求。《巴黎圣母院》的主人公很丑，但心灵很美。而今呢，很多作品美丑不分，甚至为迎合世俗口味，用滑稽戏谑庄重，用丑陋消解崇高。

解构经典便是这种发展趋势的必然结果。中国古代经典作品如《诗经》《楚辞》，伟大诗人如李白、杜甫等，在一些文学史著作中，甚至一笔带过，似乎无足轻重，那些不入流的作家、作品，反而登堂入室。审美观点不同，评价标准各异，文学史家有权力按照自己的理解去叙述历史。而我，依然信奉传统的看法。二十世纪七十年代末，我在南开大学读书时，听叶嘉莹先生讲课。她说自己回国教书，没有别的目的，“书生报国成何计，难忘诗骚李杜魂”。老人家至今依然在从事着对传统文化的传经布道工作，令人敬仰。《诗》、《骚》、李、杜，这是中国人的精神偶像，如果消解掉，我们的灵魂该如何安放？自从喜欢上文学，我就从“鲁、郭、茅、巴、老、曹”等经典作家作品读起，受到精神洗礼。而今，在听起来很好的“重写文学史”的口号下，这些作家逐渐被边缘、被冷落；即便被提及，也不无讥讽。一个时期以来，我们的精神家园遭遇到前所未有的颠覆，文学失去了方向。在这样的背景下，我们大声呼吁尊重传统，积极倡导重读经典。

晋察冀根据地所辖广大地区有着悠久的文化传统，又是现代红色文化的重要发源地、中国革命的总后方。首版《毛泽东选集》在这里印制，《晋察冀日报》《人民画报》《人民日报》也都在此发展起来。更重要的是，新中国的文化制度、社会管理制度，甚至国体、政体的雏形也是在这里建立起来的。可以说，这里集井冈山精神、延安精神之大成，为新中国的建立奠定了重要基础。

我们在保定设立国情调研基地，最重要的任务就是调查了解河北文学国情，考察红色文学经典诞生、传播以及在革命斗争和国家建设中所发挥的重要作用等。我们知道，1941 年冀中区发起《冀中一日》群众写作运动，参与者多达十万之众，可见这个地区的群众文化基础非常深厚。孙犁为代表的荷花淀派，在全国享有盛誉，绝不是偶然的。五六十年代“革命大众文艺”的一系列代表作品都出自这个地区（如《平原游击队》《野火春风斗古城》《红旗谱》《烈火金刚》《地道战》《地雷战》《小兵张嘎》等）。七十年代一部分知青在白洋淀插队，在那样一个特定的时期，创作了很多值得关注的诗歌。当代作家贾大山、铁凝等，也为河北文学传统增光添彩。河北文学尤其是白洋淀文学的繁荣发展，不仅与当时根据地革命经验有关，也与这个地区丰富的历史文化密切相关。

孙犁的小说，写的是当代故事，用的却多是传统的手法。洗练、精致、含蓄、优美，这些词句都可以用来概括孙犁的创作。白洋淀的芦苇是非常有名的。孙犁《白洋淀纪事》主要表现的就是冀中儿女保家卫国的坚强意志和淳朴秀美的心灵世界。他的小说，多与芦苇有关，铅华落尽，冰清玉洁。如《荷花淀》：“这女人编着席。不久在她的身子下面，就编成了一大片。她像坐在一片洁白的雪地上，也像坐在一片洁白的云彩上。她有时望望淀里，淀里也是一片银白世界。水面笼起一层薄薄透明的雾，风吹过来，带着新鲜的荷叶荷花香。”又如《嘱咐》，描写一个士兵回家的故事。主人公日夜兼程往回赶，但到了村口，却不敢再往前走了，坐下来，抽了一袋烟，抚平一下心情。多年的战乱，他不知道家里的境况如何。待心情略微安定一些，才慢慢走到他熟悉的家门口，刚一推门，他的妻子正往外走。俩人猛一对视，都愣住了。过了片刻，妻子才说“你”，便转过身去，眼泪下来了。在那烽火连天的岁月，一个普通百姓的悲欢离合，竟都浓缩在这“你”字上。八十年代，中国人有一种浓郁的诺贝尔文学奖情结。有人曾质疑这篇小说，认为这种描写过于小气，无法叫西方人理解。在某些人看来，只有轰轰烈烈的爱情，才叫爱情。孙犁笔下的平凡男女，没有海誓山盟，没有天崩地裂。千言万语，就浓缩为一个“你”字，也许外国人不懂。但我相信，中国人都懂。这才是传统中国人的情感表达。宋之问《渡汉江》：“岭外音书断，经冬复历春。近乡情更怯，不敢问来人。”其中，“近乡情更怯，不敢问来人”，不正是孙犁所写的这种场面吗？多年音信渺然，多年牵肠挂肚，多想马上就见到亲人。但是，谁又能料到会发生什么变故呢？杜甫《述怀》：“自寄一封书，今已十月后。反畏消息来，寸心亦何有？”兵荒马乱之际，亲人的消息断了，自从寄出那封信，已经过去十个月，现在反而怕接到来信，就怕凶多吉少。再看杜甫，与妻子儿女分别三个年头后，他终于可以去探望妻小，到家后写下著名的《羌村三首》。第一首写道：“峥嵘赤云西，日脚下平地。柴门鸟雀噪，归客千里至。妻孥怪我在，惊定还拭泪。世乱遭飘荡，生还偶然遂。邻人满墙头，感叹亦歔欷。夜阑更秉烛，相对如梦寐。”战争年代，死，也许是一种常态，而活着，哪怕苟且偷安，也不容易，反成偶然。“妻孥怪我在，惊定还拭泪。”一个“怪”字饱含多少悲欢离合！夜深人静，这对饱受磨难的老夫老妻，执手相看泪眼，依然感觉像是梦一样。“夜阑更秉烛，相对如梦寐。”简单的十个字，蕴藏着多么深厚的情感。司空曙诗：“乍见翻疑梦，相悲各问年。”陈师道诗：“了知不是梦，忽忽心未稳。”皆由此出。这样的笔触，写出中国人美好的心灵，崇高的情感。这样美好的心灵与崇高的情感，不是外在的，而是体现在微不足道的细节中，体现在琐碎的生活中。杜甫和孙犁都擅长描写战争中的人情、人性、人格，让热爱和平的人们看到，中华民族虽历尽沧桑，饱受苦难，但从来没有失去自信心。我在《在文化传承中彰显家国情怀》一文中，曾引鲁迅的话说：“我们从古以来，就有埋头苦干的人，有拼命硬干的人，有为民请命的人，有舍身求法的人。”鲁迅称他们是中国的脊梁。古往今来，那些为中华民族崛起而奋斗的普通民众，没有豪言壮语，没有高头讲章，而他们的苦干实干，他们的朴素平凡，他们的勇敢顽强，还有他们的深明大义，都在生动地诠释着一个古老民族的家国情怀和不屈品格。

孙犁的小说，还有许许多多红色经典，尽管冠以“红色”二字，标明是现代作品，却多是从我们民族文学的传统中走出来的，并不断地丰富着中华民族的文学宝库，成为当代文学典范。所以，“红色经典和中国文学传统”看似两个题目，其实血脉相通，气韵相同，都在充分展现着中华民族特有的精神气质。正是这种精气神，是我们民族不断发展壮大的永恒动力。

目极千年事，心地一平原

——纪念柳青

柳青离开我们马上就要四十年了。他的音容笑貌依然清晰地留在我记忆中。1972 年 5 月，他到北京治病，就住在我家楼下。这幢楼现在已经被拆掉了，原本是中国青年出版社的宿舍，确切地说，是朝阳区幸福一村一楼。他住在三单元四楼 342 房间。那年，我刚上初一，时常看到他下楼遛弯，不时和我们这些小孩子打招呼。深邃的目光，透过镜片，似乎洞察一切，印象很深。一身地地道道的农民打扮，戴着西瓜皮式的小帽，脸上总是挂着温和的微笑，让人没有距离感。那时还小，没读过他的小说，只知道他是大作家。大作家就是这副农民的模样，是我对文学的最初理解。后来，我也开始偏爱文学，通过各种渠道借阅小说，应当也读过《创业史》，可惜印象不深，应该没有读懂。但感到亲切，感到温暖，感到农村生活的丰富多彩，是一定的。高中毕业那年，我主动要求上山下乡，

柳青与皇甫村农民在田间交谈（右一为梁生宝的原型王家斌）

希望也能像柳青那样深入生活，实现我的作家梦，大约与此有关。

关于柳青的评论，我关注的很晚。严家炎先生的名文《关于梁生宝形象》（《文学评论》1963 年第 3 期）是上大学以后才知道的。他说："梁生宝形象的艺术塑造也许可以说是'三多三不足'：写理念活动多，性格刻划不足（政治上成熟的程度更有点离开人物的实际条件）；外围烘托多，放在冲突中表现不足；抒情议论多，客观描绘不足。"初读的感觉，批评得多，肯定的不足。因为与柳青有过浅浅的接触，对这种评价有点抵触。但这是专家之言，我无从置喙。再后来，又读到刘纳《写得怎样：关于作品的文学评价——重读〈创业史〉并以其为例》(《文学评论》2005 年第 4 期）一文。她提出了“写什么”和“怎么写”的问题，认为柳青只是“文革”前“十七年文学”那种“共同文体”的一个写作者之一。“在 21 世纪初,《创业史》已经是一部不适合阅读的作品——这里所说的阅读，是指专业阅读，即以阐释为目的的阅读。”从当时的学术背景看，这些批评也许不无道理，但从个人感受上来说，依然觉得有些偏颇。我总是固执地认为，评价一部文学作品是否有影响，是否有价值，应持有两个维度，一是现实维度，一是历史维度。有的作品，当时可能很有影响，但是在文学史上并无价值；有的作品在当时默默无闻，却有文学史意义。如果说柳青的作品只是前者，时代的传声筒，并无文学史的价值，那么问题来了，学术界围绕着柳青《创业史》召开的各种学术研讨会，还有大量的评论文章，特别是新时期陕西文坛上“三棵大树”的成长，都与柳青的文学史价值的讨论有关，这如何理解？我后来长期从事中国古代文学研究，与现当代文学渐行渐远。但我意识到，围绕柳青《创业史》的争论，其实涉及很多基本的文学理论问题。

恩格斯《反杜林论》说：“一切存在的基本形式是时间和空间，时间以外的存在和空间以外的存在，同样是非常荒诞的事情。”过去，我们评价历史人物，常常脱离具体的历史环境，大而化之。只有将历史事件、历史人物放到特定的时间与空间中加以还原，走近真实的历史，所得结论才有可能切合实际。1943 年 2 月，中央决定文艺工作者到工农群众实际工作中去，柳青作为头一个被讨论通过鉴定的同志，被中央组织部抽调下乡，分配到米脂县民丰区吕家乡政府做文书。柳青的独特性在于，他兼具革命工作者和文学家的双重角色。他首先是一个革命工作者，理解党的农村政策，深知广大农民的迫切需求。在文学上，他是一个理想主义者，希望通过自己的笔触，把翻天覆地的时代风貌表现出来，创作属于自己的史诗。他创作的《种谷记》，也许还有很多不成熟的地方，但是他的现实主义创作倾向是显而易见的。他构思《创业史》时，并没有将革命理想与文学创作做分离式的理解，而是力图将两者有机地融合起来，试图从政治的、现实的、文学的高度去理解人物、塑造人物。1952 年，已经成为著名作家的柳青主动要求离开北京回到陕西长安县工作，在皇甫村一住就是十四年，真正走进“生活的学校、政治的学校、艺术的学校”，不断拓展思维的广度和深度，终于写出史诗般的长篇小说《创业史》。柳青说：“《创业史》这部小说要向读者回答的是：中国农村为什么会发生社会主义革命和这次革命是怎样进行的。回答要通过一个村庄的各个阶级人物在合作化运动中的行动、思想和心理的变化过程表现出来。”柳青最清楚农民想什么、农民最需要什么。一个批评家，如果脱离农村实际，或者用后来的眼光看问题，就会觉得柳青笔下的农民过于脸谱化、概念化。这样的问题可能是存在的，但更多的问题，是我们对于历史比较隔膜。

与此相关联，文学研究工作者如何成为作家的知音，处理好文学理论与文学实践的关系问题，是一个长期以来并未得到很好解决的难题。《文心雕龙·知音》说："音实难知，知实难逢。逢其知音，千载其一乎！"前面说过，围绕《创业史》的争论，已经远远超越小说本身，还涉及创作者、研究者的关系问题。柳青说："他的文章离开了事实，夸大书中的缺点，又要做出很切实际、全面的样子，想说服别人就有困难。"[①] 刘纳先生的文章，已经作古的柳青自然无法回答，但刘可风《柳青传》记载柳青对文学评论的看法，可以视为他对文学理论与文学批评的系统看法，他说：

第一，向读者分析作品的社会意义和艺术技巧，这是很重要的工作。第二，受文学评论影响的，主要是广大读者，其次是成千成万青年习作者。不受文学评论影响的是已经成熟的作家。对他们不准确的赞扬能引起他们的反感，不准确的批评，不能动摇他们的创作规划，却能做他

① 见刘可风《柳青传》，人民文学出版社 2016 年版。

们加强规划的参考资料。作家成熟与否，看他在政治思想、生活阅历和文学修养三者达到大体一致的较高水平。而无论怎样“权威”的批评家，在生活阅历这方面，不能和作家相比的。所以对不准确的批评能采取评价的、警惕的态度，这是作家成熟的表现之一。第三，文学作品的艺术生命，由它本身决定。批评家的影响是暂时的，任何“权威的批评家”，虚捏作品的成就或抹杀作品的成就，都是暂时的在读者和青年习作者中起影响。对文学作品最后的评断是时间的考验，好的作品总是逐渐被人承认，越来越有光辉的。

他承认文学批评很有用，但是做好文学批评并不容易，要在政治思想、生活阅历和文学修养三个方面，都要有较高的水平，才能使自己的理论批评有深度，叫作家信服。什么叫有深度？还是得回到人民的立场。马克思《〈黑格尔法哲学批判〉导言》说：“批判的武器当然不能代替武器的批判，物质力量只能用物质力量来摧毁；但是理论一经掌握群众，也会变成物质力量。理论只要说服人，就能掌握群众；而理论只要彻底，就能说服人。所谓彻底，就是抓住事物的根本。但人的根本就是人本身。”农业合作化运动的核心是广大农民，农民是否喜欢，是否支持，是柳青小说亟待回答的问题。他说：“我研究农民为什么劳苦？我研究他们怎么那么爱儿子和土地？”中国农民的苦难与艰辛，他们的精神状态，他们对劳动的热爱，他们的理想，他们力图为改变生活所做的一切努力，所有这些，都成为之后柳青小说反复书写的主题。而这些，脱离了农村实践的理论家，或者远离那个时代的研究者，未必能够有清醒深刻的体认。柳青坚持认为，文学批评、美学研究，必须结合艺术创作实践才会有说服力，否则，只是纸上谈兵，并无实际指导意义。

建安时期的大文豪曹植《与杨德祖书》，就以知文自居，开展积极的文学批评工作。他说，世上大约只有孔子的《春秋》，弟子不能改动一个字。除此之外，所有的著述，都有修改的空间。他说："世人之著述，不能无病。仆常好人讥弹其文，有不善者，应时改定。"关键是谁来品评修改，确有一定讲究。"盖有南威之容，乃可以论其淑媛。有龙泉之利，乃可以议其断割。"南威，古代美女。《战国策》载，晋平公得南威，三日不听朝。龙泉，宝剑名。作者这样写，无外乎是想说，只有南威这样的美女才能说得上美艳，只有龙泉这样的宝剑才能谈得上锋利。还有一句话，作者没有说，即只有像作者这样懂得文学的人，才有资格品评文章。柳青亦有这种自信。他在给女儿刘可风写的一首诗中说："襟怀纳百川，志越万仞山。目极千年事，心地一平原。"作为"十七年文学"的代表性作家，也是"社会主义现实主义"创作方法最具创造力的表现者，柳青的文学是温暖的，也是忧伤的，贯穿始终的，是坚强的品格。所以，他的作品，给人力量，让人产生崇高之感。这样的作品，“总是逐渐被人承认，越来越有光辉的”。今天，我们在柳青的家乡召开“新语境、新方法、新视野下的柳青研究”国际学术研讨会，强调“新”字，就是因为柳青的创作，常读常新，能经受住时间的考验，成为一个时代的经典。我们的文学批评，也应当与文学创作保持密切的知音关系，为繁荣社会主义文学事业，贡献自己的力量。

原载《文艺报》2017年7月7日第8版（发表时有删节）

纪念樊骏先生

尊敬的樊骏先生离开我们已经有两个多月了。他的容貌依然还浮现在我们眼前，他的言笑依然还回响在我们耳畔，仿佛他还坐在我们身边。

樊骏先生生前曾任中国人民政治协商会议第七、八、九届全国委员会委员，中国社会科学院文学研究所学术委员会副主任、中国现代文学研究会副会长、《中国现代文学研究丛刊》主编、中国茅盾研究会理事、中国老舍研究会首席学术顾问。

他在现代文学研究方面的贡献，在座的专家学者最有发言权。樊骏先生留给我的最深刻的印象，是“坚守”。

首先，在为人方面，坚守诚意正心。

人皆有恻隐之心、羞恶之心、恭敬之心、是非之心，而樊骏先生又不仅如此，凡是与他有过接触的人，无不为他的诚意与正心所打动。诚意，即待人真诚，绝不做作。

正心，即天地良心。他过着非常简朴的生活，却将获得的几百万元遗产捐赠出来，在文学所设立勤英奖，鼓励中青年科研人员，多出优秀成果。对于这样的义举，他从不张扬，不仅不张扬，甚至不允许所里向外透露。樊先生去世后，我们与樊先生家属商量，建议将勤英奖改为樊骏先生奖，家属认为还是应当尊重樊骏先生生前的意愿，依然叫勤英奖。他真正做到了严于律己，公正无私。

其次，在治学方面，坚守学术良心。

一是坚守学术阵地，不卖弄，不浮夸，博观约取，厚积薄发。二是坚守学术原则，不溢美，不棒杀，元元本本，实事求是。五十年来，樊骏先生为现代文学学科的发展，脚踏实地，奠定厚重基础。樊骏先生从不唱高调，他把自己的本真，呈现给世人，他把自己的智慧，贡献给学术。

当然，站在文学所的角度看，他的坚守，还体现在他把自己的一生贡献给了文学研究所。樊骏先生 1949 年 9 月考入北京大学中文系，1953 年 8 月毕业后即分配到中国科学院文学研究所从事研究工作。1961 年任助理研究员，1979 年任副研究员，1985 年任研究员。2003 年 8 月退休后，被聘为文学研究所顾问。2008 年被评为荣誉学部委员。2011 年 1 月 15 日病逝。他在文学研究所整整工作了五十八个年头，贡献了毕生的精力。

病重期间，我去医院看他，那个时候，他的语言表达已经比较困难，听力又较差。他用了很大的气力对我说：

“好好干！”我贴着他的耳朵汇报工作，想在病床前多陪陪他。他看了看我，仍然很吃力地挥挥手，说：“你走吧！好好干！”这是他留给我的最后六个字。我感觉到这其中包涵有无限话语和分量，我会记在心里。

今天，我们在这里一起怀念樊骏先生，他的道德文章，有如高山流水，已经成为文学所一笔宝贵的精神财富，滋润着后来者。我们将组织编写纪念文集，让更多的人了解、学习樊骏先生。

原题《樊骏先生追思会致辞》，载《告别一个学术时代——樊骏先生纪念文集》，社会科学文献出版社2013年版

邓绍基先生的学问人生

邓绍基先生（1933—2013）离开我们已经一年了。他的为人风范、学术业绩以及为文学研究所发展建设做出的贡献，迄今留在全所同仁的心中，我相信，所有与他有过接触的人，对此也都会留下深刻印象。

一

为人处世，可以有不同的方式，或有兼济天下的抱负，或求独善其身的结果。相对来讲，后者易，前者难；两者得兼，难上加难。凡有兼济天下情怀的人，做事总是先为他人着想。邓绍基先生做事，就总是先为他人着想，几十年如一日，有口皆碑，这不容易。他长期担任文学研究所的领导工作，识大体，顾大局，谦和待人，严于律己。这几乎是所有与他接触过的人的共同看法。

作者与邓绍基先生合影

我八十年代后期在文学所攻读博士研究生学位，就多次听到所里老师称赞邓先生。留所工作之后，与邓先生有了更多的接触。最初的印象，邓绍基先生很有学者风度，器宇轩昂，眉目之间流露出来的谦和与自信，用现在时髦的话来说，就是一种正能量的化身。多少年后，尽管他年事已高，还是有很多年轻的学者，说起邓绍基先生，都啧啧赞叹，说他是文学所的品牌和骄傲。

开始的时候，你会觉得他不易亲近。时间久了，你会发现，他接人待物，很有分寸，很讲究方式，让每个人都觉得他是最了解自己的人。在他面前，你不会有压力，不会有顾忌，更不会掖着藏着，把话憋在心里。每次向他求教问题，他总是循循善诱，娓娓而谈，没有任何架子，很有老派学者风度。古人说，如沐春风，大约就是这种情境吧。几十年的风风雨雨，谁能没有烦心的事，但是所里人都说，几乎没有人看见他红过脸。即便遇到一些不公正的事，他当然生气，也有所表达，但绝不失雅量。

二十世纪八十年代以来，邓绍基先生主持了很多集体项目，他总是邀请年轻同志参加，遇到问题，他从不以长辈自居，而是平等地交换意见。他是主编，完全有理由修改晚辈文字，但是他很少这样做，总是谦逊和善地提出建议，让作者修改，然后他再字斟句酌。

在文学研究所，邓绍基先生这一代学者，处在承前启后的位置。他们有机会近距离地接触老一代学者，颇得前贤濡染。《王伯祥日记》记载，二十世纪五六十年代，何其芳等领导非常尊重老专家、老学者，他们常常到王伯祥、俞平伯等老学者家中看望，虚心征求他们的批评意见和建议。这些老先生到所开会，所里会有专车接送，甚至工资和信件也派人送到家中。邓绍基先生那一代学者继承了这个传统，六十年代以来，每到春节，邓绍基先生与曹道衡先生等总会结伴去看望所里的前辈，通常还要带上几个年轻同志前往。而今，这个传统依然在延续。去年春节，我们还到邓绍基先生家中看望他。没有想到，一个多月以后，他就与世长辞了。

邓绍基先生一生待人热情，做事低调，很怕麻烦别人。日常交往中，他也有求人的时候，别人帮他做了一点点小事，他总是放在心上，有机会一定通过不同方式表达感谢，温文尔雅，恰到好处。他对别人的请求，也总是尽力协助解决，绝无推托敷衍。他重病期间，我们去医院探望，他总觉得给别人带来麻烦，不愿意打扰大家。他去世后，家属尊重他的遗愿，一切从简，几乎是悄无声息地离开了这个世界。

一年来，邓绍基先生的身影总是浮现在我的眼前，好像还和蔼地看着我们，不时会像朋友聊天一样，半眯着眼睛，率意地表达他自己的想法。我近来常常想，有这样的忠厚长者在，真是我们的福分。而今，他人走了，但是他的情和意，永远留在了我们的心里。

二

邓绍基先生长期从事中国古代文学史研究工作，研究内容涉及面很广，在唐代诗歌、元代文学、中国古代戏曲、中国古代小说等研究领域都建树颇丰，尤其在古代戏曲研究领域，成就卓著；关于近代文学、现当代文学也发表过系列学术论文，成就令学界瞩目。他的代表性著作主要有:《红楼梦论丛》(与刘世德、陈毓罴合著，上海古籍出版社 1979 年版)、《杜诗别解》(中华书局 1987 年版)，主编《元代文学史》(人民文学出版社 1991 年版)等，发表论文二百多篇，主要收录在《古典戏曲评论集》(中国社会科学出版社 2013 年版)和中国社会科学院老年学者文库《邓绍基论文集》(社会科学文献出版社 2014 年版)中。

邓绍基先生的学术特色，可以用专、宽、通三个字来概括。

首先是他的专。我们从刚刚出版的《古典戏曲评论集》后记中知道，早在 1948 年，邓绍基先生还在常熟中学读书时，就在无锡当地报纸上开辟“旧剧新话”专栏，发表剧评。就读复旦大学后，在赵景深、刘大杰等前辈学者鼓励下，他较早决定以元代戏曲作为自己专攻方向。从五十年代开始，他就陆续发表了《从〈窦娥冤〉的不同版本引出的几个问题》《白朴三题》《关于马致远的生平》《〈汉宫秋〉校读散记——兼谈〔混江龙〕曲的特殊性》《王实甫的活动年代和〈西厢记〉的创作时间》《元杂剧版本探究》《〈元曲选〉的编纂和刊刻时间》《〈元曲选〉的历史命运》《规范与实践：文学古籍校勘工作漫议》等论文，涉及元杂剧的内容、格律、版本和作者生平等方面的问题，提出了一系列重要主张，如元曲“四大爱情剧”说，如文学古籍尤其是戏曲小说典籍，不能简单地套用传统的经史校勘的方法，必须考虑到案头阅读与表演脚本的差异。这些论断，援据精博，多为学术界所认可。

由元杂剧研究，延伸到元明清文学研究，作为中国文学通史之一的《元代文学史》就是由他领衔编撰的，这是百年来第一部关于元代文学的全面系统的论著，在学术界影响很大，获中国社会科学院优秀科研成果奖。此外，《〈三言〉〈二拍〉中所反映的市民生活的两个特色》《关于〈儒林外史〉的版本》《曹雪芹卒年问题商兑》以及立足于明清戏曲小说的主题学研究论文《典实和传说：古代文学作品中的张骞故事》《评说“离魂型”、“还魂型”和纯一人鬼相恋型文学故事》等，都是很有代表性的论著。他提出的明代成化、隆庆时期“三大传奇”和清初“吴县作家群”等重要观点，也得到了学术界的关注。

如果从 1948 年开始算作他涉猎戏曲研究的话，到 2013 年中国社会科学出版社结集出版《古典戏曲评论集》，邓绍基先生在古典戏曲小说领域，辛勤耕耘长达六十五年之久。真可谓博观而约取，厚积而薄发。

其次是他的宽。我们都知道，邓绍基先生是我国古典戏曲小说研究方面的大家，他在七十年代又潜心于杜甫研究，完成了一系列论文，汇集而成《杜诗别解》。他还长期关注近现代文学，发表了《“五四”以来继承文学遗产问题的若干回顾》《“五四”文学革命与文学传统——对若干历史现象的回顾和再认识》《文化论争与学人评价——“五四”新文化运动若干论争的再认识》《关于新文化运动这一名称》《国学的新研究与陈独秀的偏激——兼评“五四”新文化运动“断灭”传统观》等论文，提出了“侠义公案小说”等重要观点和命题，对于近代文学研究也作出了贡献。他还把自己的研究触角延伸到当代，“文革”前就发表过《老舍近十年来的话剧创作》和《评〈海瑞罢官〉》等。此外，他对先秦文学（如《先秦散文和“言简意约”》）、汉魏六朝文学（如《读〈史〉〈汉〉随笔》《读谢灵运诗歌札记》）、唐宋文学（如《关于杜甫的世系问题》《关于杜甫的卒年卒地问题》《李贺〈秦王饮酒〉释义商兑》）等，也有很多重要的论述，大都要言不烦，见解独到。

再次是他的通。六十年代他就参与了余冠英先生主编的三卷本《中国文学史》，八十年代又主编了十四卷本《中国文学通史》，至九十年代，与张炯、樊骏先生合作组织编写《中华文学通史》，实现了学术界期盼多年的文学史研究的“三通”，即在时间上，古今文学打通；在空间上，各民族文学打通；在体裁上，各种文体打通。此外，他还参与主编了《中国文学通典》和《中国大百科全书·文学卷》及《古本戏曲丛刊》等。在从事文学史研究过程中，邓绍基先生一直在思考着文学史的理论与实践问题，思考着古代文学学科建设问题。早在 1956 年，他就发表《反对古典文学研究中的庸俗社会学倾向——评严敦易同志〈论元杂剧〉》（1956 年 4 月 15 日《光明日报》“文学遗产”），当时他刚二十出头，就针对当时学风方面问题发表自己的看法。此后，陆续发表了若干宏观研究方面的论文，如《我对探索文学史规律的看法》《永远的文学史》《少数民族文学和文学史研究的三个阶段——在〈中国各民族文学关系研究〉出版座谈会上的发言》《关于中国古代文学学科建设的一点思考》《古代文学的研究与文艺理论的发展》《关于建立近代戏曲文学学科的问题》等，高屋建瓴地考察了中国文学发展的历史规律以及古代文学研究的范围、方法、成就等，具有指导意义。

邓绍基先生的这些综合性学术成就，必将随着时间的推移而越发显示出其价值。

三

邓绍基先生是江苏常熟市人。1951 年考入复旦大学中文系，1953 年 11 月加入中国共产党，1955 年毕业后到文学研究所工作，直到 2000 年退休，他在文学研究所的工作岗位上度过了四十五个春秋。“文革”前，他曾任中共文学所总支副书记、代理学术秘书、古代文学研究组副组长、近代文学研究组（筹）组长、《文学知识》编委会常委等。“文革”后历任文学所古代文学研究室主任、《文学评论》编辑部负责人、副所长、学术委员会主任、学术顾问；中国社会科学院研究生院文学系主任、文学部主任、博士生导师。

可以说，他的一生是与文学研究所发展建设紧密地联系在一起的，是继文学所创始人郑振铎、何其芳之后第二代学者的领军人物，起到了承上启下的桥梁作用。他是何其芳主政时期的重要骨干成员，“文革”后又一直在科研前线运筹帷幄，组织协调，卓有成效，受到所内外同仁的广泛尊重。文学所能够在学术界产生影响，与邓绍基先生的努力工作有着密切关系。

在何其芳所长的引导下，他参与了文学研究所很多重大学科建设和学术活动。在纪念文学研究所成立五十周年的时候，邓绍基先生在回忆文章《斯世当以同怀视之——记文学所前辈学者之间的情谊》中谈到，郑振铎、何其芳在筹建文学所时确立了四个方面的工作重点：第一是系统的中外文学理论建设，第二是大型的多卷本中国文学史编写，第三是编选具有大型文献功能的《古本戏曲丛刊》和《古本小说丛刊》，第四是编选一套历代诗歌选本，并且要由著名学者来选编。今天来看，建所之初所确定的这四个方面的业务工作多已完成。其中，也融入了邓绍基先生的心血。

如理论建设方面，1959 年，在何其芳倡议下，由叶水夫牵头，编辑出版了两辑《苏联文艺理论译丛》。1961年，在何其芳领导下，制定了三套名著丛书的编选计划，包括“外国古典文学名著丛书”、“外国古典文学理论丛书”、“马克思主义文艺理论丛书”等，有计划、有重点地介绍世界各国的美学及文艺学理论著作，为我国文艺理论界提供参考资料。正是在前辈的感召下，邓绍基先生特别重视理论，撰写了《建国以来关于继承文学遗产的一些问题》《坚持马列主义、毛泽东思想原则，提高古代文学研究水平》《毛泽东与他的“古今中外法”》等论文，体现了他对古代文学研究乃至整个文学研究的战略性思考，至今读来仍具有相当大的启发意义。

如文学史论著方面，除前面提到的几部古代文学史外，还有唐弢主编的《中国现代文学史》，朱寨主编的《中国当代文学思潮史》，毛星主编的《中国少数民族文学》等。如前所述，邓绍基先生重视基本文献，又有理论修养，他的思考就比较全面深入，也取得了切实的业绩。

如大型文献汇编方面，《古本戏曲丛刊》到郑振铎1958年不幸遇难前，已出版四辑共收录400多种作品。其余各辑，我们正在组织力量重新编纂。《古本小说丛刊》、“中国近代文学研究资料丛书”、“中国现代文学史资料汇编”、《中国当代文学研究资料》业已陆续出版。其中《古本戏曲丛刊》的编纂意义，邓绍基先生在《〈古本戏曲丛刊〉的文献价值》一文有详细的介绍，这是他亲自参与这项工作的甘苦之言。

如历代选本方面，余冠英先生的《乐府诗选》《三曹诗选》《汉魏六朝诗选》，王伯祥先生的《史记选》，钱锺书先生的《宋诗选注》，俞平伯先生的《唐宋词选释》以及在余冠英等老一代学者主持下编选的《唐诗选》等文学读本先后问世，印行数十万册，在社会上产生了广泛而又深远的影响。邓绍基先生受此影响，也独立编选《金元诗选》，主编《元诗三百首》，都具有拓荒的意义。

在中国学术史上，向来有为己之学与为人之学的分别，多数学者追求为己之学，视为安身立命的根基。以邓先生的性情资质与学术理想，他完全可以坚守自己的学术园地，精耕细作，成为某一领域的第一流专家。但是，他被很多事情推着走，不得不腾出大把时间用于学术组织与行政协调，时常会有“沉舟侧畔千帆过”的焦虑不安，也暗羡那种“躲进小楼成一统”的悠闲自在。尽管如此，他从来没有因为个人的兴趣而耽搁工作。这一点，很像他的引路人何其芳先生。我们从回忆文章看到，何其芳先生身居领导岗位后，没有时间从事创作，颇感不安，多次说到，“我还有很多东西没有写”。他还对那种无休无止的会议，深感厌烦。但是，他受党教育多年，只能服从工作调遣。邓绍基先生也是如此。他多次说过，行政工作可能会耽误业务学习，但是从大局考虑，从长远考虑，这种牺牲又是必要的，不能选择。文学研究所有很多像何其芳、邓绍基先生那样的“双肩挑”干部，代代传承，默默奉献，克尽厥职，照亮他人。在当今这样一个特别强调以自我为中心的时代，他们的为人、为学风范，越发显得珍贵，越发叫人感念。

今天，我们纪念邓绍基先生，不仅仅是纪念他个人，也让我们有机会回顾老一代学者为文学所发展建设所做出的重要贡献。我在纪念文学所成立六十周年时撰写的《追寻文学所精神》一文中曾写道：“何其芳同志在 1954 年建所之初提出的‘谦虚的、刻苦的、实事求是的工作作风’，或许可以视为文学所精神的一个基本内涵。谦虚，是就为人而言，低调做人，和谐共事。刻苦，是就做事而言，焚膏继晷，钻仰终身。而实事求是，则是做人做事必须遵循的原则，是这种工作作风的核心所在。正是在这种精神的引导下，六十年来，文学所艰辛地探索出一条独特的发展道路，形成自己的传统。”邓绍基先生可以说是继承这种传统精神的一个典范，值得我们学习。

原载《中华读书报》2014 年 6 月 11 日第 15 版

既感且愧的两件小事

二十世纪八十年代初，我在清华大学文史教研组任教，独学无友，孤陋寡闻，就常利用课余时间，到邻近的北京大学旁听中文系、哲学系乃至历史系老师开设的专题课。那时，我刚刚走上讲台，学识浅陋，心虚得很，就利用每次旁听的机会，在专注于学术知识之余，还刻意留心各位老师的讲课风格。陈贻焮老师讲杜甫研究，略带湖南腔调，饱含激情，一首诗一首诗地讲过来，把我们领进杜甫的内心世界。在清华，我常常听教研组的同事讲到叶朗老师，所以全程听完他讲授的中国小说美学课。他的讲授，剖析概念，纵横比较，气势滔滔。张少康老师讲授中国文学批评史，语气平和，线索清晰，也是我特别关注的课程。袁行霈老师讲授陶渊明，平淡自然，有似田园风情，感觉很美，但我的理解很肤浅。辛弃疾说，“老来曾识渊明”。我那时少不更事，确实没有真正理解人生的“愁滋味”。尽管如此，袁行霈老师的讲课风格叫我心驰神往——语速平稳，条分缕析，板书又很清爽，就像陶渊明的人和诗，干干净净。我喜欢这种风格，也有意模仿，可就是学不来。我每次讲课，可能是紧张的缘故，总是在讲台上走来走去，同学们说，我就像笼子里的狼，又像有人在后面拿鞭子抽打一样，赶速度。一堂课下来，同学们说，听我的课，脑袋都转酸了，就像被机枪扫射一样，有点丈二和尚摸不着头脑。如果说，那时是紧张所致，三十多年后的今天，我的讲课还是慢不下来，就不得不承认，有些东西，是一辈子也学不来的。袁行霈老师的讲课风格，我只有企慕向往的份儿。我曾私下多次想过，要是有机会能追随北大这些名师该有多好。

好在天遂人愿。1991 年春，我完成博士论文，先师曹道衡先生和沈玉成先生商定，拟由袁行霈老师担任答辩委员会主席，并请孙静、葛晓音、程毅中、沈玉成诸位老师组成答辩委员会。我到袁府呈送论文，由此有缘拜谒老师。那年 5 月 9 日，袁老师为我的学位论文写了评阅意见：

本文选取中国文学史中的一个薄弱环节永明文学为题，从第一手资料入手，进行了深入细致的考察，从而较清晰地勾勒出这个时期文学的面貌，多有著者个人的创获。导论部分将永明文学放到汉末至南朝文人创作的发展历史中，从客观的角度论证永明文学的地位；第一、二、三章论述永明年间的文人集团、永明文学思潮和永明诗体；附录部分就二个具体问题作了考证，从而得出若干有说服力的结论。关于刘宋以后文学独立一科的论断，关于竟陵八友兼有谋士和作家双重身份的见解，关于竟陵八友在南北士人融合过程中的作用的说明，关于宋齐以来侨姓士族弃武从文的论述，关于永明文学思潮的描述，都显示了著者的功力。著者用统计方法研究永明诗体所得出的结论令人信服。关于“八病”系累积制造而成的推断也言之成理。

本文已达到博士论文的水平，同意授予博士学位。

袁行霈，1991 年 5 月 9 日

这份评议书，我至今珍藏，就像一份学位证书，时时提醒自己要奋发有为，不辱没老师的期待。在清代，举人、进士对主考官、总裁官通称为坐师。我的学位论文答辩委员，都是我的老师。袁行霈老师主持了我的博士学位论文答辩，我更是把袁老师视为我的坐师。在此后二十多年间，我总是不失时机地向袁行霈老师求教。不论什么场合，袁先生总是那样彬彬有礼，不耻下问，叫晚生如沐春风。袁行霈老师的学术，袁行霈老师的教学，在同行中有口皆碑，似不用我饶舌。我只想说两件小事，借此表达我的感愧之情。

先说感。在二十世纪末的一天，我们几位青年学者利用在北京大学开会的机会，晚上在勺园聚餐。席间，看到袁老师陪同几位客人走进餐馆，我们赶紧前往请安。袁老师微笑着说，他是来陪同亲戚吃饭。打过招呼，我们几个便回到自己饭桌，“添酒回灯重开宴”。想不到，没过一会儿，服务员送来一瓶红酒，说是一位老先生送给我们的。大家惊愕片刻，马上反应过来，这是袁老师的好意，顿时暖意融融，深深感受到长者的关爱。事情虽然细小，且过去这么多年，我还是记得那样清晰。袁老师做事心细，为人谦和，给我树立了榜样。

再说愧。二十一世纪初叶，我受请托，随某大学文学院领导拜谒袁老师，还带去一点土特产。行前，我觉得有些不妥，曾有劝阻，但对方执意而为，还振振有词地说：老家有句老话，不打送礼的。我也没有坚持，只好无奈地赔着笑脸来到袁府。那天，袁老师兴致很高，说了很多鼓励的话。送客人时，看到门口放着土特产，当时就很礼貌地让客人拿走。客人坚持再三，一个劲地表达美意。见此情形，袁老师也没有特别拒绝，只是很客气地把一行人送到电梯口。我们以为事情就这样简单地过去了。没有想到，在回去的路上，我就接到同学弟傅刚的电话，告知袁老师要他马上把礼品取回，尽早送还。那天晚上，我心里五味杂陈，不知如何是好。第二天，我给袁老师打电话作自我批评，袁老师的语气还是那样平和，说不收外人礼品，这是他做人做事的原则，突破这个原则，他会很不安的，希望我能理解。话虽不多，却用实际行动给我上了一堂生动的人生教育课：做人要有底线，做事要有原则。

年齿渐长，感悟也多了起来，我会常常回想那些给我教益的各位老师的音容笑貌，无论是亲炙其教，还是私淑其人，多萌生感恩之情。一个人，一生遇到几位好老师，真是幸运。我何德何能，遇到那么多好老师，给我那么多帮助。袁老师就是我常常心念的老师之一。他以自己的言传身教，给我树立了一个真正的学者的典范，叫我仰视。

原载《双清集：恭祝袁行霈教授八秩华诞文集》，中华书局 2016 年版

追寻文学所精神

文学所成立五十周年的时候，我曾写过一篇《尔来倏忽五十年——中国社会科学院文学研究所半个世纪的学术历程》的纪念文章，试图从学术梯队、科研成果、资料建设、参与国家重大政治文化活动以及文学普及工作等方面回顾文学所半个世纪的发展历程。那个时候，刚刚接触文学所史料，只是见树不见林，对于文学所的理解和认识，还是很肤浅的。

此后十年，我开始沉下心来组织编纂文学所大事编年和文学所志初稿，原以为比较简单。随着工作的深入，才发现这项工作异常繁难。查阅档案资料，所获不多。很多基本史实，回忆文章也众说不一。一晃十年过去了，文学所业已进入六十甲子，建所初期的老人渐渐离去。这时，我越发感到系统地整理文学研究所史料的迫切性。2012年初，我在所长办公会上提出，六十年所庆，与其在形式上搞得轰轰烈烈，还不如做一些基本资料的收集整理工作。初步设想编好四部书，第一部的内容是文学所志初稿、六十年纪事初编以及全所人名录，第二部的内容是文学所老同志的访谈录，第三部的内容是给中央领导同志讲古典文学专题的部分讲稿，第四部的内容就是我们这里重点推介的《岁月熔金》的第二编。

文学所成立的时候，我还没有出生，那段历史，只能从老同志的回忆文章中去感知。近一段时间，我反反复复地浏览十年前编选的《岁月熔金——文学研究所五十年记事》，还有新近征集来的这二十多篇新作，尽管很多内容都很熟悉，但依然是常读常新，浮想联翩。徜徉在这片充满生机的学术丛林中，在感受学术震撼的同时，我更有一种感动，一种为自己成为文学所一员而自豪的精神力量。从这次阅读中，我意外地捕获到一个值得回味的新词，叫“文学所精神”。我的联想和感动，或许就是这种精神的感召吧。

我不是一个赶时髦的人，不想刻意为文学所冠以某种人为的所谓精神而让其丰富多彩的历史变得苍白乏味。但不可否认，在六十年风雨历程中，文学所自身确有其一以贯之的精神脉络。这种精神的东西，有时只能意会，难以言传，所以见仁见智。而在我看来，何其芳同志在 1954 年建所之初提出的“谦虚的、刻苦的、实事求是的工作作风”，或许可以视为文学所精神的一个基本内涵。谦虚，是就为人而言，低调做人，和谐共事。刻苦，是就做事而言，焚膏继晷，钻仰终身。而实事求是，则是做人做事必须遵循的原则，是这种工作作风的核心所在。正是在这种精神的引导下，六十年来，文学所艰辛地探索出一条独特的发展道路，形成自己的传统。

首先，贯彻执行党的正确路线，发挥国家级科研机构的引领示范作用，这是文学所成立六十年最基本的经验，也是最重要的特色。

二十世纪五六十年代的中国，各种思想文化方面的论争，可谓风起云涌，此起彼伏。譬如 1954 年关于《红楼梦》大讨论，文学所是全国学术界关注的焦点。何其芳坚持实事求是的工作原则，他在很多场合反复强调，这是学术批评，不同的意见可以争论，这与其他单位的大批判氛围颇有不同。既要服务大局，又要区分政治与学术的复杂关系。这种分寸感，在当时实在不易把握。文学所较好地处理两者的关系，为人才培养和学术发展奠定了良好基础。此后，文学所还发起或直接参与了若干重大的学术讨论。譬如 1954 年关于陶渊明的大讨论，1955 年关于《琵琶记》、李煜词的大讨论，1958 年关于“革命的现实主义和革命的浪漫主义相结合”创作方法的大讨论，1959 年关于蔡文姬和《胡笳十八拍》的大讨论以及关于诗歌形式的讨论，1960 年前后关于文学上的“共鸣”问题和山水诗问题的大讨论，以及关于题材问题的大讨论等，涉及范围之广，讨论问题之深入，在共和国初期的学术探索中留下深刻印记。何其芳还曾在毛泽东主席直接指导下，组织文学研究所编辑《不怕鬼的故事》。1961 年，毛主席对何其芳撰写的该书序言先后两次亲自进行修改，并批示出版，具有重要的政治意义。

粉碎“四人帮”以后，文学研究所组织全所乃至全国文学界就“实践是检验真理的标准”等问题展开讨论，并且对“文革”以后文学研究队伍、研究现状及课题情况进行摸底调查，重建基本作者队伍，确定科研发展方向，在促进文艺界的思想解放以及恢复文学研究生机等方面发挥了不可替代的积极作用。

其次，遵循学术规律，整合团队力量，夯实学科基础，这是文学研究所在学术界保持较高学术声誉的根本保障。

老所长何其芳同志曾提出要在十年内完成七项任务，包括：研究我国当前文艺运动中的问题，经常发表评论，并定期整理出一些资料；研究并编出一部包括新的研究成果和少数民族文学的多卷本的中国文学史；编选出一些中国文学的选集和有关文学史的参考资料；在外国文学方面，研究各主要国家的文学，并将研究成果按照时代编出一些论文集，作为将来编写外国文学史的准备；编订汉译外国文学名著丛书，每部作品都冠以帮助一般读者理解和欣赏的序文；研究文艺理论，并编写出一部较为通俗、结合中国实际的文艺学；编订汉译外国文艺理论名著丛书。经过六十年的不懈努力，何其芳所长提出的目标早已实现。

共和国建立之初，党和国家第一代领导人非常重视文艺工作，在一些重要会议上发表了一系列的讲话。文学所老一代科研工作者，围绕着文学作品和文学理论问题，积极参与到文学理论的研究与当代文学批评实践中，对于《林海雪原》《红日》《红旗谱》《苦菜花》《青春之歌》等作品进行了比较广泛深入的研究，撰写出大量的、富有创见的文学评论和文学理论著作。六十年代，蔡仪主编的《文学概论》，毛星、朱寨等人编写的《十年来的新中国文学》集中反映了文学所对文学理论和当代文学的整体把握。

改革开放之初，邓小平在中国文学艺术工作者第四次代表大会上发表重要讲话，提出“文学为人民服务，为社会主义服务”的基本方针，指明了我国文学艺术创作的发展方向。这一时期，文学所围绕着我国新时期文学与人性、人道主义、文学方法论、文学主体性、文学史学建构等问题展开深入讨论。当代室集体撰写的《新时期文学十年》，朱寨主编的《中国当代文学思潮》，张炯主编的《新中国文学五十年》《20世纪中国文学经验》等著作，文艺理论研究室王春元、钱中文、杜书瀛等分别撰著的《文学原理·作品论》《发展论》《创作论》等，在八十年代的学术热潮中引领时代风尚。

文学史研究方面，余冠英、钱锺书、范宁等人主持编纂的三卷本《中国文学史》，唐弢主编的《中国现代文学史》，毛星主编的《中国少数民族文学》、祁连休等主编的《中华民间文学史》，邓绍基、刘世德、沈玉成主编的多卷本《中国文学通史》，张炯、樊骏、邓绍基主编的《中华文学通史》以及文学所集体编纂的《中国大百科全书·中国文学卷》等研究项目，多带有集成的特色，时获殊荣与赞誉，在海内外产生了广泛影响。

在文学史料收集与整理方面，郑振铎、吴晓铃等人组织编选的《古本戏曲丛刊》创始于五十年代，计划出版十集。到郑振铎先生1958年不幸空难牺牲前，已出版了四集共收录400多种作品。1982年，在文学研究所主持下，重建编辑委员会，继续开展辑印工作。1986年，上海古籍出版社又出版第五集。这套《丛刊》汇集了我国古代戏曲之珍本和孤本，极大地方便了戏曲研究工作者。而今，我们正在重新组织力量，力争尽快完成后几集的编辑出版工作。此外，由郑振铎主持的《中国古代版画丛刊》也出版五函十六种。1958年文学研究所与中国民间文艺研究会合作，对我国少数民族民间文学进行调查，选编了100多种资料。由刘世德、石昌渝、陈庆浩主编的《古本小说丛刊》已由中华书局出版。由近代文学研究室发起并主持的“中国近代文学研究资料丛书”，分为小说卷、戏曲卷、诗文卷，已由中国社会科学出版社等多家出版单位陆续出版。由现代文学室发起并主持的“中国现代文学史资料汇编”，有全国四十多家单位的专家教授参与编选，二十余家出版社负责出版。由当代文学室发起并主持的“中国当代文学研究资料”丛书，出版当代文学和作家研究资料八十余种。这些基础性的工作，我们还将继续做下去。

在外国文学资料的翻译介绍方面，二十世纪五六十年代，文学所西方文学组、苏东组翻译介绍希腊戏剧、易卜生戏剧、莎士比亚戏剧、莫里哀戏剧以及英国、法国、俄国的小说、诗歌等作品，为中国读者认识世界打开了一扇窗户。1959 年，在何其芳倡议下，由叶水夫牵头，编辑出版两辑《苏联文艺理论译丛》。1961 年，在何其芳领导下，制定了三套名著丛书的编选计划，初步确定“外国古典文学名著丛书”120 种，“外国古典文艺理论丛书”39 种，“马克思主义文艺理论丛书”12 种，有计划、有重点地介绍世界各国的美学及文艺学理论著作，为我国文艺理论界提供参考资料。从 1958 年到 1964 年 4 月，已出版 36 种，颇受全国广大读者欢迎，成为公认的不可或缺的资料库。1963 年，还专门成立“现代文艺理论译丛”编辑部。后来，这项编译工作主要移交给刚刚成立的外国文学研究所负责。

八十年代中期，当时成立不久的文艺新学科研究室发起并主持的“文艺新学科建设工程”，先后出版《文艺新学科导论》《主体论文艺学》《系统美学》等论著，以及《当代艺术科学新潮》《阅读行为》《女权主义文学理论》《比较文学类型研究》等译著。由原“国外中国学（文学）

研究组”编辑的《〈楚辞〉资料海外编》已由湖北人民出版社出版。此外，还有内部刊物《文学研究动态》在当时也起到传播信息的重要作用。近年文学理论研究室又组织编译《西方经典文论导读》（两卷）、《西方文论选》（六卷），还接手编辑《外国美学》集刊。同时，一批学者还以更加开放的视野胸襟，从事不同文明的比较研究，在海内外学术界产生了积极的影响。

第三，尊重学术个性，鼓励广大科研人员潜心研究，撰写传世之作。而要做到这一点，最根本的一条还是坚持实事求是的原则。

文学所建立之初，郑振铎、何其芳根据每位学者的特长安排工作，发挥作用。王伯祥研究《史记》、李白，其《史记选》在学术界产生广泛影响。俞平伯研究《红楼梦》和唐宋诗词，其《红楼梦八十回校本》《俞平伯论诗词曲杂著》洵为一代名著。孙楷第研究古典小说，其《中国通俗小说书目》《日本东京所见小说书目》《大连图书馆所见小说书目》为这个学科的奠基之作。余冠英研究古典诗歌，完成了《诗经选》等一系列诗歌选本的注释工作。钱锺书兼顾中西，则有《管锥编》问世。蔡仪先生的《新美学》，吴世昌先生的《罗音室学术论著》、唐弢先生的《西方影响与民族风格》《鲁迅论集》等也都已成为各自学科的经典著作。何其芳本人《论〈红楼梦〉》亦被推为学术名著。

在老一辈学者的感召下，文学所的科研人员，以学术创新为终身追求，孜孜不倦，勤于著述。胡念贻《先秦文学论集》《中国古代文学论稿》，曹道衡《中古文学史论文集》《南北朝文学史》(与沈玉成合著)，樊骏《中国现代文学论集》，陈毓罴、刘世德、邓绍基《红楼梦论丛》，敏泽《中国美学思想史》，蒋和森《红楼梦论稿》，钱中文《新理性精神文学论》，张炯《走向世纪之交》等，代表着二十世纪五六十年代进入文学所的那一代学者的时代水平。

恢复高考后的第一代研究生和大学毕业生，组成了文学所的新生力量，杨义、赵园、董乃斌、陶文鹏、刘扬忠、石昌渝、尹恭弘、程广林、钱竞、胡明、王飚、幺书仪、胡小伟、李少雍、周发祥、韦凤娟、毛崇杰、许明等学者有着丰富的人生阅历，勇于探索，成为新一代学术领军人物。我本人是七七级的大学生，文学所有很多我的同龄人，当时尚属年轻一辈，而今业已成为在职人员中的老同志，毕业三十多年来，以前辈学者为榜样，传承文学所精神，也不辱使命。总结文学所学术成功的经验，归根结底还是那句话，遵循实事求是的学术传统。

第四，文学研究所成立六十年来，贯彻“双百”方针，坚持“二为”方向，始终把编选优秀的古今文学读本作为一项重要的学术工作。

“问渠哪得清如许，为有源头活水来。”华夏五千年文明，是我们民族生生不已的活水源头，更是我们民族卓然独立的生存之根。为探寻这活水源头，为培植这生存之根，中国社会科学院文学研究所成立六十年来，一直把文化普及工作放在相当重要的位置，并为此做了大量的、卓有成效的工作。二十世纪五六十年代，余冠英先生的《乐府诗选》《三曹诗选》《汉魏六朝诗选》，王伯祥先生的《史记选》，钱锺书先生的《宋诗选注》，俞平伯先生的《唐宋词选释》以及在余冠英等老一代学者主持下编选的《唐诗选》等文学读本先后问世，印行数十万册，在社会上产生了广泛而又深远的影响。

进入新的历史时期，文学研究所秉承传统，又陆续编选了《古今文学名篇》《唐宋名篇》《台湾爱国诗鉴》《文学所文史讲座丛书》等，并在修订《不怕鬼的故事》的基础上新编《不信神的故事》等，赢得了各个方面的赞誉。

以上涉及的四个方面的学术传统，还只是一个印象式的描述，概括也不一定准确，但其中所体现出来的那种敏锐的政治意识和宽阔的学术视野，还是显而易见，值得骄傲的。这些成就的取得，原因当然很多，而老所长何其芳倡导的“谦虚的、刻苦的、实事求是的工作作风”则是其中最重要的原因。这也是我为什么要把这种工作作风视为文学所精神的重要考虑。回顾建所六十年历程，什么时候坚持了这个原则，就一定可以开创好的局面；如果背离这个原则，难免要走弯路，遭遇挫折。

在整理文学所史料过程中，我常常陷入深思。六十年间，在取得上述业绩的同时，我们也有不无可议之处，很多人受过伤害，感到委屈。但无论如何，大家还是那样热爱文学所，都希望通过自己的努力再创辉煌。在文学所同人看来，这里已不单单是托身之所，更是我们的精神家园。

“托身已得所，千载不相违。”共同生活在这样一个大家庭中，每个成员都有充分表达自己的空间。可能由于时间紧迫，很多人还没有来得及记录下自己的感受。这没有关系，《岁月熔金》还会继续编下去，文学所精神也必将伴随着我们勇往前行。

原载《岁月熔金（二编）——文学研究所 60 年记事》，中国社会科学出版社 2013 年版

《文学遗产》六十年

《文学遗产》已经走过六十年风雨历程。她创刊于1954年3月，最初由中国作家协会古典文学部主办，以《光明日报》副刊的形式刊行。1956年2月，中国作家协会古典文学部撤销，《文学遗产》改由当时还隶属于中国科学院的文学研究所主办，陈翔鹤任主编，继续在《光明日报》开辟专栏发表文章。1966年，“文化大革命”开始，被迫停刊。1980年，经多方努力，《文学遗产》以学术杂志形式复刊，为季刊，仍由文学研究所主办，余冠英出任主编，中国社会科学院主管。1985年至1988年间，刊物一度改为双月刊，1989年至1993年间，复为季刊。从1994年开始，改为双月刊，延续至今。

为庆祝创刊六十周年，我们将举办一系列纪念活动。编纂这部文集，就是其中一项工作。这一设想，得到学术界一如既往的支持，共征集文稿六十余篇。作者队伍很有代表性，既有创刊初期的编辑、作者，也有二十世纪六十年代和七十年代以后出生的新锐。文章的编排，以作者年龄为序，五世同堂，让人感慨。

这些文章，多数介绍作者成长或学界前辈与《文学遗产》的关系，也有的回顾《文学遗产》组织或者参与的重要学术活动，还有一些专题性论文，宏论迭见，异彩纷呈，代表了历年在本刊发表论文的三千多位作者的心声，从一个侧面展示了新中国成立六十多年来中国古代文学研究的总体成就。正如本书一位作者所说，《文学遗产》这份刊物本身就已成为一份珍贵的文化遗产。

六十年前，《文学遗产》创刊词这样写道："我们中华民族是一个历史悠久的民族。我们的文学遗产，由于很多卓越的前代作家不断地创造和努力，也是极其光辉灿烂的。从《诗经》《楚辞》起，一直到'五四'时代新文学奠定者鲁迅先生的作品为止，差不多每一朝代都有杰出的作家，在不同的文学种类中都有独特的成就。但是，这些文学的宝藏，不仅在封建社会里面不可能得到正确的评价，就是到了'五四'以后，它们的价值和意义也还未能获得充分的科学的阐明。因此，用科学的观点来研究我们的文学遗产这一工作，就十分有待于新中国的文学研究工作者们来认真地进行。"所谓"科学的观点"，就是以马克思主义思想方法为指导，坚持"文学必须为人民服务、为社会主义服务"的"二为"方向和"百花齐放、百家争鸣"的"双

文學遺產

第一期

發刊詞

我們中華民族是一個歷史悠久的民族。我們的文學遺產，由於很多卓越的前代作家不斷地創造和努力，也是極其光輝燦爛的。從詩經楚辭起，一直到「五四」時代新文學奠定者魯迅先生的作品爲止，差不多每一朝代都有傑出的作家，在不同的文學種類中都有獨特的成就。但是，這些文學的寶藏，不僅在封建社會裡面不可能得到正確的評價，就是到了「五四」以後，它們的價值和意義也還未能獲得充分的科學的闡明。因此，用科學的觀點來研究我們的文學遺產這一工作，就十分有待於新中國的文學研究工作者們來認眞地進行。

去年九月，周揚同志在第二屆文代大會上的報告中，曾經把「系統地整理和研究民族文學藝術遺產的工作」作爲「我們文學藝術事業上的最重要的任務之一」提了出來。關於研究和繼承我國古典文學的重要性，可能已經沒有什麼爭論了。但是，直到現在，還沒有一個專門的刊物來發表研究古典文學的文章，討論古典文學中的問題，這不能不說是一個缺陷。我們創辦這個副刊，就是想在這種專門刊物出現之前，先來開闢這樣一片小小的園地。

運用科學的觀點與方法，也就是辯證唯物主義的觀點與方法，對我們文學遺產作出正確的評價，這是我們努力的目標。然而，我們知道這並不是容易的工作；我們過去這方面的經驗還很少，必須經過不斷的學習、研究、討論，我們才能逐步提高對于古典文學進行科學分析的能力。何況我們古典文學中的問題是十分複雜的，有許多困難的問題必須經過反覆的討論，不可能一下就作出定論。因此，本刊選載稿件，一方面以上述目標爲我們的方針，努力提倡以科學的觀點和方法來研究我們的古典文學中的作家和作品；另一方面又必須照顧實際水平，容許發表各種不同的意見，並不要求每一篇研究文章都成爲最後的結論。我們希望有些重要問題，能够在這個刊物上展開活潑的自由論辯。

「五四」以來，研究古典文學的專家們所作的工作多偏重在材料的考證方面。他們的成績在這裡，他們的限制也在這裡。直到現在不少的專家也還是這樣：他們擅長于考據，但要對一個重要作品的思想內容與其藝術成就，作出比較圓滿的分析和論斷，却感到困難。我們認爲對于材料的考證和研究和對於作品的內容的分析，應該結合起來。分析作品不能不根據具體的材料，而材料的考證和研究又應該以闡明作品的內容爲目的。盲目的爲考據而考據，忽視思想和理論的考據至上主義，以及過去在考據當中存在的武斷臆測的主觀主義的思想方法和治學態度，我們是必須反對的。但是，材料的詳細佔有和認眞辨別，對於馬克思主義的學術工作者也仍然是一種不可缺少的基本工作（雖然並不是他的全部工作）。因此，凡屬實事求是的、對於研究古典文學有參考價值的考據文章，我們也打算以一定的篇幅來刊載。

當然，我們願意刊載的稿件是多種多樣的，並不限於上面所說的那些性質的文字。關於古典文學研究工作中的問題和方法的討論、不正確的傾向的批評，關於古典文學作家的研究及作品的閱讀的指導，關於古典文學的整理工作，關於學校中的古典文學的教學內容和教學方法的討論，關於交流研究工作經驗的通訊，以及關於古典文學的書評、讀書心得等，我們都很歡迎。但由於篇幅有限，我們尤其歡迎各種短小精悍的文章。

我們希望通過這個刊物來加強全國古典文學研究工作者的相互之間的聯系，增進研究工作者與讀者羣衆之間的聯系。爲了使這個刊物能够辦得好一些，在稿件的供給上，在對於編輯工作的提供意見上，我們都誠懇地期待着全國各地古典文學研究工作者和廣大讀者的支持和幫助。

文学遗产发刊词（《光明日报》1954 年 3 月 1 日第 3 版）

百”方针，实事求是地评价古代文学遗产，总结和汲取古代文学精华，弘扬民族精神，为繁荣具有中国特色、中国气派的社会主义文化事业服务。这是《文学遗产》创刊六十年来一以贯之的基本立场，业已成为中国古典文学研究工作者的共同追求。经过几代学者的艰辛努力，中国古代文学研究已初步建立具有中国特色的理论体系，其核心主张是：关注中国文学与现实生活的密切关系，体察中国文学家强烈的忧国忧民的情怀，满足中国人民对文学的精神需求，发挥中国文学在弘扬民族精神、构建社会主义核心价值体系方面的重要作用。回顾六十年来的编辑实践，我们深切感到，推进中国古典文学研究事业的繁荣发展，必须坚决贯彻执行党的正确的方针路线，必须紧密依靠学界同仁的充分的信任支持，必须时刻倾听广大读者的建设性的意见。这是一条最基本、也是最重要的办刊经验。

六十年来，《文学遗产》坚持学术研究的时代性、科学性、建设性原则，积极组织发表大量具有原创性的学术论文，阐释传统文学经典，辨析不同阶层文化，充分展现中国文学反映出来的不同时期、不同区域的民众生活和精神风貌，深度挖掘中国文学历久弥新的丰富底蕴。同时，我们经常举办各种学术会议，论辩交锋，以文会友。二十世纪五十年代关于中国古代文学名著的讨论，八十年代关于宏观文学史观的探索，九十年代关于中国文学研究学科建设与学术史的回顾等，都在学术界产生重要影响。新世纪以来，《文学遗产》更在下列三个方面有所推进：第一是更新研究理念，推陈出新，加强对传统文献学、中国文体学，尤其是对文学经典的研究。第二是拓展时空维度，海纳百川，将华夏各民族文学纳入中华民族文学研究的大视野。第三是强化综合比较，旁罗参证，将物质文化、制度文化、地域文化、媒体文化以及性别文化等不同专业知识和研究方法引进文学研究领域，将古今文学与中外文学联系起来，将文学艺术与相关学科贯通起来。通过这些努力，我们希望有助于重构中国文学史体系，并在文学理论研究方面有所突破，有所建树，为当代文学理论建设和文学创作实践提供丰富的文化资源。

六十年来，《文学遗产》高度重视学术思想的传承，通过“学者研究”等栏目，及时总结前辈学者的治学经验，传播他们的治学理念，金针度人，启迪后学，让学术薪火代代相传。同时，借助通讯员制度，开辟“博士新人谱”等栏目，为青年学者搭建学术平台，展示他们的最新成果。这是《文学遗产》高质量稿件源源不断的制度保障。

六十年来，《文学遗产》努力拓宽学术研究的视野，开辟“海外学术信息”、“海外学者访谈”等栏目，沟通中外学术信息，强化中外学术交流，呈现开放的办刊理念。我们认为，中国的学术文化不仅仅属于中国，而是全人类共享的精神财富；中国文学必将得到越来越多国外学者的重视，这是和平崛起的中国必然要引领的一种历史趋势。这是一种文化的自信。这种自信，源于悠久的文化传统，源于改革开放的伟大实践，源于学术界同仁的研究成果。鲁迅先生曾经说过：“将来的光明，必将证明我们不但是文艺上的遗产的保存者，而且也是开拓者和建设者。”（《集外集拾遗·〈引玉集〉后记》，1934 年 1 月 20 日）

古代文学研究工作者的基本任务是研习和传承中国古代文化精华。保护和继承是发展的前提，而开拓和建设才是根本。习近平同志在曲阜孔子研究院座谈会上，曾引用毛泽东主席的话说：“清理古代文化的发展过程，剔除其封建性的糟粕，吸收其民主性的精华，是发展民族新文化、提高民族自信心的必要条件；但是决不能无批判地兼收并蓄。”关于如何发展民族新文化，习总书记指出要走中国化的道路。他说：“办好中国的事情，要用符合中国国情的方法。对本土化的东西要很好的总结。”文学研究也必须要在批判性地兼收并蓄的基础上，寻求一条适合中国文学的发展道路，努力实现古代文学研究的现代转化。这是时代向我们提出的要求。为此，《文学遗产》将一如既往，认真总结历史经验，努力开拓研究空间，积极完善学术规范，为建构中国化的文学研究体系贡献绵薄之力。

从 1954 年到 2014 年，又是一个甲午的轮回。历史在发展，现代中国正经历着前所未有的深刻变化。登高望远，中国人民比历史上任何时期都更接近中华民族伟大复兴的目标，比历史上任何时期都更有信心、有能力实现这个目标。在这样的历史背景下，《文学遗产》将在继承传统文化、服务当代社会方面肩负起更大的责任，再创新的辉煌。

原载《〈文学遗产〉六十年》，社会科学文献出版社 2014 年版

《文学评论》六十年

这几年，文学研究所相继迎来三个“六十年”纪念日，感念之情，油然而生。

第一个是2013年的建所六十周年。为此，我们主持编辑了五部纪念文集：一是访谈录《甲子春秋——我与文学所六十年》，二是资料集《文学研究所所志》，三是《告别一个学术时代——樊骏先生纪念文集》，四是演讲集《翰苑易知录——中国古代文学演讲集》，五是在所庆五十周年纪念集《岁月熔金》基础上形成的新编。在《岁月熔金（二编）》序言中，我试图梳理文学研究所的传统，认为何其芳同志在1954年建所之初提出的“谦虚的、刻苦的、实事求是的工作作风”，或许可以视为文学研究所精神的一个基本内涵。谦虚，是就为人而言，低调做人，和谐共事。刻苦，是就做事而言，焚膏继晷，钻研终身。而实事求是，则是做人做事都必须遵循的准则，是这种工作作风的核心所在。正是在这种精神引领下，文学研究所探索出一条独特的发展道路，形成了自己的传统。首先，贯彻执行党的正确路线，发挥国家级科研机构的示范作用，这是文学研究所成立六十年最基本的经验，也是最重要的特色。其次，遵循学术规律，整合团队力量，夯实学科基础，这是文学研究所在学术界保持较高学术声誉的根本保障。其三，尊重学术个性，鼓励广大科研人员潜心研究，撰写传世之作。其四，贯彻“双百”方针，坚持“二为”方向，遵循“双创”原则，把编选优秀的古今文学读本作为一项重要的学术工作来做。

第二个是 2014 年的《文学遗产》创刊六十周年。我们又编辑了两部著作：一是《〈文学遗产〉六十年纪念文汇》，二是《〈文学遗产〉六十年题赞　六十年纪事初编》。在《纪念文汇》序言中，我着重阐发了《文学遗产》创刊以来在三个方面的重要推进：一是更新研究理念，推陈出新，加强对传统文献学、中国文体学，尤其是对文学经典的研究；二是拓展时空维度，海纳百川，将华夏各民族文学纳入中华文学研究的大视野中；三是强化综合比较研究，旁罗参证，将物质文化、制度文化、地域文化、媒体文化以及性别文化等不同专业知识和研究方法引进文学研究领域，将古今文学与中外文学联系起来，将文学艺术与相关学科贯通起来。

今年，我们又迎来文学研究所第三个“六十年”，即《文学评论》创刊六十周年。我们一如既往，组织编选了三部纪念文集：一是《〈文学评论〉六十年纪念文选》，从已刊发的六千多篇文章中，选录一百余篇，按照文艺理论、古代文学、现代文学、当代文学、比较文学五大板块编排，虽不免挂一漏万之讥，但总体上可以从一个侧面展现六十年来中国文学研究的风貌；二是《〈文学评论〉六十年纪念文汇》，收录七十多位作者的回忆性文章，记录作者与《文学评论》的渊源关系以及与此相关的风云际会故事；三是《〈文学评论〉六十年总目与编后记》，虽为资料汇编，存而不论，但从中依然可以读出很多有趣的信息。王保生先生的《〈文学评论〉编年史稿（1957—2010）》对这些信息多有解读。为此，我们征得作者同意，这次一并列入纪念文丛，希望为学术界提供经过系统整理的资料。

在组织编辑的过程中，我有机会系统地阅读这些文献，收获良多，感慨也很多。就其荦荦大者而言，我认为，《文学评论》至少有三个重要特色值得关注。

六十年来，密切关注现实，把握时代脉搏，体现国家主流意识形态，这是《文学评论》最鲜明的思想品格。《文学评论》的前身是《文学研究》季刊，创刊于 1957 年。何其芳同志在创刊号《编后记》中强调，《文学研究》“将以较大的篇幅来发表全国的文学研究工作者的长期的专门的研究的结果。许多文学历史和文学理论上的重大问题，都不是依靠短促的无准备的谈论就能很好地解决的，需要有一些人进行持久而辛勤的研究，并展开更为认真而时间也较长的讨论”。就像《历史研究》《哲学研究》《经济研究》一样，《文学研究》非常注重专业性和前沿性：一是研究队伍，是专业的“文学研究工作者”；二是研究对象，是“文学历史和文学理论上的重大问题”；三是研究途径，是“持久而辛勤的研究”。

随着新中国成立十周年庆典的临近，1958 年《文学研究》第 4 期《编后记》“要求全国的作者从各个方面来总结我国这伟大的 10 年来社会主义文学的经验”。为体现出文学研究的现实性、战斗性，翌年将此刊更名为《文学评论》，用大部分篇幅刊载对当代作家作品与文学现象的评论文章。即便是古代文学研究，重点讨论的也是如何继承与发展以及古为今用等亟待回答的重要现实问题。

1978 年，《文学评论》复刊，依然坚持面向当代的办刊方针。在《致读者》中明确提出：“《文学评论》当前时期的首要工作，就是要从理论上、从总结社会主义文艺的成就和经验上，深入批判‘四人帮’在文艺方面所制造的种种谬论，特别是‘文艺黑线专政’论。”改革开放初期，《文学评论》积极参与拨乱反正工作，参与“实践是检验真理的唯一标准”的大讨论，总结新中国成立三十年文艺运动的经验教训；积极组织召开座谈会，讨论刘心武短篇小说《班主任》，并刊登系列评论文章，为“伤痕文学”、“反思文学”和“改革文学”等鸣锣开道，专辟“新书新作评价”、“中篇小说笔谈”、“关于当前文艺思潮的笔谈”等栏目。此后,《文学评论》又专辟“新时期文学十年研究”、“新时期30年中国文学研究”、“台港及海外学人园地”、“世界华文文学”等栏目，拓展研究空间。还围绕着“两个崛起”、“朦胧诗”、“先锋小说”、“新历史小说”、“新写实小说”、“女性写作”、“网络文学”、“莫言研究”等话题，编辑部组织专题文章，展开深入讨论，推进当代文学研究，总结中国文学经验。

六十年来，围绕重大的理论问题与现实问题，开展积极的思想交锋，始终走在学术的前沿，这是《文学评论》最重要的学术特色。1957年创刊号《编后记》中写道：“我们深信，我们的学术水平，我们这个刊物的质量，都只有在‘百家争鸣’的方针下广泛发表各种意见和自由竞赛，然后有可能逐渐提高。在任何学术部门，一家独鸣都是只会带来思想停滞和思想僵化的。”创刊之初,《文学评论》结合文学发展的实际，围绕着现实主义与浪漫主义、典型性格与典型人物、历史剧创作与理论、政治标准与艺术标准以及诗歌格律等基本理论问题展开讨论。

1961年,《文学评论》第3期刊发严家炎《谈〈创业史〉中梁三老汉的形象》引发了广泛的讨论，把关注的重点全面引向当代文学创作领域。这场讨论，不仅仅限于研究者之间，创作者也参与其中，发表了针锋相对的意见。[①]2005 年，刘纳发表《写得怎样：关于作品的文学评价——重读〈创业史〉并以其为例》(《文学评论》2005 年第 4 期)，又引发新一轮争论。可惜作者早已离世，不能亲自作答。在纪念柳青诞辰一百周年学术研讨会以及最近召开的“新语境、新方法、新视野下的柳青研究”国际学术研讨会上[②]，这个话题一直是学者讨论的核心议题之一。可见，这场持续半个多世纪的讨论，其意义已远远超出《创业史》本身，实际上牵涉到创作者与研究者、文学理论与文学实践的关系问题。柳青坚持认为，文学理论研究、美学研究，必须结合艺术创作实践才会有说服力，否则只是纸上谈兵，并无实际意义。此后，由批判“人性论”、“人道主义”等话题逐渐引申到文学上的共鸣现象、山水诗和自然美的问题；又由历史剧创作引发关于历史与历史剧的论争。这些话题，时至今日依然有值得讨论的空间。

1978 年，《文学评论》复刊第 1 期刊发毛主席给陈毅同志谈诗的一封信，同一期，还刊发王朝闻的《艺术创作

① 柳青说：“他的文章离开了事实，夸大书中的缺点，又要做出很切实际、全面的样子，想说服别人就有困难。”见刘可风《柳青传》，人民文学出版社 2016 年版。

② 参见《柳青诞辰 100 周年全国学术研讨会论文集》，陕西人民出版社 2017 年版。2017 年 6 月，文学研究所与陕西省作协、榆林学院联合举办“新语境、新方法、新视野下的柳青研究”国际学术研讨会。

《文学评论》1978年1—6期总目录

（括号内圆点前为期数，圆点后为页码）

《文学评论》1978 年 1—6 期总目录（第一页局部）

有特殊规律》，引发学术界关于艺术规律、形象思维问题的大讨论。[①]《文学评论》持续关注，相继刊发陈涌《马克思、恩格斯的美学和历史的批评》（《文学评论》1983 年第 1 期）、李衍柱《美的规律与典型化原则》（《文学评

① 外国文学研究所还编有《外国理论家、作家论形象思维》，中国社会科学出版社 1979 年版。

论》1991年第5期）等论文，就这些问题展开深入探索。他们提出的一些论点，今天看来也许已不新鲜，但在当时特定背景下，确有振聋发聩的意义。

二十世纪八十年代以来，随着西方思潮的涌入，社会—历史批评、精神分析批评、结构主义批评、比较文学批评、文体形式批评、印象批评、文化研究等新的研究方法纷至沓来，众声喧哗，一时间被推为显学。《文学评论》为此专辟“外国文艺理论评介”、“发展马克思主义文艺理论笔谈”、“当代中国文艺理论新建设”等专栏，积极开展学术论争。早在1962年，钱锺书就在《文学评论》上发表《论通感》(1962年1月）一文，较早运用心理学方法，比较亚里士多德的《心灵论》与中国的《乐论》，比较唐宋诗词与西方古典诗歌中的通感现象。他指出，把事物的无声的姿态描摹成好像有声音，表示他们在视觉里仿佛获得了听觉的感受，用现代心理学或语言学的术语来说，就是“通感”或“感觉移借”。这些观点，成为后来文艺心理学研究的理论先声。郑敏《解构思维与文化传统》(《文学评论》1997年第2期）比较系统地论述了法国哲学家德里达的解构理论，认为解构主义强调歧义的存在是多元的必然，也是事物发展的动力，在差异的运动中，由于变是不可停止的，矛盾成为互补而非绝对对抗。这种理论有其合理性的内涵，可以借此批判西方中心主义，并引发女权主义思潮，有助于后殖民主义对文化侵略的批判，也有助于后现代主义艺术观对无序、无整体宇宙观的形成和表达。林兴宅《论系统科学方法论在文艺研究中的运用》(《文学评论》1986 年第 1 期)较早地从方法论角度论述我国文艺研究、文艺批评的变革过程，认为系统科学方法论的核心在于有机整体观念。强调整体性观念，这在今天看来可能已是常识，而在当时，他运用系统科学方法论讨论文学问题，让人感觉耳目一新。听觉文化与视觉文化的比较研究也备受瞩目。早在二十世纪八十年代，美国学者鲁道夫·阿恩海姆《艺术与视知觉》就被介绍到中国，重点分析视觉艺术心理学问题。傅修延《为什么麦克卢汉说中国人是"听觉人"》(《文学评论》2016 年第 1 期)进一步指出，以拼音文字为主体的西方文化，对于"图像"非常重视，甚至成为视觉文化的核心概念。相比较而言，以形声文字为主体的中国文化传统，对于听觉形象更加关注。看字听声，"闻声知情"，这是中国文化的特点。明清小说中存在着的"草蛇灰线"的艺术手法，强调艺术结构要有"连"有"断"。这与西方艺术更专注于一以贯之的"连"有所不同。陈平原《有声的中国——"演说"与近现代中国文章变革》(《文学评论》2007 年第 3 期)从近现代的"演说"入手，着重讨论"演说"在新文化运动中的作用，别开生面。[①]

近代以来，随着自然科学的高度发达，后工业化的西方社会，出现了种种畸形和矛盾，打破了上帝创世的神话，打破了理性万能的说法。当人们有意识地发现丑，表现丑，把丑当作美的时候，荒诞便代替了崇高，非理性也就成为一时的审美思潮。蒋孔阳《说丑》（《文学评论》1990 年第 6 期）一文指出，作为美的对立面，丑，自有其积极意义。问题不在于写什么，而是站在什么立场来写，要表达什么样的审美追求。美与丑，滑稽与崇高，这些曾经的老话题，在审美追求日益多元化的今天，依然有重新思考的必要。

文学创作、文学理论的本土化，中国古代文论的现代化，也是持续不断的讨论话题。黄浩的《文学失语症——新小说“语言革命”批判》（《文学评论》1990 年第 2 期）认为新小说患上了“运动性失语”，“通俗一点讲，就是：新小说说话困难”。由此延伸，古代文论也面临着现代转化的难题。季羡林《门外中外文论絮语》（《文学评

① 平田昌司《“看”的文学革命·“听”的文学革命——1920 年中国的听众与“国语”实验》也有异曲同工之妙。作者把 1917 年《新青年》刊发《文学改良刍议》视为开启“看”的文学革命。随后，现代戏剧、广播、有声电影等声音媒介迅速涌现，“听”的文学革命就开始了。该文修改为《文化制度和汉语史》第十三章，北京大学出版社 2016 年版。

论》1996年第6期）强调我们应当秉承"不薄西方爱东方"的态度，"让这两种话语并驾齐驱，共同发展"。为此，《文学评论》编辑部在1997年第1期特设专栏，精心择选四篇论文与一篇报道，引导"中国古代文论的现代转换"、"重建中国文论话语"的学术讨论。

世纪之交，文化研究理论与实践问题逐渐引起学界的格外关注。面对新世纪以来中国文论转型过程中呈现出来的重大理论问题，文学研究所适时承担院重大课题"新世纪全球文化格局与中国人文建设"项目，系统回应急剧变化中的中国社会文化现实问题①，同时，又组织专家按照类别编选"新世纪文论读本"，选录近十年来重要的理论文章②。《文学评论》也积极跟进，组织"二十世纪文学回顾"、"中国当代文学史史学观念笔谈"、"中国当代文学史写作笔谈"、"关于中国古代文论的现代转化的讨论"、"全球化趋势中的文学与人"、"社会文化转型与文艺美学研究"、"中国传统文学与经济生活"、"关于文学理论边界的讨论"等栏目，重新审视传统文学思想的价值和二十世纪中国文学研究的成就与不足，回答人们关切的问题。从这些学术活动中可以看出，文学研究所的科研人员既要坚持"文以载道"的悠久传统，又不能放弃研究者应有的文

① 这套丛书已由山东教育出版社2009年出版。

② 这套丛书已由中国社会科学出版社2011年出版。

学立场和人文情怀。钱中文就坚持认为，过度强调文化研究的价值其实是泛化了“文学性”，取缔了文学自主研究和独立的学科价值，一味的关注文学外部研究，最终将导致文学的消亡。站在今天的立场看，这场论争还刚刚开始，今天学术界热衷讨论的生态美学、比较文化等论题，已向传统文艺学、当代文学批评等领域延伸，影响不可小觑。

六十年来，《文学评论》不拘一格扶持青年学人，确保优秀稿件源源不断，这是《文学评论》最根本的制度保障。从《〈文学评论〉六十年纪念文汇》所收文章可以看出，很多青年学者的处女作，就发表在《文学评论》上。我对本书七十多位作者略作统计：三十年代出生的有 8 人，四十年和六十年代出生的各有 15 人，五十年代出生的居多，有 30 人，七十年代出生的 5 人。这五代人，是目前《文学评论》的主要作者。三十年代出生的作者多为新中国成立前期培养起来的，四五十年代出生的作者，多为改革开放初期的研究生，或者是七七、七八、七九所谓新三届大学生。而今，这些作者大多年过耳顺，陆陆续续退居二线。在纪念文章作者队伍中，70 后虽然仅占很小比例，但他们正奋战在科研一线，已经成为《文学评论》的最重要的作者群体，代表着中国文学研究界的未来。当然，随着学术环境的变化，很多刊物都面临着潜伏的危机。《文学评论》能否承担起名刊的责任，能否不断激发思想的活跃，能否持续推动学术的进步，都是我们面临的新问题、新挑战。我们期待着年轻一代的学者给予更多的支持。

在历史的长河中，六十年只是短暂的瞬间，可能无足轻重，而在共和国的学术发展史上，文学所的六十年，《文学遗产》《文学评论》的六十年却在其中占据着独特位置，扮演了重要角色。我们在感念前辈学者艰辛创业的同时，更感到肩上责任的重大。我们一定不忘初心，在广大作者和读者的鼓励下，勇于面对现实，积极迎接挑战，在新的世纪，再创辉煌。

原载《〈文学评论〉六十年纪念文选》，社会科学文献出版社 2017 年版

走进上古神话历史

在研究实践中，我们常有这样一种感觉，研读中国早期文献，倘若从文学、史学等方面纠缠于历史文献的真实问题，通常很难取得学术共识。你说真，我说假，各执一词，原因何在？拜读《比较神话学在中国——反思与开拓》之后，我想，缺少当代神话学的理论透视，恐怕是其中一个比较重要的原因。

一、从口传到抄本文献的诸多争论问题，现代神话学提供了一个可供选择的理论视角

（一）关于早期文献稳定性与矛盾性问题

如果从殷商文字开始算起，传统文献流传至今已经三千多年。汉代以来，佞古思潮长期居于主导地位，认为现存早期文献都是老祖宗说的，老祖宗写的，老祖宗传下

国家哲学社会科学成果文库
NATIONAL ACHIEVEMENTS LIBRARY
OF PHILOSOPHY AND SOCIAL SCIENCES

比较神话学在中国
——反思与开拓

叶舒宪 谭佳 著

社会科学文献出版社
SOCIAL SCIENCES ACADEMIC PRESS (CHINA)

《比较神话学在中国——反思与开拓》扉页

来的。很多人认为,《庄子·天运》篇中提到的“六经”就是今天看到的经书。宋元以后，怀疑思潮泛起，直至清初，很多资料得到系统的整理。以阎若璩为代表的一批重要学者发现，像《尚书》这样的早期文献，其中有很多记载相互矛盾，有必要进行清理，甚至提出质疑。十九世纪末，疑古思潮甚嚣尘上，与此前的疑古之风遥相呼应。俄国汉学家王西里（V. P. Vasiliev，1818—1900）《中国文学史纲要》（1880 年出版，圣彼得堡国立孔子学院 2013 年中俄文对照出版）认为，除《诗经》《春秋》外，现存先秦典籍多数是汉代产物，甚至更晚。梁启超《中国历史研究法》提出十二种辨伪的方法，也将很多先秦以来流传的典籍列入伪托之作。类似这样的观点，左右学术界将近一个世纪。这些论证无外乎在强调说明，中国早期文献具有极大的变异性。所谓原始文献，是一个没有依托的概念。最近三十多年，地不藏宝，随着出土文献的不断增多，越来越多的材料证明，中国早期文本文献的传承相当复杂，梁启超提出的辨伪方法，大多数站不住脚。而且，更重要的是，现在所有的出土文献，并没有从根本上改变中国学术史的面貌。即便是甲骨文的出现，也只是证明司马迁所见史料比较确切。这充分说明，中国早期文献确有其稳定性品质。

当然，这只是中国早期文献的一种形态，其不确定性、可质疑的因素依然大量存在。譬如司马迁《史记》的记载就常常自相矛盾，有些场面的描述更像小说，甚至可以这样说，早期的历史文献，很多像小说。这也容易理解。中国古代早期文献，始于口头传播，经过漫长的流传，最后被写定。在流传过程中，制造者、接受者、传播者、阐释者各不相同，口传文献信息不断累积，不断演变，所产生的文本内容也就颇多差异。到底如何断定这些文献的稳定与矛盾？如何看待他们的历史意义？《比较神话学在中国》第七章《神话历史》，就显得尤其重要，它涉及当代新史学观念、涉及历史与文学的边界，彼此的交融与渗透。作者试图告诉我们，神话与历史之间的流动关系，能使我们在面对早期文献时，除了提炼其“稳定—矛盾”的对立关系，还能从权力建构正统话语的神圣化途径，以及政治的现实秩序需要来看待文献文本的形成过程。在“神话中国”的大视野下反思早期文献的神圣与世俗特质，及其社会文化功能。

（二）早期文献矛盾性问题的两重因素

从客观上说，早期的历史，口耳相传。历史的主干为经，比较粗略；后人的阐释为传，注重细节。经与传，逐渐合流，便形成历史。司马迁就是根据这些经与传，勾画出中国三千年发展的历史。

从主观上说，任何历史都是人来书写的。有了人，便有不同的思想。对于同一历史材料，不同的人，便有不同的理解，不同的处理。平民历史学家写历史是一种写法，官方历史学家又是另外一种写法。不论是谁，站在不同的立场，对于史料就有不同的取舍，不同的判断，甚至是有意的遮蔽，用心的别解。这种现象，无处不在。文化不高的刘邦，相貌一般的朱元璋，都被历史学家描绘成“隆准而龙颜”、“姿貌雄杰，奇骨贯顶”。至于他们的劣迹，当朝史学家多略而不记。秦汉对于历史著述、诸子百家的控制非常严密，像《史记》这样还算比较公允的史书，东汉初年的汉明帝诏问班固，就批评司马迁“微文刺讥”，东汉末年的王允也视《史记》为“谤书”，禁止其流传。蔡邕在江南看到王充《论衡》记载很多战国后期的历史故事，叹为异书。说明到了东汉后期，战国后期乃至楚汉相争的故事依然鲜有流传。

站在今天的立场推想，从战国末年列国的分分合合，到楚汉八年的血腥纷争，该有多少动天地泣鬼神的历史故事！可惜，只有一部被刘邦认可的陆贾的《楚汉春秋》残存于世，其中精华部分已被《史记》收录，其他不计其数的历史文献已经烟消云散，以致后世没有产生一部类似于《三国演义》那样的历史小说，描绘楚汉纷争，这真是一段历史的遗憾。显然，这是统治集团有意控制的结果。魏晋以后，当权者对于民间的掌控已力不从心，所以才会有三国故事逐渐流传开来的现象，箭垛式的人物越来越丰满，多以三国故事为背景的讲唱文学逐渐成熟，最终酝酿出《三国演义》这样的历史小说登上文坛，历史与小说从此分道扬镳。历史似乎从此脱离小说，俨然以公正、真实相标榜，但在实际的历史叙述中，如前所述，由于立场的不同，对于材料的取舍便大不同，结论可能大相径庭。甚至在同一叙述者的著作中，也会常常有前后矛盾的记载。历史著述中的这些有意无意的错误，可以说随处可见。无意的错误可以理解，由于闻见有限，根据一些主观臆测充实历史文本，可能与史实相违背，而有意的错误更是不在少数。《比较神话学在中国》中“神话历史”这一命题意在提醒我们，古典立场的“史”与现代的“历史”观念根本不同，无论希罗多德、塔西陀还是司马迁、班固，采取的都不是现代“求真”的兰克派史学立场。立足于古典，一切记录都是特定记录者立场的反映，没有所谓纯粹的真实的“史实”。如果以神话学眼光介入到历代帝王本纪，便可以发现其寻求政权合法性的叙事动机。这就为神话学介入史学提供契机，神话学理论是理解历史记忆、走向历史深处的一条有效途径。

二、早期文献传播的理论问题

德国学者扬·阿斯曼《文化记忆：早期高级文化中的文字、回忆和政治身份》（北京大学出版社 2015 年版）从古埃及历史研究中发现了这样有趣的问题，即一种文化形态的建立，通常经过“回忆文化”、“记忆文化”、“文化认同和政治想象”这三个过程。

第一种形态是“回忆文化”形态。记忆不断经历着重构。从一定意义上讲，社会思想无一例外都同时是社会的回忆，包含两个方向：向后和向前。记忆不仅重构着过去，而且组织着当下和未来的经验。个人回忆包括交往记忆和文化记忆两种：交往记忆所包含的，是对刚刚逝去的过去的回忆。这是人们与同时代的人共同拥有的回忆。所有关于口述历史的研究都证实，即使在使用文字的社会中，活生生的回忆至多也只能回溯到八十年之前。八十年是一个边界值。它的一半，即四十年，似乎意味着一个重要门槛。

当那些将它实体化的承载者死亡之后，“回忆文化”便让位给一种新的记忆，也就是那些掌握了文化话语权的人开始介入历史，便进入“文化记忆”阶段。

强权体制建立之后，统治者则强化“文化认同和政治想象”，这便进入了“文化记忆”的第三种形态。那些由教科书、纪念碑等记载的资料，即通过官方传承下来的资料，已经过一定的过滤和筛选，成为一种官方体制文化的重要组成部分。从这个角度看，《比较神话学在中国》第六章专辟《儒家神话》，就很有意义。作者梳理正史、野史、笔记等文献，介绍了中国古代有关凤凰、麒麟等吉祥之物与圣王、禅让等美政传闻，把这些称之为儒家神话。[①]其实，还有相当多的资料可以印证这一点，譬如中国古代的音乐传播，如蔡邕的《琴操》以及两汉的乐府诗等，都具有这样的政教神化的功能。像蔡邕这样的文人，掌握了关于文化记忆的知识，往往受命于当时的最高首领，负有将口传文献、历史传说汇总定型的使命，以便为当时政治

①（美）安乐哲著，（美）孟巍隆译《儒家角色伦理学》亦持近似观点，山东人民出版社 2017 年版。

服务。

中国早期的历史，也证明了这一基本发展线索。进入秦汉大一统时期，帝国统治者不光篡改过去，还试图修正未来。他们希望被后世忆起，于是将自己的功绩镌刻在纪念碑上，并保证这些功绩被讲述、歌颂，在纪念碑上被称颂，或者至少被归档记录。譬如秦始皇让李斯撰写七篇石刻，体现一种庄重的仪式感，用来彰显帝国的威权。[①] 汉初所谓唐山夫人《安世房中歌》，武帝时期司马相如等《郊祀歌》等，都是这类创作。通过某种仪式来彰显自己的神圣，这种做法，历代皆有传承。如梁初的陆倕，应诏撰有《石阙铭》和《新漏刻铭》，就得到当时统治者和后世的好评。《比较神话学在中国》告诉我们，统治者就是要通过各种文本叙事、仪式、符号象征，回溯历史，神化王权，不断地论证、强化自己执政的合法性，并以前瞻的方式使自己变得不朽。这些推论可能还缺乏足够的历史事实依据，但它确实发挥出跨学科研究的综合优势，或许可以成为破解中华文明发生研究中若干重要疑点和难点的突破口。

① 参见美国学者柯马丁所著《秦始皇石刻——早期中国的文本与仪式》，刘倩译，上海古籍出版社 2015 年版。

三、早期文献传播真实性问题

《比较神话学在中国》指出，中国比较神话学的发展需重新理解“神话”与“历史”的关联性，在延续八千年的文化大传统中回到“神话现象”本身去理解中国历史文化。这些提法无疑是深刻的。从口传到写本的转换过程中，那些吟游诗人、祭司、教师、艺术家、官员、学者等充当着重要的角色。他们传述历史，有真实的依据，也有合乎情理的想象。这就与文学发生关系。可以说，历史与文学，在早期的历史中，就像一对孪生姐妹一样，很难分开。康德《人类历史起源臆测》、美国著名历史学家詹姆斯·哈威·鲁滨孙《新史学》、科林伍德《历史的观念》以及当代西方马克思主义代表性人物伊格尔顿《批评家的任务》都讨论到早期历史与文学的联系与区别。在他们看来，作为想象的作品，历史学家的作品和小说家的作品并没有不同。他们的不同之处是，历史的描绘不仅仅限于具体事件、宏大场景，还要挖掘事件背后的原因。这里自然有不同的政治背景和文化背景，政治权利更是要介入其中，带有集体记忆的色彩。文学的想象隐含在各种场面、各个事件的来龙去脉的描写中。文学家的想象更多地倾向于个人化。

近日，文学研究所与澳大利亚人文科学院联合举办了一场名为“文学与文化：传统与现代”双边学术研讨会，又触及上述这些话题。

第一，早期文献的来源非常复杂，所谓原始文献的概念也许要重新界定。从某种意义上说，新发现的早期文本，未必就一定更真实、更原始、更好于传世文本；更不能简单地用新发现的文本强制阐释现存文本，乃至否定现存文本。或者说，不同的文献都是不同的文献编撰者或作者“主观赋义”的产物，需要被阐释，而神话学正是一门有力的阐释工具。

第二，早期文献的传播途径不一，就出现了文本互文性（intertextuality）问题。所谓互文性，即同一个事件、同一个故事，在不同时期、不同文体之间，详略不同。这种情形在秦汉以来的文献中司空见惯。《吕氏春秋》《淮南子》《列女传》《新序》《说苑》，乃至《西京杂记》等，常有同一故事，来源不同，详略不同，阐释也不同的现象。譬如同样是王昭君、毛延寿的故事，笔记和诗文的记载就各不相同。神话记录尤其表现出这样的特征。西方神话学的文本细读、结构主义阐释方法论，应该能为我们理解这些文本互文性提供新的理解思路。

第三，即便是同一本书，里面的记载也可能前后矛盾。先秦诸子，如《商君书》《管子》《晏子春秋》《荀子》《韩非子》等，集部文献如《诗经》《楚辞》等，虽多有作者冠名，很难说是单一作者完成的，很可能是很多作者集合完成的作品。因此，对于早期文献，我们不能简单地说某种思想就一定是某一作者的思想，只能是一个时代，或者某一地区的思想。而对集体意义、集体表象的关注及研究方法，正是神话学的学科特长所在。这些研究方法在《比较神话学在中国》的第一章中也有介绍，若古代文学研究者感兴趣，完全可以顺流而下，充分运用这些新的研究理念，去考量一个写作群体的集体表象，从而研究其背后的文化因子，而非仅针对个人作者进行研究。这就有点像品酒师的盲品，去掉标签，作抽象的比较，可以寻找到某些蛛丝马迹，可以抽绎出新的研究问题。

第四，要特别注意在政治、文化权力介入之后，托古改制，各种文献有可能被遮蔽乃至被篡改的可能性。譬如早期的家学、私学，还有后来愈演愈烈的经今、古文学等，为了争夺话语权而人为地制造各种所谓历史文献。两汉之际的谶纬文献，多是这个时期制造出来的。[①]针对这些中国古代独特的文化现象，比较神话学研究，还有较大的拓展空间。

第五，从图像和“物”的考察方面，充分利用考古学等新学科的知识视野来拓展比较神话学的研究领域。同时，这些探究又使得“神话”不再局限于一般意义上的文学范式研究。《比较神话学在中国》为我们展现了神话学研究的多种可能与面貌。我们知道，早期文献通常是口耳相传，

① 参见栾保群辑《古谣谶》，文物出版社 2018 年版。

人们接触这些文本的渠道通常不是通过阅读，而是通过聆听、观望来实现。因此，我们对早期文献的口头传播、表演性质就应格外重视。譬如早期的诗（尤其是乐府）、赋，还有所谓街谈巷议、道听途说的小说等，多具有表演性质。中国文学源自口头，在后来的发展过程中，又与图像发生重要关联。周秦汉唐时期的所谓“图书”，就包括“图像”与“文字”两部分；如果只有文字而没有图像，则单称为“书”。其中，有关山川神怪崇拜为内容的文献，大多是“图”与“书”相结合，如《山海经》。《山海经》本来配有“山海图”，《山海经》是对“山海图”的文字说明，陶渊明诗中就有“流观山海图”这样的句子，郭璞注中亦指出了《山海经》与《山海图》图文并茂的特质。王逸《楚辞章句》指出，屈原的《天问》原是因壁画启发而创作出来的。联系当时楚国高度发展的建筑和绘画艺术，我们有理由相信，王逸的解释并非空穴来风。战国时期类似屈原《天问》中的问天、升天图像，是以各种形式广泛出现的，比如 1949 年在长沙陈家大山楚墓中出土的龙凤人物帛画，1973 年在长沙子弹库楚墓中出土的人物御龙帛画。前一幅表现龙凤引导人的灵魂升天，后一幅则是人的灵魂乘龙升天。相当奇特的是，后图中乘龙的男子，也是峨冠博带，颇似后人描摹中的屈原本身形象。此画为战国中期所作，相当于屈原所处时期甚或更早。《比较神话学在中国》的“开拓篇”中所倚重的方法论，就很强调要结合图像、出土器物等进行研究，这也是古代文献研究拓展维度的一个重要方向。

以上便是我阅读《比较神话学在中国》一书的肤浅感受以及不着边际的联想。虽然没有结论，但是我想，有神话与传说的存在，中国早期历史的稳定性与可信度的矛盾就无处不在。与此相关联，对于中国早期历史的理解，就不能不借助于现代神话学的理论。它还告诉我们，凡事都要具体分析，不能仅仅根据局部细节否定整体，也不能相信整体而忽视细节问题。《比较神话学在中国》最后一章专辟《新神话主义》，敏锐地关注到当代再造神话与文化寻根的热潮，赋予比较神话学以当代意义，这已经走出书斋，走向更广阔的现实天地。

原载《读书》2016 年第 9 期，收入本书略有增订

走出学术象牙塔

改革开放三十多年来，中国古代文学研究取得了举世瞩目的成就。相比较而言，我们在普及工作方面做得还很不够。尽管各类选注本层出不穷，但精品甚少。很多学者不屑于做普及工作，认为体现不出研究水平；即便有水平的人去做，也很难得到同行认可。这样一种偏见，必须改变。

从学术发展的历史看，真正在学术史上确立地位的学者，都与其尽心致力于学术普及工作密切相关。汉代对于经典的注释、唐代对于古注的疏证以及清代乾嘉诸老对于历代经典的重新阐释，其出发点多是普及经典知识。现代学术研究又何尝不该如此？即以我供职的中国社会科学院文学研究所为例，六十多年前，文学所刚刚筹划建立的时候，最初主要的工作就是选注历代文学经典作品。近来翻阅《王伯祥日记》，里面详细记载了郑振铎、何其芳等人如何精心策划《诗经选》《史记选》《汉魏六朝诗选》《三曹诗选》《唐诗选》《宋诗选注》的工作，印象深刻。每一部书的编纂，从篇目的确定，到注释的推敲，都经过反复打磨。然后内部油印，送到国内相关研究单位、高等院校，广泛征求学术界同行的意见。经过这样几个回合，才最后定稿，公开出版。这样的书，阐释经典，其本身也成为一种经典，多数印行在数十万册以上，在社会上产生了广泛影响。而这些作者的名字和声誉，也逐渐走出学术圈，为广大读者所熟知。前辈学者的工作给我们很多有益的启示。

启示之一，我们必须对文学研究的普及工作有一种正确的认识。处理好普及与提高的关系，说易行难。毛泽东《在延安文艺座谈会上的讲话》明确指出："人民要求普及，跟着也就要求提高，要求逐年逐月地提高。在这里，普及是人民的普及，提高也是人民的提高。而这种提高，不是从空中提高，不是关门提高，而是在普及基础上的提高。这种提高，为普及所决定，同时又给普及以指导。"学术研究真正服务于人民大众，首先就是要做好普及工作。没有普及，何来提高？但提高的最终目的仍然是为了更好地普及。现在，不少学者宁愿躲进象牙塔中做专精研究，也不愿意做点文化普及工作。这种观念值得商榷。毫无疑问，专精研究当然应当鼓励，给予尊重，这个社会也确实需要一批很专精的研究者，去做专业性很强的研究，尽管这种研究可能对社会现实没有直接作用，但是对我们整个文化发展来说又是必不可少的。这个道理不言自明。但同时，我们更需要一批人出来宣讲传统文化，让专家的研究成果尽可能地为大众所认知。学术工作者来自人民群众，学术研究的本质要求也必须关注社会、依靠群众。如果我们的学术脱离人民群众，那就成了无根之木，难免凋零枯索的命运。这个道理也不言而喻。

启示之二，做好文学研究的普及工作，首先要求作者具有深厚的学术积累。康德《逻辑学讲义·导言》说过："学术的讲述是通俗讲述的基础。因为只有能够彻底讲述某物的人，才能以通俗的方式讲述它。"这段话把提高与普及的关系讲得非常明白。提高在前，普及在后。普及不是随意发挥，一定是在提高基础上的普及才有价值。真正的普及工作者或者说一个好的普及工作者，必须是在他这个领域掌握了丰富知识的研究者。没有深入的研究，哪来生动的普及？王伯祥、余冠英、钱锺书等人的学术普及工作就是成功的典范。对学者而言，深入易，浅出难。浅出所以难，是对作者要求高，他必须真正读懂经典作品，才不至于把经念歪。我们可能都有过这样的体验，专注于某一学术领域，遇到不懂的地方，偷懒的办法就是绕过去，而要讲给大众听，就无法藏拙。因此，做好普及工作，仅有良好的愿望是远远不够的，必须积学储宝、研阅穷照。只有这样，我们的普及工作才会更有实效，也才会更有意义。

启示之三，文学研究的普及工作，其意义还不仅仅是传播文化知识，更是传递一种理念，一种理想，甚至还可以说，是在从事一项民族文化集体认同的凝聚工作。大家都认同这样的观点，即传统文化是一个民族的命脉和灵魂。一个不知本来的民族，是绝对没有未来和希望的。在经济全球化的背景下，强调文化的多元性显得尤为重要。人类历史的发展告诉我们，物质文化可以全球化，而精神文化却有其强烈的向心力和凝聚力。文学研究工作者，有必要深入总结我们民族的传统特性和现实追求，并把这种特殊的文化基因固化为人民大众的行为准则和共同梦想。这样的民族是不可战胜的，将会永久地傲立于世界民族之林。

由上述几点启示来看，商务印书馆策划出版的这套《古代诗词典藏本》，恰逢其时，其意义自不必多说。编者的态度是认真的，他们以“阐释经典本身也要成为经典”为追求，其选家皆术业有专攻，在其所选评方面具有相当的专精研究与学术影响，从而保证了选本的专业性与权威性。

正是由于每位选注者的研究领域、研究特点不同，因此“古代诗词典藏本”最大的特点就是不强求整套丛书风格整齐划一，而允许一选本有一选本之个性特色。现在仅就率先推出的这几本来看：李山教授的《诗经选》，仿佛带领读者做了一次重回“《诗经》世界”的新旅——重新审读其字句、篇章，重新考订其创作年代，勾勒其礼乐背景，体味其文化意蕴，欣赏其风雅艺术，考察其歌唱方式……《王维诗选》的作者王志清教授认为，王维诗乃诗之哲学，亦可谓哲学之诗。故其选评，敏于感悟，精于赏玩；其评赏文字，巧于切入，工于辞采。邓乔彬、刘兴晖两位先生的《晚唐五代词选》，展现了早期文人词的多彩多姿：闺阁相思、伤高念远、怀古咏史、身世悲慨，不同地域的风物、人情、景色皆呈现出来；尤其是其长达三万多字的《导言》，对历时百余年，跨越晚唐、五代共24名词人的作品加以阐释、解说，庶几就是一部晚唐五代的简明词史。过常宝教授的《柳永词选》，则着重揭示诗人的生命体验是如何的深邃真挚，情感意蕴是如何的浓郁深沉，艺术境界又是如何的澄澈隽永。他特别指出，柳永是一个用生命写词的人，柳词呈现出最为本真的人生姿态。《李清照诗词选》的作者陈祖美先生，在历代学术研究成果的基础上，更贴近窥见了李清照的种种内心隐秘，从而细绎出易安的十余种"心事"——幼年失恃、党争诛连、婕妤之叹，以及终生无嗣的庄姜之悲等等，提出了许多新人耳目的独到见解。可以说，此书系作者近半个世纪研究李清照的"集成"之作，而不仅仅只是个选注本。

以上对即将面世的五本书的简略介绍，就已充分显示出选注者的学术个性。这一点，近于文学所编写经典读本的传统。钱锺书先生的《宋诗选注》，就特别强调自己"注"的特色，而与其他选本略有不同。希望这种不拘一格、力避匠气的文风与学风，贯彻丛书始终，从而涌现出更多的既拥有学术品位又文采斐然，既不乏前沿理论、自出己见又深入浅出的精品选本。

丛书付梓在即，编者希望我就上述特色发表感想，以便于让更多的读者理解，这种信任让我感动。确实，好书好序，相得益彰。如果翻开一部新书，上来就是一篇乏味的序言，就好像刚出门，便遇上障碍物，诚可谓“出门即有碍，谁谓天地宽”，叫人蹙眉。顾炎武《日知录》早就告诫：“凡书有所发明，序可也；无所发明，但纪成书之岁月可也。人之患在好为人序。”贸然作序，对读者可能会是一种冒犯。但我想，好书确实需要介绍，好意也要有所表达。我真诚地呼吁我们的同行，在努力攀登学术高峰的同时，不要忘记为社会尽些心力，为国家文化建设奉献绵薄之力。

六十年前，文学研究所推出的经典读本，以著者自己的研究为基础，广泛借鉴吸收前人成果，取得空前成就，影响至今。我们相信，商务印书馆推出的这套“古代诗词典藏本”，也一定能在学术普及工作方面推陈出新，为广大读者所认可。

原载《光明日报》2015年4月13日第16版

凤凰枝文丛

三升斋随笔	荣新江 著
八里桥畔论唐诗	薛天纬 著
跂予望之	刘跃进 著
潮打石城	程章灿 著
会心不远	高克勤 著
硬石岭曝言	王小盾 著
云鹿居漫笔	朱玉麒 著
老营房手记	孟宪实 著
读史杂评	孟彦弘 著
古典学术观澜集	刘　宁 著
龙沙论道集	刘　屹 著
春明卜邻集	史　睿 著
仰顾山房文稿	俞国林 著
马丁堂读书散记	姚崇新 著
远去的书香	苗怀明 著